一人三名，一部低回婉转的五原战役别传

·长篇谍战小说·

山河如初见

李平　著

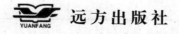

远方出版社

图书在版编目(CIP)数据

　　山河如初见/李平著.—呼和浩特：远方出版社，
2020.9
　　ISBN 978-7-5555-1477-0

　　Ⅰ.①山… Ⅱ.①李… Ⅲ.①长篇小说-中国-当代
Ⅳ.①I247.5

　　中国版本图书馆 CIP 数据核字(2020)第 168135 号

山河如初见
SHANHE RU CHU JIAN

著　　　者	李平
责任编辑	云高娃　王　福
责任校对	云高娃　王　福
装帧设计	徐　旭
照片提供	李宝军　斯庆毕力格
出版发行	远方出版社
社　　　址	呼和浩特市乌兰察布东路 666 号　　邮编 010010
电　　　话	(0471)2236473 总编室　2236460 发行部
经　　　销	新华书店
印　　　刷	内蒙古爱信达教育印务有限责任公司
开　　　本	145mm × 210mm　1/32
字　　　数	240 千
印　　　张	8.625
版　　　次	2020 年 9 月第 1 版
印　　　次	2020 年 12 月第 1 次印刷
标准书号	ISBN 978-7-5555-1477-0
定　　　价	50.00 元

如发现印装质量问题，请与出版社联系调换

目 录

第 一 章

一、柳 林 · 梁 潮 生

人有了名字，才能更有气质地活下去。我叔父一生有三个名字，第一个是原生名，第二个是顶替名，第三个是潜伏名。他的英雄气质就是在这三个名字、三段人生层层递进的情况下产生的。然而英雄也有气短时，每当夜深人静，他总会想起那年腊月初八的午后，一个高而瘦的男人手持柳叶刀给他揭皮换脸的情景。

梁潮生十三岁时第一次看见黄河。

从老家陕西柳林走到吴堡县，隔黄河就是有名的山西碛口，碛口暗礁横生，水急浪高，落差大。他小时候经常看见货郎用毛驴驮回五花八门的生活物资，大到布匹，小到针头线脑，问哪里来的，说碛口接的；又见货郎把柳林的红枣收走，问卖到哪里，说从碛口送走。据说鼎盛时期，船只到了碛口再难往下游走，便转陆路将货物运往山西、陕西各地，最远到达北京、天津。碛口码头每天来往的船只有一百五十多艘，商铺三百多家。然而，当梁潮生站在当年货郎的一接一送之地，却看见黄河由于连年决堤，秦晋之地大旱，碛口码头早已繁华不见。望着咆哮翻滚的黄河水，他心生恐惧，眼神阴郁，不知何时才能放晴。

他听走西口的人说，沿黄河逆流而上，有一个富庶的地方叫河套，那里烧红柳吃白面，日子过得滋润。他十岁以前从没感到过恓惶，因为父亲挖井的手艺红遍半个陕西，所谓"一招鲜、吃遍天"，他们家的日子还算有底垫。后来陕西连年干旱，连地下水也枯竭了，父亲纵有一双看水神眼、一双挖井巧手，也无用武之地。为维持生计，父亲转行去通商口岸，在马市学习贩马，又在民市踅摸，从陕西背上货物交换蒙古人的羊皮。有一年，父亲要在一座山头挖煤，他以为挖煤和挖井一样，只要嗅准水源或煤源，挖下去就能生钱，不承想水是向上涌的，人见了躲得及，挖煤却是置身于黑暗和危险中的，他带了六个人进去，无一人生还，全部葬身在焦黑的矿物质中。当母亲带着他和妹妹号哭着扑向塌陷的山谷时，其他六个人的家属把母亲按在尘埃里一顿狂揍。

给父亲办完丧事，妹妹也没了，母亲不知道发生了什么事，她不相信一个活蹦乱跳的孩子突然会死，她甚至臆想是父亲带走了妹妹。她扑向山谷，向压在山谷里的父亲要妹妹，可妹妹的小尸体明明在她怀里。

埋了妹妹，母亲彻底病倒了。他像一只离群的小猫，只有挨着母亲的皮肤才觉得安心。干旱持续不断，身边的人一夜之间全部走光，实在找不到吃的，他就捉臭水沟里的耗子，把公的和母的养在一起，让它们交配下小崽，给母亲熬汤。他家院里有一株百年枣树，根扎得深，死得慢，在公耗子和母耗子相继死去后，他开始掠夺枣树的树叶和树皮。枣树供养了他们母子一年，第二年春天彻底灯枯油尽，再没返过绿来。干旱仍未结束，母亲不忍连累他，爬向院中那口由父亲亲手凿挖的水井。其实那一汪水根本不足以要母亲的命，要命的是井里的石头成就了母亲的心愿，把困在陕西等死的他推向千里之外的广阔平原。

他有时离开黄河去附近行乞，遇到好心人收留就多住几天，也会因为生病耽误行程。如果要到足够支撑一两天的吃食，就再回到黄河边，加入走西口的队伍。一晃两年过去，两年里，他努力记住自己的名字和年龄，尽管外表被雕刻成一副流浪汉的模样，但内心逐渐强大起来，有了一些粗浅的成人的想法，他开始相信河套的万有引力，像一个巨大的魔窟，吸引人们向它奔涌。人们往西走，他也往西走，快到五十里宽的黑界地时，黄河渐渐收敛了威力，远看波涛滚滚、气势如虹，近看浩浩荡荡、一泻千里，不像碛口的黄河那般浪高水急，成天轰轰吼，让人担惊受怕。

黑界地到处是走西口过来的人，他们像从山西、陕西吹过来的蒲公英种子一样遍地开花。越过黑界地继续往西走，他听见一个人说，前面是土默川，过了土默川就是河套。土默川离山近，雨水也多，前脚怪风刮过去，后脚雨水就来，那云在天上打架、翻滚，天渐渐变成蓝色，是一种在走西口的人看来无法用语言形容的幸福的湛蓝色。世界清明起来，一些人选择留在土默川或更远一些的后山，有人唱："此一去，东三天西两天无处安身。"又有人说，会经商就留在归绥，会耍把戏卖艺就留在土默川，要不上河扳船，去后山拉骆驼，什么也不会就去水源丰富的河套种地。他想起那棵被他们母子吃死的枣树，水是一切的源头，他决定继续西行。

饿到抓狂时，他发现茫茫平原有一种白色的土，有点咸，抠一点塞进嘴里，可以缓解饥饿。这个发现令他高兴不已，他为它起名盐土饭。有了盐土饭，饥饿不再可怕，步履也更加笃定。就这样，第三年春天来临的时候，在中国的北方大陆，他看到不知谁挥毫泼墨、洋洋洒洒写下一个大大的"几"字，他向往的河套平原就嵌在几字湾里。

三月的河套气温不定，昨天还是恼人的倒春寒天气，今天又出奇地热。大地开始松动，土壤黏湿潮润。黄河蠢蠢欲动，到了一年中破冰的最暴躁时刻，冰面看似结实，其实是不安的，因为裂开的无数缝隙把冰面分解成无数块。黄河很快就是流凌的天下，流凌在等待一个只有天知的爆发时机，那个时间没有人知道，也许是凌晨，又或者是午后，在此之前天地静谧，无异象。

他沿途听说，每年的这个时节，河套平原的蒙古人都会让出离黄河最近的草场，让由于流凌撞击决堤的洪水去祸害，他们则赶着羊群迁徙到平原深处。聪明的山西人、陕西人就是来捡这便宜的，黄河不决堤的年份，他们会抢先占领一块洪水退去后的土地，把带来的种子撒下去，悉心照料，在秋天收获大把粮食。

一位陕西老乡在步入河套地界的时候，偷偷塞给他小半把粮食，让他抢占先机把种子撒下去。他把盐土扔掉，把种子紧紧揣在唯一的口袋里。然而这时他看见，所有的流凌从裂缝处鼓起来，越鼓越高，有的高出河面几十米，形成一座座大小不一的冰山，扎在河底，岿然不动。

改变他一生命运的时间、地点、人物瞬时而发，将把他推向一个比现在境遇更加不堪的世界。多年以后，每当回想起这一刻，他还是觉得无处可逃。

当时由于流凌的撞击，黄河堤岸微微震颤，人们惊慌地跑起来，他却对水的结晶体融化后充满期待，他扑向阳光照耀下的冰山，冰面太明亮，以至于有些睁不开眼睛。

突然有一个细嗓音在他耳边说："还看？要决堤啦！"

他吓了一跳，回头看见另一个自己与自己相对而立。"你……是人是鬼？"他瞪着眼睛问，以为自己灵魂出窍，濒临死亡，出现了幻觉，又或者是父母在喝孟婆汤前看到他六尘深重、六根坎坷，不忍让他独留于世，要带他同赴彼岸而给予的暗示。

衣冠楚楚的自己向前跨了一步，与污手垢面的自己相对而立，"你才是鬼，听我的，这里危险，快离开！"

他的眼睛刚才被冰山反射的强光刺了一下，还没缓过劲儿来，现在看什么都一片模糊，所以他不相信危险的到来。

"跑，快跑！"另一个自己急切地说。

话音未落，休眠了漫长寒冷冬季的黄河开始涌动，流凌开始融化、崩脱，那些晶莹剔透、千姿百态的冰山像一锅沸腾的饺子，上下翻滚，寻找出路，伴随着阵阵爆裂，水从一些衰破的堤岸溢出，毫无顾忌地扑向田野。

那一刻，形单影只的人占了上风，他们没有挂碍，一抬脚就离开危险之地。赶乘胶皮大马车的人因不舍财物，被困在泥污里，哭天喊地。他本能地丢下衣冠楚楚的自己,用最快的速度,穿过一片荒地,跃过一道渠沟,爬上一面他认为相对安全的土梁子。一经有了安全保障,再次回头看堤岸时,他萌生出一种置身世外的优越感。然而,他突然看见衣冠楚楚的自己也在挣扎者之列,在向自己呼救。

他来不及多想,风一般窜下来,扑过去。衣冠楚楚的自己正待说话,一股洪水涌来,把两人同时冲出好几米。他很快站起来,对在泥污中挣扎的自己说:"抓住我的手,跟我来!"

"不,先救我娘!"这句呼喊使他幡然醒悟,原来那不是自己,只是一个与自己长相酷似的少年。

他放开少年的手,蹲下身子抠了一指甲盖盐土,塞进嘴巴里,便去救少年的娘。黄河堤岸一片狼藉,流凌撞开几个黑黢黢的大口,一副灾难丛生的场景。少年家的马受到惊吓,脱套向田野奔去,马鬃高高竖起,马屁股紧紧夹着。驾车人一边呼喊一边追赶,一个趔趄摔进水沟里。马车的辕一根尚在,另一根不知所踪。整个马车经过洪水的洗礼,变成一座泥污雕塑,女人在雕塑中充当驾车人,一手抓缰绳,一手护一件什么器具,静止状的。他果断地抬起那根孤独的辕,想把它拉到一个地势略高的地方。

"救命!抢劫!"女人疾呼,做出跳车的姿势。

少年远远地唤:"娘,自己人!"

女人听了安静下来,任由他把马车拉离这处随时溢水的口子。他猛然发现黄河安静下来,堆积的冰山缓缓散开,随水流向前漂移,和颜悦色,没有一丝发脾气的坏模样,不一会儿,烟波浩淼,与刚才的黄河判若两河。

危机过后,少年母子重新归置马车上的东西,女人始终面无表情,也没同少年交流,只是偶尔抬头扫射一眼远方,嘟哝一句只有她自己听懂的话。

过了一阵儿,驾车人牵一匹红鬃马回来,马儿弹蹄摆尾,一副不情不愿的样子。"太太,这马不护主,有危险就跑,回去宰了它!"驾车人满身泥污,瓮声瓮气地发牢骚。

女人没说话，似乎有一种类似悲凉的东西使她昏昏欲睡，她丢下眼前这副烂摊子，拣一处干净的地方坐下，闭上疲惫的眼睛。

天气出奇地好，驾车人赤腿跳进沟里，把马车的断辕捞上来，又从麻绳捆绑的粗布车兜里掏出一把器具、几根铁丝，用来固定断辕。

辕又长又重，前细后粗，驾车人很难使它纹丝不动。他看少年一眼，希望少年和他一起动手修复，但少年无动于衷，痴痴地望着黄河说："三十年河东，三十年河西，跳进黄河也洗不清……这些都是用来描写黄河的。哇，你们看，它多黄、多稠，真是一碗水，半碗沙啊！爹就在这种地方当官吗？"

"江儿，闭嘴！"女人愠怒地打断少年的话，然后用三秒钟转换为和蔼的神情，对梁潮生说："你，小孩儿，去帮他修车好吗？"

梁潮生过去帮忙扶正断辕，驾车人用铁丝缠，两人很快合作完成。驾车人把马牵过来，说出口令让它倒退，马儿喷着贪吃青草后的鼻息，把肥硕的屁股插在两根辕中间，然后慢吞吞地向后倒，直到屁股顶住车板才停下。驾车人上套、上绳，将马和辕来了个五花大绑。"好了，我们可以走了，不过得慢点。"他说完先跳上马车。

女人已经调整好心态，提起裙裾爬上车，少年紧随其后。此时的黄河已经摆脱流凌的束缚，在河套平原的平坦之境从容不迫地欢歌向前。躲避洪水的人们有的就势去往平原腹地，有的又回到黄河边，踌躇不前。前面是哪里？三盛公！再前面呢？出河套啦！人们相互传话，做着留或走的决定。

梁潮生决定留下来。他把身上干透的泥巴揭掉，伸手掏出种子，发现它们已经被泡烂啦。"唉，撒不下种子，占不下地，只能去做工。"他叹口气，最后看一眼酷似自己的少年，目测了一条与黄河呈九十度角的土路，毅然地迈出他到河套的第一步。

"哦，你叫什么名字？"少年的细嗓音再次响起。

"梁潮生！"他低沉而潦草地回答。

"我叫贾春江，你来河套是投亲靠友吗？"

他摇摇头，自从踏上走西口的路，他就没有亲友了。贾春江听后嘴唇微微一咧，一丝喜悦从眸子表面快速闪过。他歪头和女人说了几句话，女人先是摇头，然后凝神静气地想了想，突然对驾车人说："让那孩子上车！"

驾车人吃惊地欠起屁股，扭身捕捉太太的表情，以为自己听错了，"太太，车恐怕承受不了这么多人的重量。"女人看看天，又看看远处，就是不迎合驾车人的眼神。"你下去，让他上来！"她说完这个决定，低头整理裙子上的一圈蕾丝，仿佛接下来的事情与她无关。

"我自己走，你们不用管我。"梁潮生瘦弱的胳膊在空中挥了一下。

贾春江睨一眼他的脏脸，鼻孔发出一连串鄙夷的哼哼声，"跟我走就对啦！"

驾车人跳下车，把梁潮生拦腰抱起，像举一捆麦子，放在一堆行李中间。马车启动后，梁潮生发现他和贾春江分坐在车板两边，起平衡马车的作用。女人坐在车板正面，身子正对马屁股，有些嫌弃地撩起一片蕾丝捂在嘴上。他们三人中间隔着几个蹭去油漆的鹅黄色板箱，里面发出类似银器撞击的声音。

马车沿黄河走了将近两公里，然后向北拐上一条车马道，道路蜿蜒曲折，看不见尽头。梁潮生透过行李的缝隙，看见女人用一面小铜镜照自己的脸，边照边擦拭，她的脸素白雅致，一看就是保养得当的女人。

"为什么不直接让我们去五原？难道老爷娶了二房？"女人突然说。

驾车人与马并行，头上、脖子上汗水不断，"最近世道乱，听老爷的安排没错。"驾车人明显体力不支，声音有些凌乱。女人快快不乐，一个人生闷气去了。

当大地被沉沉的夜色笼罩，驾车人终于从喉咙深处发出一声长叹，马车随即停下。梁潮生第一个跳下车，想看看是什么地方，然而四下一望无际，没有一幢高过人的建筑物，只在一处干燥的浅坡，扎着十几座窝棚，里面的光昏昏黄黄，摇曳不止。有人在轻轻说话，他细看，见一处塌下去的土沟子里有几个人，嘴里叼着劣质烟卷，互诉家乡的旱情和逃亡的辛苦。

驾车人拧开一个早已扎好的窝棚，进去点亮一盏油灯，又退出，从马车上搬下几件生活必需品放进去，回身对呆怔的女人说："我把贵重物品拉回去，你们耐心等信儿。"

这回，驾车人跃上马车，威风凛凛地坐在女人刚才坐过的地方，拉好缰绳，一蹬一松，红鬃马便消失在夜色中。

女人六神无主，软绵绵地滑进窝棚，脸朝里，背朝外，轻声啜泣起来。此时此地，她的裙裾拖在有杂草的地上，她保养得当的脸被油灯照成丑八怪，她的儿子像一个肺结核病人般无能为力。她哭累了，不想再与千揉百搓的现实纠缠，她只想好好睡一觉。

"江儿，江儿。"她朝窝棚外唤。

"来了，娘。"贾春江走过去，不过在进窝棚前，他回头对梁潮生说："自己找住处，明天再说！"

什么？梁潮生心想，他们捎他一段路，已经和修马车相互抵消，这个时候，他们应该互道珍重、各走各的，但贾春江又把悬念留在明天。明天就明天，反正天色已晚，他走与不走都一样。"好嘞，你睡你的，我有办法。"梁潮生这样回答贾春江。其实，他早已在心里测量出窝棚的大小，那里面绝对没有他的位置，他也没奢望一来河套就能改变野外露宿的命运。

贾春江在窝棚前站立良久，似乎在为里面的窄憋叫屈，女人的哭声由小变大，把夜搅得阴郁不宁。过了一会儿，贾春江挤进窝棚，关上门，不大工夫，油灯灭了。

难得的晴夜，沟子里的流浪汉们还在唠家常，无非安富尊荣一类。梁潮生也跳进沟子，在一个无人的角落躺下，他还小，没有那么多万物刍狗的思想，所以很快进入梦乡。

第二天天一亮，梁潮生就去四周察看，白天的河套比夜晚多了几分返绿的柔情，细密的青草钻出土壤，在微风中轻轻摆动。不远处有一个高出地面几尺的土梁子，白天向阳，夜晚散热，他决定把那里当作来河套的第一个"家"。

午饭的时候，所有窝棚都传出统一的酸香味道，在还没真正安定下来之前，连宽裕的人家都节衣缩食，吃这种一熬一大锅的酸粥。梁潮生决定薅些禾木和苦豆子，在梁下掏一个灶，用唯一的老碗去前面那片水域盛一点水，用开水笊一下充饥。就在这时，贾春江走出窝棚，手里端一碗热酸粥，明媚地望着他，"梁潮生，吃饭！"

梁潮生停下拔野菜的手，思忖要不要接受贾春江的施舍。"我不饿，你们吃吧！"他说得言不由衷。

"放心，不白给你吃，吃了跟我去一趟五原。"贾春江继续举着碗，一副不达目的不罢休的架势。

听说有差事，梁潮生一把夺过碗，稀里哗啦地吸起来，"五原是什么地方？要做工的吗？"

贾春江看着他的吃相，"别问，跟我走就对了。"

不知为什么，梁潮生一点也不讨厌另一个自己对自己发号施令。他仍然脏污不堪，没有露出庐山真面目，贾春江对他们酷似的面容一无所知。

贾春江回窝棚与女人道别，女人嘱托他说话小心，不能耍性子，把事情打探清楚。他满口答应，又礼貌地敲开几间窝棚的门，向先来者问明方向，这才招呼上梁潮生踩荒往东边去。

这个季节不会迷路，天地一片开阔。前面有一个草甸子，扎着两座蒙古包，其中一座正在待客，马头琴和歌声飘在半空，久久不绝。包外有人炖手扒肉，大块羊肉在热汤内翻滚，把梁潮生刚吞下的酸粥搅得寡淡无味。

贾春江又去问路，这回朝偏东南方向走。太阳落山时，他们眼前出现了一座红泥土城，地里长出来似的，与河套的土地融为一体。此时太阳的余晖搁浅在城墙表面，使土城看起来有一些恍惚，好像海市蜃楼。当最后一缕光明隐去，人造的光亮和喧嚣接续而起，人类的夜生活开始啦！

他们穿过城门，披着沿途店铺投射出来的光亮向里走，一些店铺已经打烊，光一阵亮一阵暗，把他们照得一阵有一阵无，撩拨人似的。贾春江拦住一个过路人，"大爷，五原垦务办事处怎么走？"大爷摇头。又问一个，这回是摆手。梁潮生对贾春江说："他们都是外乡人，你得问铺子里的人。""你怎么知道他们是外乡人？"贾春江不相信。梁潮生解释："看看你我，天黑了还在外面饿着肚子瞎晃悠，不是外乡人是什么？"贾春江扑哧笑了，"还真是，走，去前面那个铺子问！"

铺子名曰二十里寿材铺，正门朝主街，侧门在一条巷子里，巷口挂一个陈旧的指示牌，上写"斜街里"。斜街里确实歪歪斜斜，处在不规则巷子里的小铺灯火也是明明灭灭，有的像萤火虫，光细如丝；有的像泄了底的镜子，天光一片；大多数像夹着小心的姑娘，似露非露，透出来一缕或一线。所有的大光、小光和微光形成斜街里的夜景，使斜街里理所应当地成为主街的依附。

这时，一口棺材的前半截从二十里寿材铺的侧门诡异地伸出来，顿了顿，继而一左一右伸出两个人的脚，接着有人喊："高掌柜，你到外面指挥！"于是被唤作高掌柜的强行从左边挤出来，站在斜街里的青石砖上，面对寿材铺的侧门，开始挥动手掌。他瘦小干枯，嘴唇上有一撮稀疏的山羊胡子，活像玉蜀黍头上的须毛。"高了高了，往低！哎，又太低了，抬高！小心别划了漆！"在他的指挥下，棺材在四个人揪的绳子上来回荡秋千。"哎呀妈呀，咋这么沉？"一个抬棺的汉子埋怨。高掌柜伸手抽他一掌，"死的是小口，能不沉嘛，不要说话，抬！"汉子赶紧闭口，使出吃奶的劲儿配合其他人把棺材抬上毛驴车。

毛驴车离开后，寿材铺安静下来，贾春江趁机进去问路。梁潮生听见他的细嗓音说："高掌柜，请问五原垦务办事处在哪儿？"高掌柜的声音悠远而流畅，似乎很有耐心，"你怎么知道我姓高，是这里的掌柜？啊，小后生？"细嗓音说："刚才他们那么叫你，我就记住了，你这么威风，一定是掌柜！"一老一小嘀嘀咕咕地说话，过了一会儿，贾春江一跳一颠地跑出寿材铺，小手一挥，"那里，沿路走下去就是！"

时近深夜，他们来到一幢土木结构的大院前，院落镶嵌在一溜铺子间，院墙高深，上面架着铁丝网。院门被加宽成双开门，一看就是为了方便车马出进特制的，旁边挂一块白色竖牌，上写"五原垦务办事处"七个大字。院门敞开半扇，可以依稀看见院落纵深处有一排房子，房顶前低后高，在院灯的影射下，竟与寿材铺棺材的形状有几分相似。

贾春江正欲上前，从门里闪出两个兵，一个背枪，一个提棍，两人走上街面，左看一眼，右看一眼，竟把大门对正的贾春江忽略了。

"请问……请问贾谷贾大人在吗？"贾春江尽量挺直腰身，以使自己看起来高大强壮一些。

兵愣了半秒钟，其中一个问："你是什么人？找贾大人干什么？"

贾春江说："我是贾大人老家的亲戚，来……看看他。"

"看看？"另一个兵说，"贾大人不在，看不上！"

贾春江讨好地跟在两个兵后面，"真的是亲戚，不信你问贾大人，我叫江儿，你一说我的名字，他保管见我。"

两个兵走到门口，突然同时转身，用枪抵住他的前胸前额，怒气冲冲地说："贾大人去缠金渠勘察水情去了，不在，别说你是什么江啊河啊的，就是他老婆也见不上！"

贾春江只好退到梁潮生跟前，继续不甘心地盯着办事处的门，后来兵进去睡觉了，大门合闭，连一只苍蝇也飞不进去。

不知过了多久，梁潮生说："走吧。"贾春江问："去哪里？"梁潮生说："上街。"贾春江又发出了鄙夷的哼哼声，"半夜上街？你饿晕了吧？""是饿晕了。"梁潮生说，"上街看哪个铁匠铺啦马掌铺啦没关门，借个宿，讨点吃的。""讨吃？"贾春江惊呼，"我可不吃！"梁潮生过来揪住他的胳膊，"好，不吃不吃，可总要睡觉吧？"

他们沿来路往回走，大部分铺子都上了门板，把光挤成门缝那样的一窄溜，终于看到一个铁匠铺，灯光、火光一团热闹，几个农民团坐在一起吃烤玉米窝窝，铁匠师徒正在烘炉前锻打器具，干得热火朝天。梁潮生以为贾春江还会像问路那样，积极主动，从容不迫，没想到这次他躲在后面不出声，梁潮生只好使出流浪汉的绝招，点头哈腰地和众人打招呼："各位哥哥叔叔、兄弟大爷，我们无家可归，又累又饿，能不能在这儿借宿一晚？"铁匠师徒正在趁热打铁，顾不上抬头。几位农民凑紧一些，让出一点空档，一个老农民说："过来烤火，还有半个窝窝头，出门在外都不容易。"梁潮生拉贾春江过去坐下，把手放在炉火边烤，边烤边拿起那半个窝窝头，掰一半给贾春江。贾春江低头烤火，并不接受他递过来的窝窝头，他只好吃掉一半，把另一半放回到炉盘上。

天快亮的时候，铁匠师徒停止锻打，改用小锤修改关键部位，在他们手中，坚硬的铁块变成与农民生活息息相关的犁、耙、锄、镐、镰，还有菜刀、锅铲、剪刀等。农民们醒来，围着器具观看，又与铁匠师傅讨价还价。贾春江靠在梁潮生身上睡得实，梁潮生不敢动，怕把贾春江惊醒。有一阵儿他醒来，发现炉盘上的窝窝头不见了！

天亮了，他们从铁匠铺出来，看见街上又热闹起来，早点摊儿一个接一个，一应的油茶泡煎饼馃子。"走，去吃好的！"贾春江捅梁潮生一下。梁潮生思忖，原来他有钱！贾春江选了一个干净的摊儿，要了两份煎饼馃子、一碗油茶，把一碗油茶分成两半碗，兑了一些水，坐下来吃。他吃得极少，趁梁潮生撒尿的当儿，又跑去五原垦务办事处，看见大门仍然紧闭，才死心返程。

熟悉的回路比陌生的去路感觉又快又好走，经过那个草甸子时，发现蒙古人还在唱歌跳舞，还在炖手扒羊肉，那欢乐铺陈在方圆几十里范围内，把梁潮生也感染了，他觉得不虚此行，见识到很多河套的风俗。

回到住地，贾春江进窝棚向女人汇报，梁潮生兀自上了土梁子，他想美美睡一觉。突然，窝棚方向传来女人的号哭与谩骂，没有逻辑性，东一句西一句，听得人云山雾罩。流浪汉们躲在一旁看热闹，其他窝棚里的女人主动来到贾春江家的窝棚，向女人表达同情。

贾春江手提木桶来到梁下,问梁潮生哪里有水。梁潮生诧异,"昨天熬粥的水哪来的?"贾春江支支吾吾,一会儿说不知道,一会儿说可能是其他女人给的。梁潮生睡意全无,跳下土梁子,接过贾春江手里的木桶,带他去前面的水域。

贾春江一见到水,立刻把愁烦的家事忘却,奔上前去双手掬水喝。梁潮生说:"到一个陌生的环境,先查看好水源,因为人三天不吃饭能活,三天不喝水就得死。"

贾春江满不在乎,"我不用知道这些,有人替我操心。"

梁潮生反问:"是我吗?我可是要去做工或种地的,不可能跟你一辈子,多知道点没坏处。"

贾春江听后不再言语,忘我地拍水玩。

梁潮生打满水说:"我想回去睡觉。"

贾春江看他一眼,"水这么清,你不洗脸?瞧你脏的,都看不清眉眼。"

这次轮到梁潮生支支吾吾,"啊不洗,洗净冻得慌,等夏天再说。"

自那天起,一到午饭时间,贾春江就会用猫样的细嗓音喊梁潮生,后来这声音发生了变化,因为贾春江开始变声,男性的特征愈来愈凸显。梁潮生的身体也在发生微妙改变,夜间常不自觉地小便。两个十五岁的男子汉开始频繁相约去水边玩耍,稍热一些的时候,贾春江提出让梁潮生跳进水里洗一澡,梁潮生总以各种借口搪塞。梁潮生不洗,贾春江洗。贾春江洗的时候,梁潮生不敢看贾春江的身体,他觉得贾春江下面的东西很精致,他的则粗鄙不堪。他怕贾春江笑话,从不在贾春江面前暴露,即使两人一起撒尿,他也遮遮掩掩。

梁潮生从流浪汉们口中得知,一场洪灾把黄河堤岸下面的河滩淹了,许多人撒下的种子被冲得一干二净,他们分析说,要想种地,就得往平原腹地走。他也想走,但贾春江总是霸道地说:"跟着我就对啦!"在事关前途命运的时刻,梁潮生不假思索地反驳:"跟上你也就每天喝一碗半饱的酸粥,我不想这样。"贾春江气极败坏地说："再去五原！"好像五原是个大宝库，能改变一切。

这次他们天一亮就出发，抵达五原时是午后。街上人不多，五原垦务办事处的大门敞开着，里面传出下棋的落子声。贾春江径直走进去，不一会儿被一个兵用枪托子轰出来，"敢和贾大人攀亲戚，活腻歪了！"贾春江急得脸红一阵白一阵，"是真的，你去问贾大人好啦，我叫江儿，他知道的。"梁潮生忙把贾春江拉住，"唉，你发烧啦？在这种地方瞎认亲戚？"贾春江还要往里冲，梁潮生按住他的肩，贾春江努力挣扎，想来个金蝉脱壳，梁潮生只好使出小时候父亲制服自己的方法，用二指锁骨法将他牢牢按住，直到感觉他的身体渐渐软下来，发怒的骨头一点点恢复原状，才将他放开。

一个兵在门口呵斥："赶快带走，要不然给你一枪子！"梁潮生赔笑作揖，把贾春江引开这个地方。贾春江懊悔地说："带上信物就好了。"梁潮生安慰他："下次再来好了。"

一路无话。

回到住地已经天黑，贾春江进了窝棚，梁潮生上了土梁子。半夜，梁潮生被尿憋醒，发现贾春江站在窝棚外面的一块空地上，仰望清明的月光。他扔过去一块土坷垃，示意贾春江回去睡觉，贾春江不以为然。后来女人也出来，母子俩一起望月、叩拜、絮叨，直到天亮。

流浪汉们决定到平原腹地去，他们向住窝棚的人讨米，一个窝棚一把，计算着抵达下一站的时间用多少米来维持。梁潮生也想去，但另一个自己不放话，他不能坦然离开。流浪汉们走后，又有两座窝棚被拆除，人们表面看起来波澜不惊，满足眼下的生活，其实暗里都在踅摸好去处。

女人焦急地天天在门口张望，她希望驾车人像救星一样从天而降，带来接她回去的好消息，然而驾车人像从那天的夜里蒸发了，再未露面。贾春江又要去五原，这回他定是带了信物，因为他一路上为捂一只口袋跌倒过好几回。

这次遇到第一次守门的兵，说贾大人又去包头了。不过这个兵承诺，会把贾春江的话代为转达。贾春江不放心，觍着脸和守门兵耳语一气，趁机塞给他一件银光闪闪的玩意儿。

从五原出来，贾春江心情大好，似乎那银光闪闪的玩意儿可以帮他实现愿望。他对梁潮生说："你不用跟那些人去做低贱的活儿，跟上我就对了。"梁潮生不喜欢"低贱"二字，再怎么说他也是手艺人的儿子，父亲的大号如今还在大半个陕西的井上刻着呢。

走了一段路，后面突然出现两个小黑点，走近才看清一个是罗圈腿，一个是缩脖。他们虽然身形奇特，但相貌堂堂。两人一出五原城，他们就在后面不远不近地跟着，像两只尾巴。贾春江紧张地一次次回头看，"咱们从旁路走，离他们远点。"梁潮生翻白眼，"这是路，人人都走得。"贾春江又回头看了一眼，"听我的，跑！"这个"跑"字让梁潮生想起黄河决堤的那一刻，他不能违背另一个自己的意思，于是他跑起来，扬起的两溜尘土，很快把那两个人甩成两个小黑点。

快到草甸子时，两人停止飞跑，匀速步行。此时的河套绿意葱茏，枯黄逐渐被绿色淹没，但就春天的神形来说，高大粗壮的杨树最是神形兼备，因为它们能将绿色送上天，是河套平原上的贵族。流浪汉们说，杨树多的地方就有水和地，所以梁潮生总爱眺望远方。

草甸子上的蒙古包今天一片宁静，羊和人都不在，门没上锁。梁潮生好奇地张望，贾春江老练地说："里面有吃喝，你可以进去享用。"梁潮生以为贾春江开玩笑，反倒不敢近前。"你怎么知道？你也是第一次来河套。"贾春江说："我爹写信说的，这是蒙古人的习俗，人长途跋涉走累了，可以在无人的包里睡觉，吃饭。"梁潮生还是有些不信，他壮胆推开门，往里面看，发现一切井然有序，显示过日子的痕迹。

上住地的坡时，他们陡然看见罗圈腿和缩脖从西边的荒道隐没，两人顿感不安。"他们想干什么？"梁潮生问贾春江。在这种需要开动脑筋的时候，他总是把问题丢给贾春江。贾春江的脸苍白得像一个肺结核病患者，又被书卷气沽染，显得单薄而缺乏勇气。

他进窝棚和女人商量对策,梁潮生觉得有大事发生,果然过了一会儿,他出来对梁潮生说:"明天我们离开这儿!""去哪儿?""跟我走就对了!"

梁潮生光杆儿一个,抬腿就能走,贾春江家窝棚里的油灯却着了半宿。四更时分,一阵铺天盖地的马蹄声由远及近,几分钟后就降临住地。人们被惊醒,急着藏东西,但所有窝棚被马上的人用绳子呼啦一下拉倒,人、财、物大白于天下。

人们被赶在一处平地上,女人挨着贾春江,贾春江挨着梁潮生。贾春江捅梁潮生,"看,罗圈腿和缩脖!"梁潮生果然看见那两个人混在马队中间,两张英俊的脸上挂着浮夸的笑容。事情显而易见,是这两个人出卖了他们。

一个骑白鬃大马的人居高临下地指着梁潮生和贾春江问:"是他们?"

"是。"罗圈腿和缩脖同时回答。

那人嘎嘎大笑,张扬着打劫的粗鄙和浅薄,"把男孩儿全部带走!"

三人慌作一团,女人情急之下让贾春江赶快逃走,但这个决定为时已晚,罗圈腿和缩脖走上前,将绳索套在两人的脖颈上。贾春江哭起来,梁潮生奋力挣扎,但都无济于事,他们被横别在马背上。人们没见过这样的打劫者,不要财物只要男孩儿。一个父亲前去拼命,"学礼,不要怕,老子来救你!"他刚举起棒,就被一个骑马人抽倒在地。女人深知无力挽回,惊骇地瘫坐在地上,把牙齿咬得咯咯响。

热闹呼啸而去,天亮了,又一支马队从远处走来。女人默默地捏起裙裾,想挪动一下没有力量的身体,她想在马队到来之前把自己整理好,然而她又倒下去,最终没能以高贵的姿态迎接马队前面的翘胡子男人。

二、红山·姚学礼

马队像一股潮水流了半夜半天，于次日午后停在一座红褐色的大山前。山，层峦叠嶂，山体有很多横截裂痕，看似断裂，实则坚硬无比。山下有一个镇子，几乎与山连体，不仅颜色与山无异，就连结构都超出世人想象：一律的椭圆型屋顶，扁状门窗，墙面忽凸忽凹，随意性强，好似信手拈来。山下的沙石土地也是红褐色，马队一来到这里，骑马的汉子们也变成与环境相匹配的红脸，红归红，但都英俊不凡。

骑白鬃马的人挥了挥手，骑手们整齐划一地从腰间掏出一根布条，蒙住男孩们的眼睛。马队又开始向前移动，不过这回颇费周折地蠕动，因为梁潮生听见好几个无聊的哈欠和传染性的放屁声，他耷拉在马肚皮两侧的头和屁股总是受到另一匹马或另一个人的摩擦。不知过了多久，蒙眼布中心点的光亮变得一片黢黑，马蹄声在狭窄的空间回荡，他觉得仿佛置身于一只巨大的麻袋之中，孤独和恐惧从四面八方涌来。

黑暗过后便是耀眼的光芒，峭立的山峰，深碧的蓝天，还有恍如天堂的图景，一幅原始的画卷同时掠过梁潮生和贾春江的脸，所有男孩被眼前的一切惊呆了！

这是一个犹如世外桃源的地方，四面全是山，山与山之间没有缝隙，也就是说，这是一个没有盖子的天然洞穴。洞穴里面还有洞穴，大洞套小洞，洞洞相连。坐北朝南的是一个主洞穴，穴口立着雕花的木桩，花纹已经被时光侵蚀，斑斑驳驳。桩子上插着一圈形状怪异的彩色旗子，旗子已不光鲜，发出雨雪风霜频频光临的讯号。洞穴上方中央镶着一块百年老榆木制成的门头，上面用狂放的行体写着"议事厅"三个字。东边有一排洞穴，穴口全部挂白色布帘，帘上的字依次为师、容、马、药……议事厅前面有一座光滑平整的石台，台上有三把太师椅，中间一把比较特殊，椅头高出一尺，椅座高出两尺。石台三面环水，清冽的水在石缝间流淌，一会儿倒映着蓝天，一会儿游移着云朵，变化无常。南边有两个洞穴，一小一大，此刻里面热气腾腾，空气中散发着肉香的气息。

罗圈腿提前下马，跑过来把白鬃马喝住，"二仙辛苦，您先去吃饭，剩下的事交给我，老规矩我懂。"二仙甩镫离马，拍拍他的肩，"嗯，懂事！"说完高视阔步地走向议事厅。

二仙的身影刚刚隐没，罗圈腿便对男孩们说："去，都站到石台上去！"缩脖也跟着发布命令："马队解散！"男孩们站上石台，罗圈腿和缩脖则迎着午后热烈的太阳光，坐在太师椅下面一块滚圆的石头上。男孩们忧心忡忡，稚嫩而纯美的脸庞被心跳揪扯得起伏不定。肉香愈发浓烈，罗圈腿擤了一下鼻子，瞧缩脖一眼，缩脖摸摸肚皮，一团口水在喉结处上下游动。

梁潮生向贾春江挪过去一点，他觉得贾春江太安静，似乎被从昨天晚上以来的一系列诡状吓傻了。贾春江却在看太师椅后面的一个怪人，那人身高两米，臂长过膝，头颅尖而狭小。他躲在太师椅后面，手里捏一叠毛边草纸裁订成的本儿和一支竹制小楷毛笔，等待着什么。

"你，过来！"罗圈腿冲贾春江怪叫。贾春江故意绕到梁潮生这边，步伐不快不慢，在转向罗圈腿时，轻轻碰了一下梁潮生的手。他从男孩们中间走过，每走一步，都感觉有一股寒凉之气在空中漂荡。他最终无比恐惧地站在罗圈腿身边，肃静默立，头发被汗水打湿，软塌塌地贴在头皮上，把脸衬得寡白。

罗圈腿开始扬着俏脸讲话："这里是红山，一个乱世中的世外桃源，在这儿能过上神仙般的生活。"他突然大笑起来，眼泪鼻涕一起流，他忙用手挡，结果都糊到脸上去啦。而后，他戛然止住，语调平静地对躲在太师椅后面的怪人说："长臂猿，开始记！"缩脖插嘴说："报上各自的姓名年龄，大名小名都说！"

男孩们依次说出自己的名字，长臂猿的记录速度很快，他们说完他也记完了。罗圈腿拿过去看，"贾春江，你的小名呢？为什么不说出来？"贾春江声音颤颤地说："我没小名。""胡说！谁还没个小名、乳名，说！不说我撕了你！"罗圈腿瞋目切齿，一张不可思议的俏脸怒成一颗刚刚宰杀的猪头。

"他……叫江儿……小名叫江儿。"梁潮生脱口而出，他怕贾春江吃亏。

"你，叛徒！"贾春江轻声骂他。

这时骑手们已经吃饱撤去，一个圆滚滚的厨师端来一盆水，呜哇比画着，把手放进盆里搅搅，意思是让男孩们洗手。他的脸是红色中的极品，似乎在烟与油腻的双重熏染下，愈发红得厉害，像一副晒透的猪肝。

男孩们洗完手，看见一个天然的平台上撂着一盆肉，搁一摞有残缺的老碗和纹路粗糙的筷子。男孩们过去领饭，哑巴厨师不偏不倚，每人舀两勺。饭和菜混在一起，糜米饭颜色澄黄，一看便知是良籽结的好糜米，猪肉香甜美味。梁潮生接过饭，擦掉嘴上的污垢，大口吃起来。几年来，他没吃过一顿过瘾的饭，他觉得这比贾春江每日一碗粥的馈赠实在多了。贾春江没怎么吃，不时向梁潮生投来厌恶的眼神。

饭后，罗圈腿、缩脖和长臂猿从议事厅出来。长臂猿腿虽然长但走得慢，他的关节似乎要经过比常人多几倍的轮转，才能圆满地跨出一步。在所有人的注目下，长臂猿照着毛边纸本儿念："贾春江，分师穴；姚学礼，分马穴；梁潮生，分容穴。"他们暂且还不知道师、马、容是什么意思，但不能回家这一条，就使他们难过。

"我不去马穴，那是什么地方？马厩吗？"一个男孩突然叫喊起来。"姚学礼住嘴！小心老子撕了你！"罗圈腿怒喝。姚学礼下意识地捂住嘴，眼睛四下逡巡。梁潮生当时是所有男孩中最没有想法的一个，他觉得在别处流浪和在红山流浪是一样的，所以他不理解这个叫姚学礼的小子为什么会失去理智而哭闹。他皱皱眉，悄悄凑近他说:"小不忍则乱大谋。"姚学礼上下打量他一番,想从他身上找出智勇双全的气质,结果姚学礼失望了,梁潮生一副邋遢相,脸脏得比包公还黑。

姚学礼首先被带入马穴,其次是那些男孩。他们像被掳来时横别在马上一样不敢说话,不敢大声喘气,顺从地跟在一个英俊的红脸人后面,走进不同洞穴。"你,跟我来。"长臂猿对贾春江说。他的头埋在领口里,一言不发。梁潮生睁大眼睛,一直将贾春江的背影送入师穴,并牢牢记住那个洞穴的特征。

最后只剩下梁潮生一个人。罗圈腿愁烦地合上毛边纸本儿,愤恨地叨叨:"姥姥的,这回给你派个徒弟,叫你张狂!"他把梁潮生领到容部门口,清清嗓子,狡黠地问:"您在吗?"良久,里面发出沙哑而苍老的声音:"嗯,在,有事?""二仙给您派了个徒弟,我给您送来了。"罗圈腿侧着耳朵说。"嗯,搁下吧!"里面说。罗圈腿面露喜色,杵了梁潮生一下,示意他自己进去。

梁潮生胆怯地撩起白帘子上红得耀眼的"容"字,将还未长结实的双腿迈入吉凶未知的洞穴。洞穴潮湿黑暗,他站了好一会儿才适应稠重的光线。洞内有一盘石炕,炕上铺一层隔潮的草席,草席编织细密,但又不失软和。容师僵直地躺着,一看就是一个高而瘦的老人,头发及肩,胡须与头发同色,长袍又与胡须同色,所以他所在的区域整体看起来是一片灰色,没有半分光彩。他慢慢地从草席上坐起来,冷漠地打量着面前的小人儿。他们一大一小,一高一低,相互对视,各有所思。"给我一碗水。"容师衰弱地发出梁潮生入门后的第一道指令。

梁潮生看见一张陈旧的柜子上有一把铜茶壶和几个老碗,他拿起其中一个倒了半碗水,怯生生地递给容师。容师一口饮下,"去后穴洗澡吧,新生活开始啦!"说完一阵咳嗽袭来,他急忙捂住胸口,瞭了一眼里面的洞口。

梁潮生疑惑地向那个洞穴走去,里面更加潮湿黑暗,脚底黏湿不平,头顶不时有水珠落下,流入脖颈,凉飕飕的,一连转过三个山角,眼前突然变得清明开阔,一个类似于红山外部构造的微缩版地形展现在眼前,一汪清凌凌的水夹在几块巨大的石头间,水面的波纹悄悄变幻着形状,山顶的裂口正好对着水池,春日的午后暖阳从裂口斜插进来,在水面上形成一团光雾。

他的头发因受洪水沾污,早已板结得零乱不堪,身体和五官亦是结痂般失去原有颜色。他凝视着水,想起家乡的干旱以及那口枯井,实在不忍用它来洗身子。他先趴在石头上喝了几口水,看见水中的自己与乞丐无异,不免流下眼泪。他在水中泡了许久,直到听见一阵咳嗽,才光溜溜地爬上岸。他将那堆破旧的衣服淋湿,使劲儿揉搓,它们实在太脏了,他有些不忍心污染水源。"穿这个!"容师在他身后说。他极速转身,下意识地捂住裆部。"这是以前的一个小子穿的,后来他长大了,穿金戴银去了,你来穿!"容师将衣服丢在地上,慢悠悠地坐在一块石头上,"过来剪头发!"他体虚乏力、面色苍白,似乎全身布满了摧毁身体机能的细菌,令他一点点萎缩成一只瘪柿子。

他迅速穿好衣服,有点长,卷了几圈,然后走过去蹲在容师两腿间,像一只小羊羔。容师从怀里掏出一把剪刀,嚓嚓剪起来,剪完说:"收拾!"他等容师离开后,趴在水边看了看自己的新造型,有些恍惚,感觉这个干净的小子是贾春江而不是自己。他把破衣服藏在一个石头缝里,又将剪落的头发收好,复回前穴。

容师重新换上一件白色的长袍,把自己瘦弱的身体包在里面,盘腿坐在席垫上,指示他坐在对面的窄凳上,"你,听着,我是这红山的换脸师,换脸懂吗?就是毁掉原来的脸,换一张新脸,想做神仙就得告别过去。外面那些人,是我设计的作品,美吧?咯咯咯……"容师脸色绯红,眼中升腾起一种近乎疯狂的躁动。

梁潮生倒吸一口凉气,觉得刚才吃下去的肥肉在腹内撒野,扭作一团。他惨叫一声,沉沉地从窄凳上跌下去。过了一会儿,他感到有一只手轻轻抚摸他刚刚剪过的头,就像拨弄一片草丛。"记住,这里就是你的家,我就是你的亲人,你就叫我师傅吧!"容师悠悠地望着他，明明笑着，却目露凶光。他不敢言语，他那由无数器官组成的视听嗅味触等感知，由于失去信念的供养，变得苍白无力。他蓦然听见贾春江说："跟我走就对了。"于是他忍住眼泪，倔强地站起来。

落日的霞光过后，山峰上面的天空逐渐变成暗蓝色的天幕，几颗星镶嵌其间，同时也镶嵌在溪水里。水是星星的镜子。

南壁的大洞又升起烟火，小牛肉的香味在山峰间流转。一九二五年四月十六日中午，十几位被掳上山的男孩们来到大洞前领饭，他们那被神水洗过的身体散发出幽淡的远古清香，头发一律剃成毛寸。经过一夜，他们眼神中都增加了一种无法洞穿的神秘感。他们穿着大人的衣裳，上衣长得包住了屁股，裤子宽得套住了鞋子，总而言之，他们每个人领饭的时候都摇摇晃晃，像一个个没睡醒的孩子。

"你听说了吗？昨天夜里议事厅门口被人贴了传单。"姚学礼凑在梁潮生跟前。"传单？这里？"他看看头上一方天，撇嘴，摇头。"别不信，我师傅可是武师，武功高强，是二仙的贴身保镖，正在全力调查呢。"姚学礼得意扬扬，似乎他师傅的武功就是他的武功，他师傅是红人也能使他成为红人。"查什么？这里铜墙铁壁，肯定是自家人干的！"梁潮生脱口而出。姚学礼怔了一下，"贾春江你行啊，和我师傅说的一模一样，我师傅说……什么国共合作不理想，输送啦渗透啦什么的，传单有可能是内鬼干的，内鬼懂吗？"梁潮生推姚学礼一把，"什么贾春江，我是梁潮生、梁潮生！"姚学礼摸摸头，以为自己说到内鬼的时候果真撞了鬼。

就在这时，贾春江手端一个缺角的老碗走过来，他碗里菜多，梁潮生碗里肉多，肉菜的多寡决定一个人肚子里的油水。梁潮生亲昵地挤他一下，"不生气啦？傻瓜，我说出你的小名是为了保护你。"贾春江回挤他一下，"你才是傻瓜！你知道他们要我小名干啥，给我爹娘写信要钱！""不是吧？"梁潮生和姚学礼同时惊呼。呼声惊动了蹲在石台上吃饭的缩脖，他本来是个"就地安锅"的身形，又蹲着，感觉更加怪异。他朝这边望过来，见没什么异样，低下头把最后一口饭扒拉进嘴里。

"你是人是鬼？怎么和我长得一样？"贾春江又惊呼起来。梁潮生意识到真容已现，索性站在他面前，让他看个够。"嘘，安静、安静，是我，梁潮生，哎哟！咱俩长得可真像！"姚学礼站在他们中间，看完这个看那个，习惯性地来回摸头，惊异得快把头摸烂了。"我刚才和哪个说的话？"他用两只手指着两人的鼻子。梁潮生把他的手打开，"是我，傻瓜！"贾春江也把他的手打开，"反正不是我！""哎哟哟，你俩活脱脱一对双胞胎，一定是其中一个被送人了，对对对，就是这样没错！"姚学礼自言自语。

贾春江戚然地逼视梁潮生，"你为什么欺骗我、出卖我？"梁潮生心情复杂，不知如何向贾春江解释其中原委。贾春江又压低声音说："我怀疑你是安插在我身边的奸细。""奸细？"梁潮生悲哀地反驳："我要去种地，你不让我走，结果被你连累受罚，你怎么猪八戒倒打一耙？"贾春江顿了顿，"那你为什么跟我长得一样？"梁潮生苦笑，"相貌是爹妈给的，偏就和你一样，我有什么办法，我发现后一直不敢洗脸。"姚学礼插嘴说："屁大点事，这是缘分、缘分！"贾春江听了姚学礼的话，沉默了一会儿，然后尴尬而明朗地抿嘴一笑，"你可能是我前世遗失的兄弟。我有可能被赎身，你难道真要留下来做神仙？""我不知道。"梁潮生觉得前途渺茫。姚学礼又插嘴说："这里很诡异，咱们有机会就逃走。""逃，怎么逃？"梁潮生、贾春江同时看姚学礼，姚学礼却眼望别处。

山里时间缓慢，除了天上的白云飘来飘去，一切都好像静止了。梁潮生刚回到容穴就听到罗圈腿喊："小子们都出来！"他走出去，看到罗圈腿、缩脖和长臂猿穿着猩红色的同款华服，举止夸张地并排站立，脸几乎与华服同色，分不清是脸还是衣服。男孩们排好队，齐刷刷地望着他们。罗圈腿发话："今晚有宴会，你们分组帮忙。""是。"男孩们恭顺作答。

分组的结果是梁潮生、贾春江、姚学礼一组，为议事厅全程服务。其他两组，一组往石台上安置临时桌椅，另一组做哑巴厨师的帮手。开宴前几分钟，众多红脸汉子从天而降，聚集在这方山峰为壁、天空为顶的山洞，他们脸色相同，五官俊美，一些明明透露凶光的人也长着一张俏脸，就连一些委靡无神的人也都面目清秀。

二仙换下外出办事时穿的红底黑面斗篷，摘下腰间别枪套的皮带，只穿一件灰色长袍，仙风飘逸地从议事厅走出来。"嗯，今天庆祝红山第一代新人到来。瞧，那些稚嫩的孩子正在为你们这些有资历的神仙端茶送水呢！不过最近发现一件怪事，有人竟敢在议事厅门口张贴反动传单，蛊惑我们的神仙出山受罪，你们说愿意吗？""不愿意！"神仙们齐呼。"抓到这人怎么办？""水葬！水葬！水葬！"神仙们振臂齐呼，脸上露出一股泄愤的神情。"好！你最好隐藏得够深，让我抓到绝不轻饶！"二仙的鹰眼在神仙们脸上浮移，看谁都像内鬼。

漂亮的神仙们开始落座，石台很快被挤成一根麻绳，男孩们在罗圈腿的安排下，各领一个托盘，一字排开站在厨房前，一边接受神仙们的检阅，一边等待哑巴厨师分发菜品。

梁潮生三人领到菜品后，在罗圈腿的引领下为议事厅上菜。议事厅也是洞，在梁潮生眼中，它比容穴大无数倍，比父亲开挖的煤洞更加开阔。放眼望去，洞内灯光辉煌，几十只大号琉璃油灯不远不近地安插在石壁上。下面有无数个石台，有圆有方，形状不一，每个石台上又放一只小号琉璃油灯，所有的光沉瀣一气，将整个洞映照得如同白昼。走下手工凿切的石阶，石阶分开主次，主石阶通向主殿，次石阶通向若干小石台。主殿在一面薄如手掌的峭壁后面，梁潮生、贾春江、姚学礼的师傅都在里面就餐。三人止步于峭壁前，罗圈腿从他们手里接过托盘，自己送进去。他们不知道峭壁后面的神仙正在密谋什么大事，他们往后的岁月将被导演成怎样的剧情。他们一声不响，却能听到彼此胸腔内鼓荡的呐喊。

峭壁后面阒然无声，连一丝交谈或杯盘相碰的声音都没有。外面也是一样，内鬼的事影响了他们的兴趣，他们只埋头吃饭，相互之间不交流，好像个个都是内鬼，你防着我，我防着你，就连筷子偶尔在盘子里碰一下，也会立即拿开，并且其中一个再也不会去夹那盘菜。

红山春末初夏的深夜气候微凉，稀疏的星星皎洁明亮，石缝间氤氲缱绻，始终不肯散尽。梁潮生三人撤去议事厅的盘碗，站在外面等各自的师傅。

教师第一个走出来，他的眼球黑多白少，看人总像在死盯，看不出实际年龄，一袭质地优良的绸缎袍拖在地上。他略有醉意，步态飘逸，像从凌霄宝殿走下来的神仙，贾春江连忙上去搀扶。马师第二个走出来，他穿盔戴甲，眼神清亮凌厉，警惕如鹰地注视熟悉或陌生的环境。姚学礼上前去，讨好地为他掸去肘弯处的一根浮草。容师最后一个出来，他晃着老态龙钟的身子，想极力赶上前面那两位，与他们絮叨一下刚才的主题，但那两位似乎不想与他交流，故意加快脚步，把他甩在后面。

"哼，我知道他们恨我，因为我改变了他们的容貌，让他们再也回不到从前！"容师愤懑地自语。梁潮生想扶他，又不敢上前，只能亦步亦趋地跟在旁侧。"你，明天去师穴上课！"容师说。梁潮生一阵欣喜，上课好啊，他可以天天和贾春江在一起，但他不能表现出高兴，只轻轻应一声"是"。

回到容穴，容师莫名其妙地哀鸣一声，而后渐渐闭上因脾胃失和导致深陷的眼睛。不一会儿，容穴一片凄静，容师发出蚊子般的鼾声。梁潮生环顾洞穴四周，他不想和容师同睡一盘炕，他想念野外以天为被、以地为褥的睡觉方式，但这里是山、山洞、石头，一年四季冰凉刺骨，容易睡坏身子，他不允许自己生病，流浪汉必须有一副好身板。他轻轻爬上炕，尽量离容师远一点，手抱着腿，腿勾着手，沉沉睡去。

几天以后，梁潮生突然感觉浑身倦怠，没有力气，总也睡不醒。他多想吃一口盐土，只有盐土能令他稳定心神，但红山到处是石头，即使石缝间有一点土，也是肥沃的红土，不是有盐分的白土。肉也解决不了他这个怪癖，他感觉自己快要死去了。有一天，姚学礼给他掬回一捧白土，神秘兮兮地说："这红山可不一般，山外有山，山外的山外是平原，盐土多得是。"贾春江不相信，他认为有父无母的姚学礼缺乏教养，让梁潮生少和这种人交往。梁潮生听贾春江的话，不再理姚学礼，但过十天半月他的盐土症发作，他又将贾春江的话抛之脑后，跑去和姚学礼套近乎。

男孩们都成了学生。一个阳光明媚的下午，他们从各自所属的穴洞出来，去师穴报到，心情忐忑，短短一段路，好像要走一个世纪。梁潮生看见师穴比容穴几乎大两倍，入口处的构造基本一样，都有一盘石炕、几张粗制滥造的桌凳，里面却别有洞天，洞穴套洞穴，洞穴顶端有好几个口子，阳光从口子射进来，使洞穴光线充足。地上有一些蒲垫，石壁上挂两块风格迥异的黑板，四角的凹槽上放着棍子和粉笔。身着灰色道袍的教师站在黑板前，颔首微笑，迎接他们的到来。贾春江已经盘膝坐在第一个蒲垫上，梁潮生效仿，姚学礼抢第三个坐下。他总是要夹在他们中间，或跟在他们后面。

教师开始训话："逢此乱世，红山确实是世外桃源呐！你们是红山补充的第一批新人，新到的都他妈的是小雏鸡，嘎嘎嘎……我，乃绥远巨匪卢占魁的二弟，当年我哥占魁被张作霖诱骗毙命，但我们家没绝种，我还在！咱红山的组织状况和其他地方不一样，其他地方一入门要砍香，也就是结拜，咱们是换脸，一换脸就是自己人。称呼也不同，他们叫码子、舵把子、大当家，咱们叫神仙。还有一点不同，就是如果谁触犯家规，挖眼的挖眼，砍头的砍头。咱这里是实行水葬，把你活生生丢进一条水道，呵呵，生不如死！最后说说对肉票的毒刑……"他顿了顿，看贾春江一眼，"对肉票的毒刑主要有以下几种，压杠子、耕田、坐快活椅、摇电话和拉风箱、划鲫鱼、活埋，呵呵，据说比生不如死还生不如死！"

此后，贾春江坐到最后一个蒲垫上去了。梁潮生要过去陪他，他不同意，说坐在前面听到"肉票"两个字的时候心怵得慌。

第一课听完，梁潮生几乎打消逃走的念头，他本身就是一个流浪汉，为的就是吃饱穿暖，红山符合他的一切预想。他的内心不再挣扎，一种随遇而安的心态使他整个人伏伏贴贴。贾春江看出他的心思，阴阳怪气地说："红山好哇，有肉吃，比那碗酸粥强多啦。"梁潮生突然缓过神来，他觉得教师的洗脑作用太强了，差点使他丧失一个人该有的品行。他拧一把自己的大腿，疼得嗷嗷叫。贾春江用猫一样的眼睛看着他，"醒醒吧，好好想想神仙和土匪的区别。"他没说话，脑子乱作一团，过去和现在交织在一起，使他无法做出正确判断。

　　容师的身体越来越弱，他不吃饭，身体会稍微好些，一旦吃饱喝足，身体机能就像注入了腐坏剂，膝盖不能直立，大脑辨不清方向，手指抽搐，眼睛模糊，像一具骷髅支撑着宽大的袍子。这天，他从议事厅出来，一个趔趄扑倒在一块石头上，碰破了头和膝盖。梁潮生下课回来，看见他正在包扎汩汩流血的膝盖，头上渗出细碎的汗珠。梁潮生取回午饭，容师胆寒不敢吃，他现在惧怕吃饭。"你去找找药王张，要一些止痛药。"容师有气无力地说。

　　梁潮生走出容穴，经过马穴时，看见姚学礼正在给马师洗脚。马师穿着由竹片串成的厚重防箭服，姚学礼说马师睡觉从不脱此盔甲，腰刀更是日夜不离手，一有动静，立刻腰刀出鞘。按照排序，药穴在马穴之下。他走进药穴，看见成堆的草药中间坐着一个黑黢黢的无腿人，似睡非睡，眼皮下垂。"容师跌伤啦？喏，拿去！"药王张未卜先知，已经备好伤药。

　　梁潮生再次经过马穴时，看见马师正在教姚学礼扎马步，姚学礼似乎没有练武的天赋，夹着裆不愿分开，招来一阵喝骂和鞭打。他打开伤药，为容师敷。容师像一个濒死之人，任由他摆弄。伤药是膏状，猩红，上面有一层小颗粒，只有在与溃烂的皮肤接触时才会产生强大药效。"哟哟慢些，疼！"容师反应强烈，"药王张的医术独一无二，不过这几年没人相信他，只有我。"容师龇牙咧嘴地说。

　　天色已晚，外面的值勤兵发出灭灯的讯号，除了天上的星星，人类一切的梦境都信马由缰。梁潮生难以入睡，他看着暗影里的容师，一种迫切的焦灼感涌上心头，他感到自己正在陷入是非，纯良正义被这里的仙气一点点湮没，他有些分不清对错。不知过了多久，他听见姚学礼在外面轻喊他的名字，他懒得出去听姚学礼诉苦。

第二天早饭时，姚学礼用肘臂狠狠地杵他几下，以报昨晚不回应之仇。少年之间常会这样，一个不满意就会打架斗殴，出完气又啥事没有，和好如初。他疼得龇牙咧嘴，脸上泛起恐惧与羞愧的神情。贾春江发出一声微弱的号叫，警示姚学礼不要对梁潮生动粗。少年之间也常会这样，以多胜少，将单枪匹马者打得满地找牙。姚学礼懂这个规矩，他被平日看似娇弱实则坚忍的贾春江所发出的警示震慑，乖乖卸下虚张声势的伪装，低声说："马穴后面有一个出口，你们听不听？不听算啦！"梁潮生环顾一下四周，"有出口又怎样？莫非能装下千军万马？"姚学礼说："就是啊，记得掳我们来的那支马队吗？那么多人和马，说没就没了？告诉你们，都在马穴后面连绵的山坡上呢，那里扎着二十一座白色帐篷，十五人为一小队，有三百来号人，还有马圈、羊圈、猪圈。马圈分三等，良种马只有两匹，大仙、二仙各一匹，有专人负责饲养。"姚学礼的话戛然而止，梁潮生、贾春江听得惊心动魄。

秋天的一个晚上，梁潮生躺在后穴的水池想事情，脚下的一簇毛茛花艳艳地望着他，这是姚学礼从马场偷偷挖回来的，他怕养不活，送给贾春江，贾春江心细，从木穴捡了一些废弃木条，订了两只小木匣，将两株毛茛花分栽进去，一株送给姚学礼，一株留给自己。如今，毛茛花长势正旺，眼看就要打开花苞完全绽放。他望着毛茛花，内心一片宁静，他真想就这么一辈子过下去。

"梁潮生，你又死池子里去了？你是不是上辈子缺水？"容师在前穴凶巴巴地叫。他赶紧把衣裳套在湿哒哒的身上，迅疾跑到容师面前，嬉笑说："不瞒师傅，老家连年干旱，我见水跟见命一样。"容师不听他啰嗦，翻身下炕，"出去不要带眼睛和嘴巴！"他轻轻应答，一脚迈入暮色正浓的夜。

不知什么原因突然使容师精力旺盛，他精神矍铄，高而瘦的身体坚定有力。他们幽灵一般来到药穴门口，容师提起地上的一个扁圆小木箱，向里面低语："还是老样子？"里面答："良药苦口利于病。"容师一阵欢喜，把药箱递给梁潮生，转身朝议事厅方向走去。

月亮半圆，四面的山峰像父亲开凿的井口，永远只有那么大一片。小时候，父亲将他抱进还未出水的井里，让他从下往上看，说那叫坐井观天。现如今，他在只能看到山里的一方天，还是坐井观天。

议事厅内加强了警戒，三步一哨，两步一岗，岗哨都配有长杆枪和马刀。这些人神不知鬼不觉地到来，又不知何时遁地而去，梁潮生豁然觉得这个大穴才是红山的指挥中心，那位只闻其名不见其人的大仙在暗地掌控一切。容师长驱直入，与二仙在薄壁前进行一番密谈。距离太远，梁潮生听不清，只感觉峰顶有水滴滴答答落下，偶尔一滴落在脸上，冰凉刺骨。

两人说完话，望一眼梁潮生，二仙对容师做了个蒙眼的手势，容师点头。过了一会儿，容师来到他面前，掏出一块黑布蒙住他的眼，然后深一脚浅一脚地跨、挪、移、跃，每一次，容师都会事先发出讯号，尽管如此，他还是走得跌跌撞撞。

梁潮生从空气中嗅到有第三者存在，第三者一直走在前面，长杆枪和马刀与衣裳轻轻摩擦。容师毕竟身体脆薄，逐渐落在后面。梁潮生通过身体感知的温度、湿度以及地表的硬度判断，他们始终还在洞穴行走。不知走了多久，他听见枪和刀轻轻撞击的声音，继而是粗重的喘息，而后似乎徐徐拉开一道厚重的石门，一股清新的风吹在脸上。

重见天日时的子夜，梁潮生认出所处之地正是被掳来时停留的地方，一位老者钉子般杵在洞口，他就是此地的最高领袖——红山议事厅的李公中。

三、容穴·李公中

一九二五年的河套平原滋生出不少水渠,有水的地方就有田,于是出现了一批农场主、大宅大户和公司,一律被称作公中。为什么会在茫茫戈壁成立红山议事厅?李公中又是怎么当上公中的?我叔父那时年纪尚小,对事物的判断能力还处在初级阶段,许多事情发生便发生了,过去就过去了,并没有在心里形成疑问。直到多年以后,我叔父重返红山,才对李公中有了一个全新的认识。

"老规矩,一茶三点,您请。"李公中把容师请进议事厅后面的客房,指指桌上的茶点,一张肉脸被精致的五官衬得神明爽俊。容师洗净手,坐下来先看看茶点,然后凑近看李公中的脸,"啧啧啧,我的作品里属你最完美。"他说完,用食指轻轻划过李公中的脸。李公中一边撇嘴笑,一边抱拳,"多谢容师!今晚先休息,明天我叫那几个烂脸的来。托您的福,我的脸能红能白,表情自若,呵呵。"

容师端起茶水抿了一口,"当年我说慢点做,把毒消好,他们不听,现在好了,出毛病了吧?"

李公中附和:"事实证明您是对的,可眼下他们是我名义上的佃户,溃烂症一旦传到五原,我担心以王同春为首的四十八家公共经理会注意到咱红山。"

容师说:"你不用担心,近来贾大人上任,要收干渠为官渠,王同春自顾不暇,没心思管你。"

李公中的肉脸绽放开来,五官凝结在一起,"最近山里有没有蹅摸下窖藏的富户?外面缺摆样子的货啊!"他说完瞥梁潮生一眼。

"那是他们的事,我不管。这是我徒弟,你放心,过几天新人换旧貌,我会为他做一张比你还完美的脸。"

李公中离开后，梁潮生表面平静，内心却哽咽地想要呼喊出来，他感觉双亲正在向他跑来，怔怔地看着承继了他们骨血的脸，神情凄凉，如鲠在喉。他似乎听见贾春江说："你本来就跟我长得不一样。"他问容师："我也要……换脸吗？"容师看着他处在逆光之中的侧脸说："你和贾春江那小子长得太像，他是肉票，有利用价值，你嘛，只能跟着我，我要把你塑造成我喜欢的模样，呵呵呵……"梁潮生愣住了，噙着眼泪站起来，双手举盆，去外面把水倒掉，绝望地靠在墙根下哭泣。

此时，皎洁的月亮缓缓西移，在广阔的天空肆意流泻，云时而稀薄时而浓厚，调皮地将光线摆弄得虚实不定。于是，山、街、墙以及梁潮生，都随着云的飘移时明时灭，与田野的蛙鸣蝉叫，构成一幅自由的生活图景。

"小哥哥。"他身边不知何时多出一个小女孩，怯生生地望着他。

这是我叔父和我妈妈的第一次邂逅。我叔父的一生，只有这一段光阴独属于原生人梁潮生。尽管后来我妈妈依据一些细节，判断出黄一飞就是梁潮生，但她还是不自觉地摒弃小时候的记忆，对我叔父充满无限爱意。

梁潮生拭去泪痕，仔细打量小女孩的脸。小女孩的皮肤泛出宝石般的光泽，面颊红润，眼睛比后穴的泉水还清亮。"你怎么一个人在外面？不害怕吗？""怕，可是乳娘又不见了。"小女孩的声音柔得教人心疼。"又？乳娘经常不见吗？你告诉妈妈呀。"小女孩天真地说："我没有妈妈，妈妈在庙里呢，我去看过，妈妈和观世音菩萨在一起站着呢。"梁潮生抚摸一下小女孩的头，"你叫什么名字？小哥哥带你去找乳娘好吗？"小女孩说："我叫黛儿。"

他们手牵手穿过后院鹅卵石铺就的小道，去下人屋找乳娘。屋内一人也没有，陈旧的家具散发出霉腐的气味。黛儿又想哭，小手紧紧牵住梁潮生的手。梁潮生四处张望，发现一间屋子亮着灯，里面有细碎的声音,他们走过去。梁潮生的头刚好与窗户平行,使他能够完全清晰地看到里面的情形:一对男女缠绕在一起,男人正是李公中。他脸红心跳地跑开,黛儿哇一声哭了。乳娘仓皇地走出来,顾不上收拢头发,忙把黛儿抱回闺房。

第二天,吃过精致可口的早饭,他们被请到议事厅。李公中端坐在那里,正在饮茶、看账本。梁潮生想起头天晚上的事,觉得身体在这里,魂儿总是飞到那间屋子外面。李公中淡定自若,他却无比恐慌,他眼睛里的李公中是一具不穿衣裳的小丑。

有人报告病人到。李公中拉开议事厅的门,把六个身形各异、五官俊美、脸红得发紫的男人迎进来。

容师逐一看过,"又喝连阴酒了吧?"烂脸人一致点头。"给你们说过多少遍,你们属于特殊体质,刺激性的食物会使皮下的肉发炎溃烂,为何不听?"其中一个烂脸人粗声大气地说:"你这张新皮让我加速衰老,我才二十五岁,看起来像五十二岁,你妈的!"另外一个说:"反正我已经不是原来的我,爱喝就喝,你只要不让它继续烂下去就行。"

容师思忖一会儿,对李公中说:"他们这是思想问题,烂脸好治,思想嘛……他们是你的佃户,别出什么岔子。"李公中忙解释:"关于这一点,我已报告二仙,咱这里不能没女人,一来看起来古怪,二来嘛……女人能安抚男人的心。"

烂脸男人一听说女人,立刻亢奋起来,眼睛里闪着肉欲的光芒,姿态下流,面目可憎。

容师开始给烂脸人看病,轻的,简单涂些药膏,重的,用纱布蘸上曼陀罗和羊踯躅的汤汁,把病人迷倒,从颌下划开一道口子,将脸皮提起、揭开,撒上小蓬草和蟾蜍草制成的药面儿,最后进行缝合。那位粗声大气的男人抗药性强,曼陀罗和羊踯躅对他不起作用,他一直嗷嗷惨叫,苍白的脖颈由于过度疼痛青筋凸起。

梁潮生第一次经历这种惊心魂魄的手术,吓得不能呼吸。好在他的无知和害怕,解除了容师对他的提防,使他能够在观察病人的三天时间里自由出入。其间，黛儿又来找他玩，柔柔地唤他生哥哥。他们手拉手走出议事厅，穿过红褐色的街道，穿过红褐色的铺子，在红脸佃户们的注目下，嬉闹着走向远处。走出街道就是荒野，不，确切地说是戈壁滩。草浅得可怜，砾石不少。从远处回望，议事厅刚好倚在红山脚下，不仔细看，不会发现山下还隐藏着一些人类的所在。

"那是什么？"梁潮生猛然看见议事厅后面有一个琉璃状的东西，在阳光下闪烁。"是庙的翘角檐啊，妈妈和观世间菩萨在那里边呢。"黛儿心无旁骛地说。黛儿捡了一些如豆的小石子，颜色有红有白有青，念叨："在绥远啦，一个小姐的闺房墙上贴着这类小石子儿。"梁潮生哄她："你捡吧，等捡够了，生哥哥给你贴。""真的？拉钩！"黛儿伸出粉嫩的小手，与梁潮生的小拇指套在一起，"拉钩，上吊，一百年不能变！"

黄昏时分，乳娘在喊黛儿。梁潮生用前襟兜起黛儿捡的小石子，朝乳娘及山的方向走去，黛儿顽皮地跟在后面。

深夜，梁潮生被容师推醒。"回！"容师言简意赅。药用完，药箱很轻，梁潮生却走得很沉重。他再次被蒙上眼睛，索道声，石门开合声，风被关在身后，一股潮湿从脚底漫上头顶。

他又去后穴洗澡，看见毛茛花开出一个小花瓣，绿包着白，白裹着粉，俏丽可爱。入水的时候，水清澈得像黛儿的眼睛，使他有一些羞愧。容师已经入睡，发出类似于动物嘶叫的声音。他让金黄如麦的身体漂浮在水面上，蒙眬间，又看见乳娘与李公中缠绕在一起，他一阵燥热，连呼出的气息也有一些炙烈。为了克制这种不洁的念头，他像鱼一样潜入水底，直到感觉死亡即将来临才跳出来。

出山之行犹如一股清醒剂，使他烦躁难当，换脸日就要到来，一旦形成事实，男孩们的命运将和那些烂脸人一样，永远无法与亲人相认。他思来想去，不知如何是好。

深秋的时候，姚学礼说红山后面爆发过一次山洪，所幸人马羊猪都无损失。后有探子来报，五原下雨不止，河口渠口决堤，一片汪洋，伤人无数。二仙趁机坐在石台的太师椅上，训导在阴郁气候下吃饭的神仙，"咱红山是福地，若在外面，你们不是饿死也是被洪水淹死！"

三四百号人，青一色的红脸汉子，默不作声。在吃一道辣子鸡的时候，一个红脸男子挠了一下脖子，所有人受感染般都去挠，挠完脖子觉得别处又痒，又去挠。结果饭吃不成了，大家刺啦刺啦地全身挠痒痒，够不着，相互挠，忍不住，靠在石头上蹭，蹭得血流不止。罗圈腿见此情景，质问哑巴厨师为何放辣椒，哑巴厨师比画不清楚，被绑进议事厅实施耕田的酷刑。

"耕田？"贾春江问梁潮生。梁潮生听容师说过，耕田就是用两根木头，绑在人的左右腿上，竖起来让人伏在地上用手爬行。但他摇头佯装不知，他怕吓着贾春江。

刑后，哑巴厨师被两个土匪抬进厨房。众人嗷嗷欢叫，各回各部，两百多人依次进入马穴，转眼阒寂无声。

三季无话。

第二年夏天，缩脖给男孩们每人发了两套夏衫，一浅一深，胸前用细针挑绣出穴名，字不太雅致，却认得清。姚学礼居然分到"药"字衫，他不解其意，缩脖不耐烦地解释："没错，马师不要你了，说你没天赋，你被调到了药穴，跟药王张学医术去吧！"姚学礼不敢违拗，又不知好坏，站在平台下面潸然落泪。

课间，贾春江甩开姚学礼，带梁潮生去看他帮厨时发现的一个洞穴，他说："哑巴厨师神了，只用一两个帮厨，就能造出一顿三四百号人的饭食。"的确如此，没人见过哑巴厨师睡觉，他身上的肥膘不增不减，永远都是老样子。他喜欢呆坐，贾春江说那呆坐就是哑巴厨师睡觉的方式。果然，他们进去的时候，看见哑巴厨师面如死灰地坐着，眼睛圆睁如铃，如同一具涂了福尔马林的死尸，但气息均匀，胸脯一起一伏，是睡着的迹象。

贾春江钻进放蔬菜的案板下，把几个搁山芋的红柳筐推出来，"怎么不见了？明明有一个洞的。"他丧气地退出来，准备把筐恢复原状，结束冒险，突然见一粒石子弹在旁边的白菜筐上，他歪头想想，推开那几颗白菜，露出一个不大不小的洞。"真狡猾，原来你知道这个洞？"贾春江质问梁潮生，梁潮生一脸狐疑。"好了好了，自从遇到你，你就一直在装，进不进？"贾春江有些生气。梁潮生顾不上辩解，推开贾春江，一头钻进去。贾春江跟在后面，摸着梁潮生的脚踝前行。爬了一会儿，梁潮生看见一丝光亮，紧接着一团洁白的云彩倏忽飘过，伴有大自然的风声和鸟声。梁潮生有些激动，他希望这是一条逃生之路，他们俩就此从花名册上消失。但事与愿违，洞穴是通向外界，洞口悬于峭壁，下面是万丈深渊。两人坐在洞口，胆寒地望着远处缭绕在山峰间的细碎云彩，谁也不说话。

过了几天，罗圈腿让贾春江穿戴整齐，去见前来赎他的人。梁潮生顿感无措，他担心贾春江一去不回。

姚学礼还是时不时哭鼻子，梁潮生嗔怒说："学医当医生，不比放马强？"姚学礼反驳："外面一望无际，自由自在。"梁潮生说："你这人好没追求。"贾春江不回来，梁潮生心神不宁，拿姚学礼出气。

晚上，哑巴厨师做了手搓肉丸子，丸子弹性十足，一口咬不住就会滚落地上。人们吃腻了肉，故意将丸子拨落，然后开玩笑去捡。捡丸子的人在桌下碰了头，扑腾得昏天黑地。突然二仙从议事厅出来，手里提着一个软塌塌的人。梁潮生看清那是贾春江，他冲动地想要扑过去，被姚学礼一把按住。

二仙怒不可遏地说："这小子的父亲，居然扛出得势大臣荣禄来向我们施压，愚蠢至极！白日做梦！容师，换脸日提前，先给这小子做了！"

梁潮生清楚地记得容师乐悠悠地跑过去，接过昏迷的贾春江，眼神柔蜜蜜地说："手生啦，先练个手。"那一刻，容师高而瘦的身体被激情胀成一面鼓，袍子也显得小了。

梁潮生要追回容穴，姚学礼指使男孩们死死抓住他的腿，使他无力挣扎。神仙们还在拨抢肉丸，将肉丸当作球一类的东西，扔来踢去，喧哗四起。突然一声凄厉的尖叫压倒一切，无数个肉丸子落入水中，溅起一个个水泡。容穴上的布帘诡异地晃了一下，似乎有一个魂灵从里面走出来，风掠过每个人的脸，雨从天而降。

不知过了多久，小雨变成大雨，人们不见了，只有男孩们还做盘扣状，围拢着梁潮生。他们的眼睛被雨水弄得睁不开，却死死盯着容穴，容穴静如死水，不用想都知道里面是怎样的惨景。男孩们松开手，梁潮生缓缓走向容穴，姚学礼的脸上雨水泪水分不清。梁潮生在穴外伫立良久，拳头紧握，瘦削的肩膀颤抖不已。他鼓起勇气撩起布帘，一脚跨进去。又过了许久，男孩们被淋成落汤鸡，正待散去，更加惨烈的叫声惊动了雷神电神，红山上空电闪雷鸣，狂雨大作。

一片漆黑，红山发出血腥来临前的呜咽。

光阴迅疾，九个月过去了，红山还是老样子，因为石峰石岭没有几百年是看不出变化的。人的变化却很大，男孩们被挫骨绷皮，换成一张张漂亮的脸蛋，只有梁潮生例外。

那天，在容穴水池边的临时单架板上，梁潮生给贾春江喂粥。容师的手确实生了，把练手的贾春江彻底毁容——他的身体不接受屁股蛋上的皮，而脸部神经又被杀死，无皮可植，也长不出新皮，就变成现在这样一副褶皱脸，褶皱也就罢了，溃烂接二连三，治一处好一处，等全部治好，先前好的地方又开始新一轮溃烂。连日来，他衣不解带地照顾贾春江，一池水被换脸手术搞成一池血水，现在又由贾春江继续污染。贾春江拒绝喝粥，他已经绝食多日，一心求死。毛茛花死了，像一具花尸，连花带叶耷拉在木匣上。

"求求你，不要这样，只要活着就好。"梁潮生垂泪。"滚一边去，这回你高兴了？从此，我和你长得不一样了，这世上没人和你长得一样了。"贾春江脏话连篇，性情大变。梁潮生言语失措，内心恐慌。

两人无话。

有一天，罗圈腿把梁潮生带到议事厅薄壁后面的禁地。禁地富丽堂皇，有一张石榻，上面铺了一张白熊皮。石榻后面又是石壁，上面挂一张奇怪的地图。四面有一些木架，摆着形状各异的石雕和书，几片红绸从洞顶垂下，将这些物件隔开，同时蒙上一层迷幻的色彩。二仙走出来，"走吧贾春江，江儿，我带你去见你爹派来赎你的人。"

梁潮生想说什么，但罗圈腿上来捂住他的嘴，蒙住他的眼，推他向什么地方走去。由于抬腿与落脚点的不同，梁潮生判断是往高处走，脚下崎岖不平，有水迹，偶尔会打个滑或踩进一汪水里，发出呼啦声。在一片光里，罗圈腿拿开他的脏手，梁潮生感觉一阵眩晕，细看已身在半山腰。二仙超过他们，沿左侧的一条山道快走几步，然后向罗圈腿招手。罗圈腿把梁潮生推过去，他看见山下有几个人影，几匹高头大马，马背上驮几只陈旧的箱子。

二仙向下喊："哎——是贾谷贾大人派来的吗？"

下面的人向上喊："是。少爷呢？"

二仙说："在呢，喏，这不。贾大人答应我们的事情呢？"

"贾大人说，你们占山无非为财，对方给多少，他给多少，但有一点，他绝不可能为了救当土匪的儿子，自己也沦为土匪。"

"妈的！"二仙朝天开了一枪，下面的斜山里冲出一些人马，把来人团团包围。

"我们只是办事人！"

二仙一阵讪笑，"回去告诉贾大人，我们这次不是为钱，不过既然带来了，怪沉的，就留下吧，嘎嘎嘎……"

梁潮生回去将这件惊险之事告诉贾春江，贾春江怫然不悦，"让我死了吧，我活着是祸害！"梁潮生不知道他什么意思，又不敢胡乱搭话惹他生气。

贾春江总是睡不安稳，除了疼痛，还有一个接一个的噩梦。梁潮生把他搂在怀里，轻轻拍打，他不抗拒梁潮生，把梁潮生当作母亲。有时贾春江会哭，眼泪在丑陋的脸上滑来滑去，梁潮生用白天晒干的纱布为他拭泪，他始终闭着眼，嘤嘤地诉说家里的一些事情。梁潮生也把黛儿的事情告诉他，以做朋友间的秘密交换。

这次秘密交换，拉开了我叔父成为贾春江的序幕，使他日后扮演的贾春江不仅神似,而且在个人往事上也没有一丝纰漏。

贾春江没多久就叫唤起来,旧伤再度发作,他起身在地下走,一直走到天亮,才能好好睡一觉。

秋天,贾家又来赎过一次人,二仙故伎重演,扣下不少赎金。后来,贾家再没来人。梁潮生觉得贾家放弃了贾春江,事实上是贾春江自己放弃了自己,他拒绝药师为他上药,任由那张丑脸烂下去,最后连脖子也受到感染,变成一个比长臂猿还怪的怪人。

贾春江不再惧怕别人耻笑,执意离开容穴回到师穴。教师觉得他不适合待在师穴,重新要了两个男孩,把他退给二仙。二仙正在筹建新部门,便把他带进议事厅,安排他和长臂猿一起工作。

新部门设在议事厅里面,具体在什么位置无人知晓,两位怪人也很少出来,饭由专人送去。从此,梁潮生再没见过贾春江,他们近在咫尺,却远在天涯。

神仙基础教化课已经结束,男孩们又换了脸,渐渐与大部队融在一起,也变得不爱说话,眼神中透露着忧郁,脸渐渐变成红褐色。

姚学礼以前是圆脸,麦色皮肤,现在是非常俊美的红脸,他的鬓角被抬高,变成锅盖形。他伤口好得快,并且很快忘记自己的容貌。山里没有镜子,水就是镜子,但他们几乎从不看水中的自己,怕吓一跳,他们浑浑噩噩,过着神仙般的生活。

二仙决定亲自带领这支少年精英,为他们分派了新的洞穴,安排马师教他们格斗擒拿。他们有时会被马师带到马穴后面学打枪射箭骑马。没有贾春江相伴,梁潮生很孤独,姚学礼虽然整天跟在屁股后头,但他永远代替不了贾春江。梁潮生心里窝着火,把火发泄在打枪射箭骑马上,竟然日渐精进,在少年精英队拔得头筹。

一天晚饭时,容师对梁潮生说:"二仙命令下月给你换脸,你酷似贾春江的脸已经没有用了。"

梁潮生算算,离下个月还有八天。

第五天,容师让缩脖来叫他,说外面的溃烂症又漫延了。

当天夜里，他在水池待了很久，把第二天要做的事捋清楚。他让姚学礼给贾春江捎句话——春江潮水连海平，海上明月共潮生。这是他们玩水的时候，贾春江突然念的诗，他说这是《春江花月夜》里的诗句，第一句开头的"春江"和第二句结尾的"潮生"恰好是他们两个人的名字。姚学礼觉得梁潮生不对劲，"你不会想逃吧？有好事别忘兄弟！"梁潮生杵他一拳，"跑你个头！"

　　深夜出发前，梁潮生将一卷东西放入药箱，主动蒙上眼睛，跟在哨兵后面，走在容师前面。他既小心翼翼又迫不及待，生怕潮湿的空气暴露他心中的秘密。当身体接触到大自然的风，石门闭合，他才长长呼出一口浊气。

　　还是老一套，喝茶，吃点心，说话。

　　"还是那几个？他们必须戒酒，不然会像贾春江一样变成丑八怪！"容师洗净手，落座时又不由去看李公中的脸，"啧啧啧，男人都想多看你几眼，莫说那个乳娘啦，哈哈哈！"李公中没说话。容师又说："你原先的耷拉眼，当初是从发际线上开刀拽起来的，刚开始有一些吊眼，你看现在正好。"李公中还是没说话。容师觉得无趣，端起茶，放在鼻尖下嗅，眼珠转来转去。

　　李公中离开后，容师迅速吹灭油灯，摸黑拉开一条窗缝，"小子你过来！"梁潮生走过去，看见黑暗中站着两个更黑的黑影，一动不动，像两枚黑钉子。梁潮生正要开口，容师嘘了一声，制止他说话。他们摸黑回到床上，囫囵身子躺下，容师烦燥不安，突然翻身坐起，抓住他的手说："小子，我下面说的话你一定要记住！李公中恨我，他一直想杀我，这些年是二仙从中调停，才把这仇压下来，但我知道他一直在踅摸杀手，看来现在杀手找到了。你记住，如果我死了，凶手一定是李公中！你要告诉我儿子，为我报仇！噢，长臂猿就是我儿子！他也恨我，我也换了他的脸，我换了所有人的脸，他们都恨我，我迟早得死！"容师把一个大秘密一股脑灌入梁潮生的耳朵，使他有一些混乱，但他很快冷静下来，觉得贾春江的仇就快报了。他假装害怕，"师傅啊师傅，他们会不会连我也杀了？""不会，你不值得他们冒险。你装睡，无论听到什么也不要睁眼！"容师此时的口吻像一个父亲。

师徒俩躺在床上，一个在等死，一个在想办法逃生。

一会儿，梁潮生说想撒尿，容师说去撒，慢点撒。他蹑手蹑脚取出药箱里的东西，装作尿急的样子走出客房，一溜儿烟跑去找黛儿，他觉得只有黛儿能救他。然而，闺房灯火通明，黛儿却睡着了，李公中和乳娘正搂在一起说话。

"到了绥远有人接应，好生照顾黛儿，等黛儿长大，我娶你。"

"多去看看黛儿。"

"那是自然，连你也一并看了。"

"哎呀，讨厌！"

"别动，你乖乖睡，我今晚要办大事！"

梁潮生靠在墙上，不敢发出声音。他突然看见窗下停着一辆扎眼的洋汽车，后座上堆放着大大小小六七只皮箱。是黛儿的行李？他想，可爱的黛儿虽然睡着了，但还是给他留下一线希望。他又蛰伏了一会儿，等李公中离开闺房，才像明明自己有刺却怕被对方蜇的蜜蜂一样，反复、迟疑、试探性地一点点靠近那个洋玩意儿。

次日凌晨，红山镇议事厅的匾额发出一股强烈的肃杀之气，街面死寂。洋汽车在李公中领来的一个司机手里魔术般复活，簌簌颤抖。乳娘想来已经领略过洋汽车的魅力，熟知门道，她神情自若地踏上汽车，坐在司机旁边，一只碎花包袱不离手，偷欢后的喜悦在脸上闪烁。李公中还在哄黛儿，父女头拱头，流露出分离前的不舍与焦虑。黛儿柔柔地哭，小手环抱李公中的脖子。李公中渐渐开始烦躁，去扯黛儿的手，黛儿似乎感觉被人抛弃，脆生生地哇哇大哭。

关键时刻，乳娘把碎花包袱套在手臂上，分两个步骤走下汽车，媚态十足地来到李公中面前。"来，黛儿，去绥远吃糖葫芦。"乳娘一说完，黛儿立刻放开李公中，转向乳娘温暖的怀抱。李公中在与乳娘交接黛儿的瞬间，他们的手在黛儿腋下叠落在一起，而黛儿却顺势捏住乳娘的乳头,父女俩在这位乳娘身上各取所需。

洋汽车缓缓启动,驶出议事厅大院,沿街道一直向南开。李公中随洋汽车走了几步,就被一个人叫住。几分钟后,议事厅后院窜起一股浓烟。

洋汽车驶过梁潮生和黛儿玩耍的地方,石砺间的小石子浑圆可爱。洋汽车加速行驶,车后面的戈壁滩地势逐渐升高,山峰反倒掉坑里,最后,在地平线或烟或雾的摇曳中消失不见。

一只皮箱中,蜷缩的梁潮生觉得这旅途与走西口的路有几分相似。

第 二 章

一、杨家院·羊倌

　　梁潮生在无休止的摇摆中听见司机喃喃自语:"乌加河在泄水,沿山路断了。"一会儿,他又说:"狼山也暴发了山洪,只能绕道五原。"乳娘像没了似的,一直没出声。洋汽车驶入一片蒙古人的放牧区,密密匝匝的草海在车轮下起起伏伏,司机尽量避开那些长红柳的坚硬土丘,以防汽车抛锚。

　　黛儿又开始哭闹,先说要下车,被乳娘喝止后,又说尿急,司机只好停车。乳娘抱黛儿走到一丛白茨后面,一并掀起旗袍解决了。司机四下看看,此处除了那丛白茨再没什么遮挡物,于是以自己的身体为一堵墙,也唰唰地尿起来。乳娘腰酸背痛,决定稍事休息,吃点东西补充一下体能。她歪头想了想放食物的箱子,梁潮生透过缝隙吓得差点尿裤子,好在乳娘突然改变主意,对黛儿说不如去五原下馆子,黛儿拍手叫好。于是,司机启动汽车,轰踩油门,不承想汽车晃了几晃,熄火了。司机再启,还是老样子。乳娘发牢骚:"你尿什么尿,不尿会憋死?"司机不敢顶嘴,说水箱缺水,动力不够。他从车上取下一只铝制水桶,盲目地走向远处。

　　阳光炙烈,热浪从天而降、从地而生,乳娘抱黛儿去白茨后面躲避暴晒。周遭一片宁静,梁潮生蜷缩太久,手脚麻木,但他无比清晰地听见贾春江向他发号施令:"这是逃跑的最好时机,跑呀!"听到另一个自己的指令,梁潮生立刻撑开虚掩的锁,用双手顶开箱盖,侧翻至白茨丛另一边,跌在沙丘上。司机刚才从这个方向离开,暂时看不见踪影,梁潮生活动一下手脚,向一处隆起的土包爬去。他已经换上自己的破烂衣裳,与土包融为一体,难以察觉。

司机提一桶混浊的水回来,等水中的泥沙略微沉下去一些,才加入水箱。车突突响了一会儿,终于能够缓慢前行。乳娘抱黛儿上车,司机加足马力,在平原七扭八斜地远去。

梁潮生从土包后面站起来,眼里噙满泪水,这泪水既是对红山的告祭,又是对黛儿的歉疚。他不敢逗留,撒开腿朝反方向跑,他的两日来只喝过一碗小米粥的肠胃没有负担地在胸腔里摇摆,使他跑起来轻盈无比,他觉得自己快要跑到地球之外去了。他似乎看见容师的手术刀在滴血,那血比母亲落井撞石后的血还红。贾春江呢?容师呢?他所想象的惨境突然都展现在眼前。他诧异地站在一个土梁上,眼前一马平川,十几座窝棚的残骸横七竖八地倒在草丛中,显得突兀凌乱。

他竟鬼使神差地回到了原住地。根据印象,他找到贾春江家窝棚的位置。这座由棍棒柳条搭建的窝,曾经在他眼里多么辉煌和温暖。走西口的人说窝棚是在河套落脚的最高起点,所以他一直渴望能住上窝棚。如今,这里棚塌人散,他们的孩子被掳去红山,而他作为唯一的逃亡者又回到这里。

他四处查看,发现通往五原方向的那几个蒙古包不见了,烧焦的柴火黑黢黢地堆在一个圆印中间,一道马车辙从另一道坡斜插下去,渐渐隐没不见。斜坡下面却另有景致,黄色的土地上长出一座黄泥房子,房子与土地浑然一体,从远看,屋顶有晾晒的粮食和熏得发黑的烟囱,门楣左右各挂一只大红灯笼,院落四面合围,显示出主人非凡的持家能力。

短短两年,这片区域物是人非,以前的草场变作良田,阡陌相望。一条比西行时的河道不知窄多少倍的水路横亘在眼前,水路又分出若干条更细的溪流,形成一张密织的水网,通向各块田地,庄稼在水的滋养下专心致志地生长,将人的注意力全部集中在丰腴的叶片和强壮的茎秆上。

梁潮生饥肠辘辘，人的意念再怎么顽强，在肚子面前，还是要退回原始行列。他不顾一切走向那个院落，希望能遇见一位好心的贾春江，给他施舍一碗粥。他却不合适宜地看见一个男人的屁股，那屁股在灰色与棕色补丁的衬托下显得无比敦实。"呀呀，我觉得这里应该能出水呀。"男人自言自语。

梁潮生观察了一会儿，大致猜出一些意思。"要挖井吗？"此言一出，他立刻被自己的行为吓了一跳，人的心不是有一种影射性疼痛吗？父亲和井不是他要躲避的痛点吗？为什么他竟脱口而出？难道父亲给他带来的灾难还不够吗？男人急转身，"挖，要挖，你会？"梁潮生提提裤子，老练地说："是祖传的手艺。"他说完这句话，一片血样的东西从眼前倏忽而过。

男人热情地把他让进院里的凉棚下，从厨房端出一碗冷粥，"来，先吃，吃完再商议。哦，我姓杨，陕西人，我们陕西有个梁姓神人，有一眼看水的本事，可惜……不瞒你说，我试挖了好几口井，就是不出水。你若能给我挖出一口清水井，我定重重酬谢。"

杨财主说完，梁潮生的冷粥也喝完，他看了杨财主一眼，"我也姓梁，我不求重谢，若能挖出清水，你留我在你家做活就行。""呀呀，真是天赐我也，我刚把放羊的长工提成管家，结果羊放了羊，没人管，你可愿意当个羊倌？"杨财主狡黠地问。梁潮生手指窝棚方向，"那是你杨财主的地盘吗？我有一个请求，把羊圈建在那儿行不？"杨财主摸摸后脑勺，"为啥？""我以前住那儿，对那儿有感情。"梁潮生实言相告。杨财主站在门墩儿上，手搭凉棚往那个浅坡瞭了一阵，"好，你小小年纪就这么硬气，我也不能犯怵，一百只羊，交给你！"

梁潮生有生以来第一次挖井，他突然觉得父亲的手艺高尚而美妙，并不像在陕西时那般令他讨厌。也许这手艺是用在遭遇绑架之后的缘故，那些至今看来仍一团迷雾的红山和山里的神仙，撑大了他十五岁的心脏，使他把除此之外的一切事物缩小了，包括对父亲的恨。他把小时候父亲在他耳边呢喃的挖井经验，从心底慢慢打捞上来，在大脑里回一遍炉，凭着有限的记忆和感觉，开始装模作样地行动了。

经过仔细打量、对比、论证，他选中大门外西墙下五十米的地方，那里长着几株茂盛的枳机，他断定下面有水。他先自己动手开挖，等到确实挖出带有水分的黏土，才让杨财主雇来几个壮实的汉子。汉子们在他圈定的范围刨土，每天刨几米，刨了四天。第五天，一个汉子跳下去，竟一脚跳进出水的稀泥里，他呜哇乱叫，手舞足蹈。梁潮生突然有种醍醐灌顶的感觉，觉得母亲跳井也许是为了与地下父亲的魂灵近一点，又或者跳进父亲挖的井里是为完成一个女人最后的使命。

"这口井是你父亲帮你挖的。"他似乎听见母亲说。

他交代杨财主弄一些青砖和石块，"长远过日子，把井口井壁都榷结实，可以传给后辈儿孙呢。"杨财主迟疑不语，捻指算算钱数，最后一咬牙同意。

从此，杨财主有了井，梁潮生有了栖身之地。

杨财主家的一百只羊在农历九月初三来了个群体大迁移，在此之前，梁潮生按大羊、小羊和母羊，对羊圈进行了排布，他以那道土梁为背，将母羊圈建在离窝棚最近的地方，为的是母羊分娩时能及时听见。小羊也需要保护，夹在大羊圈和母羊圈中间。他的窝棚完全是贾春江家窝棚的翻版，住在里面的第一晚，他梦见贾春江的脸闪耀着劫后余生的快乐。

当初说好只放羊，但在抢收麦子的短短几天时间里，杨财主舍不得花钱雇短工，梁潮生只好和朱管家一起上阵。他们晚上不回家，用红柳编两张席，地下一栽，上面一叉，枳机当炕，鞋当枕，在里面睡一会儿，起来接着割小麦。他的盐土症还是会犯，每当倦意无法剔除，他就去早就踅摸好的野地挖一些，用指甲盖抠一小撮吞下。

他在苦累中学会忘记，尽量不去想过去的事，过去本就是无妄之灾，已经被痛侵蚀得支离破碎。但有一些记忆是刻在骨子里的，比如马师教他的骑术、箭术和枪法,他经常在梦中为追逐一个目标而嗷嗷欢叫。他还学会摇耧种麦、挥铲点豆,还和一些从五原下来查看水情的官员学习勘验水路。他挖井的手艺已经像风一样从杨家圪旦吹到山羊滩,又被五原的说书人编成故事四处流传。他怕引起红山的注意,让杨财主替他挡驾。

"我怎么回复那些请你挖井的人?"杨财主面露趋奉之色。

"就说我去绥远啦。"梁潮生用贾春江惯用的腔调说。

"这个不难,难的是包头、五原、东胜最近都有土匪出没,连牲畜都抢,咱家的羊……"杨财主顿住,盯着梁潮生的脸。

梁潮生具备陕西人的精明头脑,想了想说:"我会尽快去五原寻个买主,卖一部分,一旦遭劫也能减少点损失。你给朱管家说一声,把那支土枪给我拿出来。"

杨财主听完,心里熨帖不少,扭着灰色与棕色补丁相接的敦实屁股,去找朱管家。

土匪抢劫一般选在秋末初冬,因为秋收结束,粮食归仓,牲畜的膘情也是最好的。他们凭借兵强马壮,从孤独的大山成群结队飞出来,在踩好的点上烧杀抢掠,尽情挥洒年轻而污浊的生命。他们有时就在点上作恶,燃起篝火,狂赌狂饮,抱着女人寻欢作乐。在一次次激动人心的抢劫过后,他们灯红酒绿,昏昏沉沉。这堕落会传染,土匪中的年轻人一个比一个拼命,将世界搅得动荡不安。

当东面不远的山羊滩也被土匪光顾之后,梁潮生及时联系好一个有背景的买主,卖掉七十只成年羊,还剩三十只母羊和小羊。即便如此,梁潮生还是不敢掉以轻心,他有时觉得自己内心很分裂,小时候黏母亲,现在黏贾春江和羊,但他所黏的东西都存留不住,只开个头,经过一遍,留下些痕迹,便散了。

在候鸟还未到来的茫茫平原,雨一场接一场,风装腔作势地怒吼,冬天深深长长,无边无际。用毡子裹着的窝棚像一座坟包,在料峭中孤独地支撑着。一个铁皮烟囱从毡子上伸出来,青烟赶集似的往外冒。窝棚里面的小土炉隆隆作响,一捆砍劈得整整齐齐的树根码在地角。空间太小，无法盘火炕，梁潮生只能使劲地捡柴、劈柴、烧柴，把手脚放在炉火边取暖。

白天好挨，无尽的长夜最折磨人。窝棚里有一盏破旧的油灯，但梁潮生从来不用，他习惯了黑暗，并且喜欢从编织细密的窝棚缝隙望外面的白光。那白光不是空穴来风，是人的眼睛对于黑暗的感知形成对等后的亮度，亮度能使隐藏在黑暗的龌龊无处遁形，他因此化解了好几次贼偷羊或羊偷跑的险情。不知为什么，母羊喜欢半夜生产，当那些小羊羔血糊拉碴地来到这个世界，仅几个小时便与它的同类形成外貌上的和谐统一，还咩咩地叫妈妈。为了偌大的羊群不被土匪盯上，梁潮生想将头羊隔离，暂时控制繁衍数量，但杨财主不同意，他认为那把土枪能解决一切问题。于是，发情的头羊总是在夜间骚扰它白天看上的姿色各异的母羊，它的动作猛烈而富有攻击性，一对曲度夸张的犄角既令母羊着迷，又使它们惊恐万状。谁都知道，这满圈的母羊全是头羊的妻妾，另外几十只被剥夺了雄性功能的公羊，只能在另一个圈里干着急。

又加了一炉柴后，梁潮生躺在蒲席上，他惊奇地看见一只复活的蛾子在黑暗窄憋的空间上下浮动，始终不落下来。他渐渐合上眼皮，睡着的时候他又想起今天东家强调的一句话："小心土匪，人在羊在。"当长工放羊是他眼下的理想生活，虽然他此时还不知道将来会怎样，但有一点是明确的，他保住了他和贾春江两个人的脸。对于眼下土匪说来就来的困境，他的理性思维是随遇而安，但焦虑和一切坏思想还是在心里一轮又一轮地生长，像还魂转世一样令人费解。

他太困了，最后睁了一下眼睛，对贾春江嘟哝一句"我得睡啦"，于是关于头羊、小羊羔以及土匪都与他脱节，至于它们今夜会不会再来到他的思想里，谁也不知道。

周围漆黑一片。雨停了，稠蓝色的天穹出现无数星星，月亮挂在南边的杨树上，平原延绵开阔，罩着一层洁净青亮的银光，人类和牲畜都睡着了。

时间如白驹过隙。

两年以后，十七岁的梁潮生打开羊圈门，先把头羊放出来吃最好的蒺藜草，再把其他羊放出来吃毛茛和十字花缠绕在一起的普通杂草。小羊羔还很稚嫩，主要吃奶。这时他看见几个肩扛铺盖卷的年轻人从前方的小道走过，边走边议论什么。梁潮生见惯这样的人，并不多看几眼，继续手里的活儿。过了大约半炷香工夫，又走来一个人，头戴褐色窄边草帽，四下张望，嘴里嘟嘟囔囔，由于注意力不集中，下坡时险些栽倒。梁潮生想，这大概是异乡人看到生活的场景所产生的心理疼痛反应吧。此时，初升的太阳把大地照成一锭金子，梁潮生让羊自由活动，自己则甩开膀子，大步流星地踏上那条自己两年来踩出的小径，回东家院里吃早饭。

管家朱肉正在井上吊水，他每天的第一件事就是把厨房的三只大缸注满，然后跟东家出门看庄稼，向小佃户收租，有时还跟蒙古人一起喝酒。"回来啦？没土匪吧？"朱肉挺着肋条分明的胸脯，揪上来一桶水，屏住呼吸问。他的硬茬胡须刮成青白皮，脸的颜色上下不一，就像天天洗不净似的。"平安无事。"梁潮生答。

两年来，杨家院里的人总这么问他，问得他没有半刻松闲，吃饭也吃不在心思上，生怕一个不小心，土匪从天而降，把他的羊虏去，杀死、剥皮、煮肉。如果真是那样，嗜羊如命的东家一定会把他赶走，使他再度沦为流浪汉。

他焦躁不安地坐在棚子下面的矮桌前，等候东家媳妇上饭菜。东家媳妇是个小脚女人，走路特别费事，她必须先把一对船尖样的小脚放稳当，试探性地迈出一只去，迈的时候身体支棱着，大体心也是绷着的，随后的若干步碎而密，像急迫的雨珠一滴追着另一滴。遗憾的是，雨珠是不怕重合或碰撞的，大不了它们打在同一片植物或同一只动物上，而脚若是重合是很可怕的，它一方面会令女人一头栽倒磕掉门牙，另一方面会失了东家的颜面，后者更为重要，所以小脚女人走路慎而又慎。

东家从屋里走出来，举一锅新买的绥远烟丝，吧嗒吧嗒地吸，好像生怕那珍贵的烟丝被火焰白白燃去。"没土匪吧？"东家问。"平安无事。"梁潮生答。"每天把土枪上好，一有动静，主动出击，土匪会以为我们这个大院雇了很多看门护院的人哩，兴许一惊吓就跑去山羊滩折腾去啦。"东家衣服上的补丁越来越多，除了新补丁，旧补丁一层摞一层，他看起来比梁潮生更像羊倌。

东家见梁潮生看他的膝盖，双手摩挲着说："我这人天生命贱，穿不得好衣裳，穿上浑身不舒服。对了，有一身新做的给你穿，记住走时带上。"梁潮生正要推辞，小脚女人插嘴："给你你就穿，你现在穿的还是朱管家几年前的旧衣裳，腚都露出来啦。喏，刚给了朱管家一身。有哪家财主打补丁，长工一身新的？也就你姓杨的吝啬鬼！"杨财主不与女人一般见识，招呼朱管家过来议事。

梁潮生已经对这处院落非常熟悉，正房一进两开，左右深，前后浅，住主家两口子、傻儿子和女儿杨荣枝。正房两边挂粮仓、鸡窝、柴棚和茅房，最后从正房对面的厨房合拢回来，形成一个规整的四合院。朱肉住厨房边上的凉房，紧挨大门，晚上顺便下夜，保东家一家安全。

早饭上齐，是粉汤和玉米面窝窝。小脚女人和孩子一般不与他们同桌，在正房的炕桌上吃。他们家有一个傻小子，口水流得像一道渠，需要随时有人擦，小脚女人绝不会当外人的面亵渎少爷形象。她做饭慢，但做出来的东西相当有诱惑力，红是红来白是白，细丝粉条既筋道又绵软，吸溜起来特别带劲儿。三人会议总是在饭菜上齐时戛然停止，因为香味封住了他们的嘴。

"今天天气好，把羊赶出去遛遛。"东家通常不急于离开饭桌，不急于回正房抽那些黑色的膏丸，他要在长工齐聚的早晨，把家事梳理清楚，分派出去。梁潮生想想，"我怕……土匪……""带上土枪，晴天白日的，他不敢咋，早去早回！"东家的话不容辩驳，他总是既让梁潮生把羊放好，又不让梁潮生把羊看丢。梁潮生只能服从。

吃完饭，梁潮生进厨房拿上小脚女人为他准备的干粮和衣裳，对东家的背影说一句"我走了"，又向朱管家要一件铲羊粪的器具，告诉朱管家,旧的需要去铁匠房重新淬火打磨一下,而后迅速离开。

在窝棚前,梁潮生用羊铲划拉一块泥土,扔向在头羊身边献殷勤的母羊们,又甩了一下羊鞭。当羊鞭特有的权威声在空中响过三下之后,头羊扔下母羊,向一条小道走去。它的犄角是导向棒,羊们跟在它后面,浩浩荡荡地向平原深处进发。

以窝头做干粮的放羊日子,梁潮生会想念红山的大鱼大肉。有些事情从来没有也就罢了,有过了放也放不下。不过,小脚女人有时也会心血来潮地在白菜丝和苦菜丝上面,洒一点咸咸的细碎肉末,那味道一下就与红山的肉统一起来,使他的胃在有肉末的那天变得异常敏锐。因惧怕土匪,没有人敢把羊放在野外,周围茫茫然一片,草倒很丰盛,羊们吃得昏天黑地,像要把地皮挏一遍。午间,羊在一处好水源喝水,他跳在一块石头上,迎太阳坐下,小心翼翼地打开笼布,两个金光闪闪的窝头一下子蹦出来。肉末通常隐藏在窝头凹陷处,他从小就懂得粮食的重要性,也懂得在关键时刻控制欲望,他把窝头放进嘴里慢慢咀嚼,偶尔掬一捧水来喝。清冽的黄河水立刻冲淡肉末的味道,于是他再咬一口窝头。除了风和流动的云彩,平原阒然无声。他站在石头上,把羊和视野内的一切,在心里做了一个精确判断,然后准备躺在石头上小睡一会儿。

突然响起一个声音,"喂,小羊倌,这是杨家圪旦吗?"他猛然坐起,胸腔里发出类似哮喘般的啸音,几秒钟后,他郁愤地跳下石头,冲天甩三下鞭子,羊簌簌打起精神,头羊首先甩着肥硕的尾巴走在前面,比他走得还急迫,好像不好的讯息已在羊中间传开,使它们也对陌生人产生了一种莫名其妙的戒备。"哎呀,别跑,你不认识我了?"陌生人被羊群弹起的灰尘笼罩,人瞬间消失,声音被羊蹄声掩盖。

他和羊很快把陌生人甩远,羊多,目标大,他故意多走出几里地,从一道斜坡横插过来,抄近道回到住地。他疲惫不堪,神情慌乱,那种乱是渗入骨髓的胆怯所引起的,已经抵达一个人的心理极限。

他上好土枪，拨开窝棚上那层毡子，做好战斗准备。他摸摸脸，内心无比酸楚，现在除了战斗能保住他和贾春江的脸，无路可走。他眼睛血红，嘴唇起干皮，心里既害怕又勇猛。人经不起撩拨，战斗的信念一旦确立，是很难偃息的。

此时在杨家大院，小脚女人让朱管家去喊梁潮生吃晚饭，东家含蓄地拦下，"不要惯长工的臭毛病，他若能卷了咱家的羊跑喽，我就招他当上门女婿！"

十七岁的闺女荣枝正在洗脚，"爹，你瞎说啥了，梁潮生矮得像只板凳狗，整天神神道道，我能要他？"

东家有早早进被窝的习惯，这个习惯的养成是他要吹灭油灯，省点豆油钱。家里的女人知道他吝啬，所以一入夜比白天更加慌乱，因为女人比较麻烦，总是洗这洗那，没完没了。那哗啦啦的水声让东家头疼，他担心梁潮生那小子给他挖的井有点浅，万一哪天不起水怎么办？白天，东家被能吃的长工揪着心，他虽然表面厚待长工，私下却痛恨他们惊人的饭量。晚上他还要受女人们清洗的折磨，她们点着油灯，在那儿美美地洗，油灯里的油被她们一点点洗掉了。

"梁潮生是个好受苦人，有看水挖井的手艺，还会去五原街上谈买卖，咱要能招这么个上门女婿就烧高香啦！"

"啊——我不！"荣枝一脚踢翻水盆。

"睡！"杨财主发出家长式的怒吼，而后噗一声吹灭油灯。荣枝摸黑上炕，脏兮兮地钻进被窝，轻轻啜泣起来。

东方泛起第一抹鱼肚白时，梁潮生点亮油灯，灯座里的豆油是主家用清水稀释过的，既省豆油，又能保证灯捻的油性着起来，只是光有些暗。度过忧心的一夜，他心神俱累，摆正身体，强迫自己不去想任何事情。他想好好睡一觉，使心情放松至婴儿的状态。后来小羊羔咩咩叫，把他惊醒，他出去撒了一泡尿，把羊全部放出去，摊好饲草料，回杨家大院吃饭。

他决定编一个昨晚不回去吃饭的理由，在东家问他时和缓地说出来，但他还没走到门口，就听见院子里一片喧闹，原来是达拉特旗的坎布仁王爷来了，带来一只刚宰杀好的羊，随从巴特儿亲自下厨，在河套人的锅里炖上了蒙古人的手扒肉。

梁潮生见水缸是满的，柴也劈得够用，平日忙碌的小脚女人正在悠闲地给荣枝逮发丝里的虱子，便坐在一段朽木上，听王爷和东家边喝烧酒边说话。

"长生天呐，人生真奇妙，当年你是我的佃户，现在我是你的客人。"虎背熊腰的王爷用半生不熟的汉话说。

杨财主神往地说："想当年，我在你王爷的八百顷牧场当佃户，看见能耕会作的汉人把你们的牧场变成耕田，把草变成农作物，把春来秋归变成长久驻留。后来啊，官府见有利可图，着派贾谷贾大人前来督办垦务，贾大人强行以很少的押荒银收回你们的地，倒手高价卖放给了我们。这些年，我就是仰仗您的渠浇水种地，才置办下这份家业，追根溯源，得感谢您呐。"

王爷捋捋稀疏的胡须，阴郁地说："是啊，虽说河套能种出金子，但没有水是不行的。我们当年出钱开挖的渠只是澜澜大河——缠金渠上的一条叉渠，贾大人实行完土地改革又要收水利为官办，缠金渠的拥有者王同春因谋杀案，迫于压力交出五道大渠、二百七十道支渠。在他的影响下，其他地商也将渠地如数交出。我此行就是来交渠的。"

东家问："那么以后水费直接交官府？"

王爷点点头。东家把烟袋掼在桌上，"不管官办商办，渠得年年维修，不然泥沙淤积，像尿尿似的流一股，急死个人。"

又高又瘦的巴特儿从锅里捞出一根羊棒骨，让王爷尝尝咸淡。王爷见羊棒骨上的肉裂开一道肉缝，知道手扒肉已煮得恰到好处，让巴特儿盛出来，请大家享用。

梁潮生得到一块羊脊骨，这肉一看就未经东家的手，是在王爷的主持下炖进锅里的，肉厚，丰满。假若没有外人，东家会让朱管家先把羊身上的肉细细剔下来，用作日后食用，只把羊骨架炖上吃，说肉少吃起来香。东家还有一个怪癖，就是喜欢把所有人啃完的骨头收集起来，没事时坐下细细地啃，没人知道他啃几遍才罢休，只看见荣枝手里的羊齿齿像用锉子磨过一样，连犄角旮旯都干净异常。

梁潮生啃完肉，打了一个悠长的饱嗝，进厨房取了一块贴在羊肉上的饼，用笼布包起来，兀自离开大院。此时的节令是六月小暑，小暑表示小热，还没到最热的时候，杨家圪旦四百顷地里的小麦、糜黍、谷子、胡麻和豌豆都在苗壮成长。不过，这些作物里，眼下长得最动人的还是小麦，它们身姿美妙，有一丝风就沙沙作响，形成一片壮观的绿色麦浪。

位于杨家圪旦最南端的支渠，分叉出许多小叉渠，盘结环绕着杨家的每一片土地。现在不是淌水季节，所有小分叉渠里的水不多，静止不动。无数刚刚由蝌蚪变成的青蛙，拖着长长的小尾巴在浅水游弋，有的偶尔跃上岸，钻进湿黏的泥土里嬉戏。有一条小叉渠蜿蜒曲折地通向窝棚后面，形成一个四季不绝的活水湖，是羊的天然饮水槽。几年前，那里曾留下梁潮生和贾春江的足迹，但是现在，梁潮生只能通过湖水中自己的倒影来想念贾春江。

他跃上一道土坡，猛然看见与自己朝夕相伴的羊群，他的眼睛有点湿润，心激动得快要蹦出胸腔，提笼布的手微微颤抖，他大踏步地奔向它们。

二、五原·贾春江

一群羊悠然吃草，云朵般缓缓移动，空隙处走出一个头戴褐色窄边草帽的人。"我等你很久了，小羊倌。"草帽除去，露出一张似曾相识的脸。

梁潮生扭头就跑，"我不去红山，我不去，哪儿也不去！"

那人吓得缩回手去，"别跑少爷，我是驾车人呀，你忘了？我是来接少爷回家的。"他意识到这孩子受了惊吓，声音随之变得轻柔。

梁潮生与驾车人保持距离，既不跑远，也不近前。这回他看清了，来人的确是贾家的驾车人，不是红山的密探。另外一种紧张涌上来，"你……找我干什么？"

"接你回家啊，我们找了你好几年。"驾车人说。

梁潮生想想说："不对，贾大人知道红山，他派人去过。"

驾车人一脸疑惑，反复嗫嚅说："嗯，这个，不知道啦。嗯，反正太太说你有可能回窝棚，派我时常来看。"

梁潮生咬紧嘴唇，"我不是你家少爷，真的，请回吧。"这句话一说完，他立刻听见贾春江在耳边疾呼："你不是早就想取而代之吗？""不，春江——"他脱口而出。

驾车人向前迈一步，"还说你不是春江少爷？别闹了，快跟我回去吧，放羊的苦日子哪是你过的？"梁潮生转身跑远。驾车人见劝说无济于事，生生拽走又不切实际，只好说："那行，你闹脾气不回，我让太太亲自来接你。"说完穿过羊群走了。

一切朝着不可预料的方向发展，梁潮生无法做出判断，他在野外长久地流泪，并且高声怒吼，仿佛这世界欠他许多，还让他夹起尾巴做人。他学贾春江的样儿，膝跪荒野，对着白天弯弯的月亮叩拜，诉说心事。某一刻他想通了，对眼前的幸福不再盲目抵触，之前感觉对贾春江的背叛，顷刻消失殆尽。他噙着眼泪坚强地说："只能这样了，就暂且认为我贪慕虚荣吧！"

悲壮的晚霞隐入地平线，羊泰然地在湖边嬉戏，河套的慢生活仿佛静止，梁潮生做好一切心理准备，接受即将到来的现实。远远地，朱管家和东家扇摆着衣衫跑来。东家个头小，因跑得急迫，胳膊抡来抡去，似乎只有抡圆才能赶上朱管家的步伐。他们飞奔而来，朱管家下了他的羊鞭，东家进窝棚提出那盏油灯。他们一齐指着他说："你，骗子！"梁潮生不说话，远远站在那里，等东家告诉他发生的事情，东家却杵他一下，"贾大人的娃，咋能做我的羊倌？快，跟太太款款回去！"

又是一阵急促地行走，这回东家和朱管家走在梁潮生后面，一方面起押送作用，另一方面的含义比较复杂。下一道土坡时，他们三人同时看见杨家院外停着一辆毛驴轿车，轿体制作精致，仿佛平板车上生出来一个凸体，角度比例十分均匀。毛驴是纯黑色的，两只眼睛水汪汪地四处张望，看见陌生人哇呜哇呜叫起来。几个人听见动静走出来，他们分别是小脚女人、驾车人和荣枝，还有一个衣着华贵的女人。

双方交汇之后，空气一下子变得尴尬起来，梁潮生隐隐担心，但还是装出一副坦然的样子，"我……来啦。"

女人死死盯住梁潮生的眼睛，双手在小腹前绞来绞去。"江儿，我们对不起你，让你受苦了。"女人满含歉疚和愤懑，不敢跨前一步，却忍不住伸出手，想要抚弄一下孩子的头。

"那个，吃饭，饭做上没？"东家脸上堆着笑，极尽奉承之意。

女人提着裙裾走过去，她大概知道一些孩子在红山的遭遇，再加上驾车人的描述，想他定是惊吓过度，才沦落到杨家圪旦放羊。她眼泪滴滴答答，走路磨磨蹭蹭，先小心翼翼捉住他的手，又按住他的肩，直到感觉他不再害怕，才一把搂回去，如释重负地哭出声，"我可怜的孩子，在外面流浪了这么久，让娘看看。"女人柔软的母性展露无遗。

"太太，进去喝茶、吃饭。"东家适时发出邀请。

"太太，太阳已经落山，我们是走是留？"驾车人请示。

贾太太暂时收回母子亲情，摆出富庶人家的谱，"那几个还在山羊滩吗？"

"是，太太，沿途都有我们的人。"驾车人答。

"那就回吧！对了，谢谢这位东家把我儿子当羊倌使唤，他日到府上做客，我一定重重酬谢。"贾太太轻飘飘地说，话里充满讥讽意味。东家和小脚女人站成一排，身子微躬，默不作声。

当田野与黑夜沆瀣一气，化作一幅调配得当的水墨画时，杨家大院若隐若现。天不算太好，月亮藏在轻薄的云层里，随车移动。

驾车人熟知路径，毛驴轿车如履平地，黑毛驴的鼻息在夜里异常诡异，急步和缓步，上坡和下坡，甚至是停顿，鼻息都不一样，但都含有一丝急切的鼻音在里面，使人联想到它的急不是急人所急，而是急驴所急。

贾太太神情淡定地坐在轿体里，身体左右摇摆，隐藏在裙子下面的肚子咕噜噜叫。她的肚子一叫，梁潮生的也跟着叫。"回去给我江儿好好补补。"贾太太摩挲着梁潮生的脸说。

大概是到了山羊滩，毛驴轿车停了一下，听见驾车人和一个人说话，然后车子又缓缓前行。又过了几个小时，毛驴车在五原垦务办事处后门停下。空气中立刻充满繁华的味道，人声鼎沸，打铁的、卖糕的、吆喝收破烂的，马蹄声穿街而过，一个脆生生的女人叫："哥——不待会儿？"这才是街的气象，街的景致，红山可没有这样的景致，那里的街仿佛是个空架子，人和物都直愣愣地摆着，像一幅《清明上河图》。

梁潮生随贾太太走进一幢宽敞的房子，门廊处的灯很暗，看不清物件，只觉得贾太太捅他一下，让他抬脚换鞋。他一抬脚，立刻有一个人爬过来，给他套上一只凉飕飕的硬质塑料鞋，没有脚后跟，两边倒很夹脚，不至于一走路甩出去。换另一只的时候，他才看清脚下趴着一个女人，给他换完给贾太太换。贾太太坐在一只木箱上，换鞋的时候顺便换了一条便裤，把头发从发簪上放下来，披散在肩上，整个人格外放松。

吃晚饭的时间，他们一起走进餐厅，赫然看见一个翘胡子男人坐在长条桌中间，横眉怒目，他就是贾春江心心念念要找的贾大人。

贾大人两边的椅子都空着，椅背高出桌面的部分闪烁着优质材料的自然光泽，在垂吊的法式玻璃罩杯灯的照耀下，形成一股富丽堂皇的光流，使人目瞪口呆。

贾太太坐在贾大人左侧，始终扬着下巴，递给贾大人一个得意的眼神。"坐啊，江儿。"贾太太坐下才发现梁潮生还在门口站着，一副吓傻了的样子,"那边,你的位子,忘啦?噢,对了,在吉林时咱家不是这样坐的,但你爹一直给你留着那个位子,那个位子非你莫属。"梁潮生一点点蹭过去。"瞧这孩子,遭罪了,吓傻了,可得好好补补、养养。"贾太太说。

梁潮生低头不语,拉开右边的椅子坐下。厨房开始上菜,先上热茶,再上凉菜、热菜,最后上主食和水果。这顿饭,贾太太很激动,一直喋喋不休。贾大人话很少,偶尔看梁潮生一眼,眼神桀骜,压迫人的感觉。吃到中间,贾大人打开一瓶洋酒,辛辣刺鼻的气味充满整间餐厅。贾太太失子复归,心情无以言表,想一醉方休。

在酒精的作用下,贾大人逐渐放松警惕,不过,在贾太太出去方便时,他质问梁潮生:"你真是我的江儿,你可知道我的人去红山赎肉票?"梁潮生点点头,"去的人说……说你不能为了救当土匪的儿子,自己也去当土匪。"这句话对一个父亲来说是死穴,贾大人仰头饮尽一杯酒,"你还记得咱们家的门牌号吗?"

"吉林他林坎路十八号。"梁潮生脱口而出。记得当时他和贾春江在容穴互换秘密的时候,问过"他林坎路"这个奇怪的地名,贾春江说那里少数民族多,有些词语不像汉字那么好理解。

"你读了几年书?"贾大人又试探地问。

"我没进过学堂,只是和几个孩子一起念过洋学,老师是俄罗斯人,身高两米一。"梁潮生叙述这些的时候,就好像是贾春江在叙述。梁潮生记得变成褶皱脸的贾春江总爱回忆往事,整天翻来覆去地唠叨小时候的事,现在,这些往事成了梁潮生冒充贾春江的武器。

贾大人似乎解除疑虑,百感交集地说:"一晃两年,你长大了,还算机灵没当土匪,回来就好,回来就好哇!"

第一个晚上,贾太太和梁潮生睡在一起。梁潮生羞涩地蜷缩在一角,尽量不靠近贾太太的身体,但贾太太将他的头扳正,放在自己臂弯里,与他头挨头。她轻轻呢喃:"江儿不要怕,这里是你的家,我们是你的父母,你才十七岁,有大好的前程呢。"她说着说着睡着了,但胳膊死死箍住梁潮生,生怕这孩子一转眼又不见。

梁潮生透过窗帘的缝隙,仔细窥看这位贾太太,她皮肤白皙,五官精致,最重要的是有一副猪像,猪相有福。唉,福啥呀,儿子都面目全非了,梁潮生想。

窗外夜色正浓,繁华渐渐落幕,天地安静下来。

第二天天一亮,五原城喧嚣声又起,烟火气正浓,街上的小贩似乎才睡下又起来,用生意点燃这座小城的第一缕曙光。若干年前,在这里做生意本是无意识的糊口行为,人们乘船筏出入这片蒙古王公的牧场,以日常用品换取羊皮之类,其间有人租种小片蒙地,就河灌溉,收获些粮食以度日。后来黄河频频决口,牧场向后退去,出现大片荒地,有人趁机试种庄稼,竟大获其利,于是更多的外乡人涌入此地,发展垦种与水利,使这里连阡接垄,蔚为壮观。当人、地、水、钱与天、时、地、利融合,这座小城才焕发出由生意人哄闹出来的生机。若干年后,城区规划自然形成,街侧全是做生意的商铺,各种商号夹杂着热闹铺陈开来,里面全是手脚灵活的店小二和掌柜。作为小城的最高府衙——五原垦务办事处,优越的地理位置自然不在话下,征用通令至今还贴在门前的告示牌上,只不过历经数年,上面早已密密麻麻叠摞了更多层告示。由此可见,再大的热闹也是一瞬间,只有每天的喧嚣才最真实,显示一朝一夕、一起一落的平常生活。

梁潮生被一阵梆子声惊醒,梆停人喊:“收头发来——”他伸伸手,床空出一大块,贾太太不知何时离去,睡过的地方有两根缠绕在一起的长发。他坐起来,撩开薄软的棉絮被,看见自己的或贾春江的身体与床上的陈设极不相配,他自卑地跳下床,发现双脚落在一块碧色的地毯上,地毯质地细密,踩在上面容易生发喜悦之情。房间不大不小,一床一柜一书台,还有一只绿色玻璃罩台灯,台灯上方的空白墙上悬挂着春江少爷的画像,穿中山装,戴学生帽,臂间夹一本厚书,俊美得叫人心疼。

“少爷醒了吗?”一个女声在外面问。

"哎哎,是!"梁潮生忙说。

女声说:"那就请出来吧!"

梁潮生立在门前,与外面的女人仅隔一块木板。胆怯尚未散尽,他还是仓促不安,无法坦然地跨出第一步。

门吱呀一声打开一道缝,一只同样怯生生的小手伸进来,拽住他,穿过走廊,来到一间喷着热气的盥洗室。"来,请洗澡吧!"姑娘说。"我不——"他尖叫。"太太的吩咐,你必须洗干净。"姑娘牙尖嘴利。"你出去,我自己洗。"他喊。"来吧少爷,别害羞。"姑娘一把拉掉他的裤子,把他推进雾气腾腾的浴缸。

他错乱地享受着春江少爷的待遇,被姑娘搓来搓去,直到姑娘给他套上一件柔软的长袍,他才醒过神,在姑娘的指引下走进餐厅。餐厅空无一人,昨夜餐桌上那些琳琅满目的食品被一只小托盘代替,托盘里有一碗粥,一个煎饼馃子和一小碟咸菜。

梁潮生四下看看,除了一应的高级餐具,确实只有他一个人。他轻松地坐在一张漆质细腻的椅子上,稳稳心绪,然后拿起盘中的白色瓷勺,搅动那碗粥。粥里有零星的片状物,可能也是粮食的一种,特别有嚼劲。煎饼馃子中的牛奶鸡蛋被上乘的油炸得焦黄酥嫩。咸菜由胡萝卜丝、白萝卜丝和芹菜丁组成,红白绿缠绕一起,使人不忍下口。他细嚼慢咽,吃了足有一刻钟,吃完不知道做什么,又顺来路回到房间。

房间里多出几件春江少爷以前穿过的衣裳,不像新的,有点短,他凑合套上。他对这处院落充满好奇,几年前和春江少爷在前门被哨兵呼来喝去,现在亲临其中,有一种恍如隔世之感。他的鞋子不知哪儿去了,门口大多是贾太太的鞋,简直是样式、颜色大集萃,令人眼花缭乱。贾大人的便鞋混在其间,颜色黯淡,东一只西一只,不在一起。犹疑间,那位牙尖嘴利的小姑娘手提一双白底灰面鞋走进来,见他要出门,立即双膝跪地,伺候他穿鞋。"少爷,我叫吴海英。"姑娘自我介绍。他想到海英看过他的裸体,脸倏忽红了,正在发育的身体漫过一丝冰凉的战栗。

梁潮生来到外面，一个卸菜的小兵停手说："少爷好！"他不置可否。又一个侍弄花草的小兵问："少爷怎不多睡会儿？"他胡乱敷衍了一句。

"少爷，太太一大早上街给你买衣裳去啦，不过她总是搭着先把自己的买够，才会买你的。"驾车人迎上来说。

"没关系。"他竭力发出贾春江那样的细嗓音。

"少爷，我叫姚学忠，你可以叫我老姚。"

"哦，老姚。"

姚学忠又对那两个小兵说："重新计划一下小灶伙食，贾太太吩咐，少爷失而复得，需要好好调理身子。"

"是！"小兵应答。

此时，花圃里面粉嘟嘟的喇叭花正在一点点结束生命，缩成一团褶皱，而旁侧的花蕊蓄势待发，即将在下一个黎明到来之前怒放。办事处后门紧闭，与后院隔成两个不同的世界，一个是五原城最高机构，一个是权力者剥去伪装后的生活所在。西边是一溜格子间，分别是卧房、餐厅和厨房。东边的大门是钢板结构，与石头墙体凝结成铜墙铁壁，将街上的喧闹挡在外面，却也是挡不住的，喧闹从空中俯冲下来，把一些在花圃游乐的昆虫也吸引去了。这里的一切都无比严肃，严肃是最高机构该有的样子。

梁潮生看见姚学忠提一茶壶热水，走进办公室后门，他也迅速跟过去。后门对面是一堵墙，姚学忠晃着膀子走到尽头，向左隐没。左边又是一道长长的走廊，其间有不少办公室，只有一间开着，姚学忠进去灌水。梁潮生闪过去，朝有光明的地方走，竟然走到办事处前门。门两边各蹲一只石狮子，四四方方的院子里有两株柳树，大门边有兵把守。他们就是当年阻拦春江少爷的兵，如今在他眼里显得卑微可怜，就连他们的房间和食谱都被他知晓。现在，他要以少爷的身份走出去，心里七上八下，不知道那两个兵会不会买账。他慢吞吞地走过去，明显感觉到一左一右两股目光像洪流一样向他射来。他继续往外走，两个兵突然齐说："少爷好！"他软塌塌地挥一下手臂,一脚跨上街道,丢给他们一个一本正经的背影。

　　五原城没有多大改变,商铺一个接一个,门口斜插着旗子,写着某某商铺及经营的内容。大一些的铺子挂着匾,写着各种商号名,掌柜的和伙计穿戴齐整,铺里铺外忙活。街七八米宽,能跑开小汽车和骡子车,河套话、绥远话、包头话、蒙古语混杂,挑担子的货郎不停地吆喝,间或敲一下木梆子或摇一下拨浪鼓。男人、女人、小孩不知从哪儿冒出来,在各商铺之间游走。浓重的商业气加上一点烟火气,促成了五原的繁华,并且这繁华从一条街扩散到两条街,形成一条十字路,又从斜街里横插下去,以二十里寿材铺起头,使一条巷子多了商业气息。巷子里的人纷纷扩建改建,使原有的房子有利可图。街也是讲气度的,大商号喜欢挨着大商号,自然形成主街道。斜街上都是小本买卖和手艺匠,挤得插不得旗,只好在门楣上写一个大大的"当"或"裁",以示当铺和裁缝铺的意思。小街小铺小本买卖是小气度,但为繁华洇染着一笔白描,或者说是用无数个小气度来烘托大气度的,生活缺一不可。

　　梁潮生的心乱了,他的心在红山乱过一回,是被顿顿有肉的饭食收缴意志后的乱,是消沉在幸福里的乱。现在的乱比那时的乱还乱,那时身份单纯,现在他的心是梁潮生,身体是贾春江,分裂得不能自拔。

　　"乱跑啥?"贾太太突然出现在他身边,手里大包小包,鬓角有出汗的潮气。她不由分说,把东西倒在一只手里,腾出另一只手扣住梁潮生的手,拉他回家。

　　后院厨房升起烟火,两个兵坐在门口削土豆皮,大师傅在里面喊:"等你们削完,半个土豆就没啦,好好练练手,否则将来离开贾大人,怎么节约过日子。"贾太太走进去,听见大师傅这句话有些不悦,"哟,可不要咒我们家老爷,我们家世代长存着呢。"走了几步,又喊,"海英,死哪儿去了?过来伺候少爷换新衣裳!"

　　吴海英刺溜跑过来,趴在门口给贾太太换上居家的鞋子,提起那些东西,拉起梁潮生,将他引入房间。

换衣裳的时候，吴海英与他面对面，她比他略微低一头，头发泛黄，额头上的乳毛还未褪去，皮肤细嫩光洁，鼻翼一张一翕。她似乎没有感情，又或者对性别没有一个明确的态度，为他洗澡时一点也没表现出羞涩或讶异。比起洗澡来，换衣裳容易多了，她不允许他伸手，他一配合必会迎来怪嗔的轻轻的一巴掌。他干脆什么也不做，只盯着她看，他觉得她和杨荣枝一样，都喜欢对男人发脾气。

换好衣裳，贾太太走进来，"呀，我江儿多帅气，就是皮肤还没养过来，海英，从今天开始给少爷用我的雪花膏。"

"是。"海英退出去。

"过几天你得复学，先前念的书都丢了吧？你父亲的意思是接着念洋学，将来出国学水利或公路桥涵设计。"贾太太慢吞吞地说。

梁潮生不知如何回答，他想，以贾春江的聪慧，一定会学有所成，但他只是个挖井人的儿子，有着粗鄙的基因，没有宏大志向，怎么可能替贾春江完成家族重任呢？好在贾太太娇软地说有些累，要回去舒展一下腰，于是房间只剩下梁潮生一个人。他站在镜子前，看见自己身穿暗格中山装，腰踩黑色牛皮鞋，俨然就是没毁容之前的春江少爷。

吃中饭时，梁潮生看见共有十六个人过来吃饭，八名卫兵，八名工作人员。海英和老姚用木头托盘往家里端饭菜，七荤八素端了好几个来回。

贾大人带回来一个人，他称之为安协理。安协理似乎是这个家的常客，对突然多出来的春江少爷一点也不感到诧异，反而以宽慰的口吻对贾太太说："好人有好报，太太好福气，少爷面贵，日后必成国家栋梁。"三个人一边吃一边交谈，说的都是垦务方面的事，梁潮生大脑混乱，一句也没听进去。

席间，贾大人用一根茄条打比方，"如今，河套所有的土地和水渠都是国家的。"他把茄条放进一只盘子里，又夹起一块肉，"国家有大肉，我们可以吃些小肉、肉丁。"他轻轻咬下一小口肉，把其余的放进盘子里，"之前因为要赎春江，我向那些地商收了不少钱，现在春江安全回家，我们要尽快实施清渠大会战，那些人还用得着，安协理，你明白我的意思吗？"安协理毕恭毕敬地回答："明白。大人不用内疚，地商们的气焰也得压压。""嗯，请示上面拨钱修渠的事，你尽快拟出个道道。"安协理点点头，见贾大人没再说什么，安协理才端起碗吃饭。

饭后，贾大人和安协理又钻进书房，头挨着头，身子挤着身子，一同趴在一张什么图上喋喋不休地讨论，直到门卫来报有贵客求见，才卷了那张图，相携走出书房。

梁潮生依旧不敢参观贾大人的居所，他现在只能找到自己的房间和厨房、浴室，其余的房间全部隐在一面悬挂着送子观音的轴画后面。观音慈眉善目，无论从哪个角度看，都像是在浅浅微笑，尤其是她怀中的小孩，温润可爱，眼睛通透明亮，极富神韵。他觉得这幅画意味深长，似乎除了祈求春江少爷归来，还有一层再求一子的诉求。

无事可做，他再次溜到街上。不知为什么，贾家的深宅大院使他觉得犹在红山，没有自由，只有走出办事处的大门，把两个守门兵甩在身后，站在熙熙攘攘的人群中，他才觉得梁潮生又复活了。

突然，他看见一个熟悉的背影钻进斜街里，他好奇地追过去，原来是老姚。

老姚正在呵斥一位长者："你这个老不死的，是怎么找来的？当年我母亲过世才三天，你就娶了小的，还生下一个与我八竿子打不着的弟弟。我从家里跑出来当了兵，在兵营受尽苦累，练得文韬武略，贾大人他知人善用，将我视为心腹。如今我功成名就，你找我何事？"

"学忠——"老者沙哑地唤他的乳名，"你弟弟学礼被土匪劫持，至今下落不明，你要想办法救他。"

"可笑，我没有弟弟。"老姚拧着脖子说。

"你们身上流着我的骨血，就是亲兄弟！"

"休想！"

争吵越来越激烈，长者抓住老姚的胳膊，要和他进局子见贾大人，"让长官来评评理吧！"

梁潮生转过身靠在斜街里黑黢黢的墙上，眼前一片迷蒙。他想起姚学礼临别时说"有好事别忘兄弟"，他当时满口答应，现在却一个人跑出来当上了少爷。这光景，应是红山午饭后回穴的时间，姚学礼被调去给药王张当徒弟，不知学得几成功夫。他的箭射得烂，枪法也总是不得要领，梁潮生临别时让他勤加练习，不知他听没听进去。

三、斜街里·荣枝

入洋学校前夜，梁潮生半夜醒来有些恍惚。正值盛夏，门窗大开，夜晚的天地也不安宁，各种蛙鸣蝉叫，一些不知名的飞虫在纱窗上嗡嗡欢叫，跌落，上爬，不厌其烦。虽然这处居所是个密不透风的罐子，但后窗外面是一片空旷之地，几个乞丐把那里当成家，白天不知所踪，一到晚上就回到这里，相互问候一天的收成，交换一些多余的东西，然后躺在棉絮上呼呼大睡。当他睡不着向外观望时，看见乞丐们由于燥热而不知羞耻地脱个精光，月光下，女乞丐露着两只丰硕而脏污的乳房，男乞丐四仰八叉。他们以为无人知晓，其实都被虫子们看去了，虫子的世界就是人的世界。

如果想逃走，我叔父只需撕开窗纱跳出去，但他想留下来做春江少爷，他的能力还未增长，他需要借助贾春江这个名字把梁潮生变强大！

于是，梁潮生又回到床上，做了无数个梦，梦与梦毫无关联，地点都是洋学校。洋学校的轮廓在梦里忽明忽暗，一群人向他走来，他一个也不认识。他听见海英轻唤"少爷"，故意不睁开眼睛。海英爬上床掀他被子，在他大腿上掐了一把。他咯咯笑着坐起来，去抓海英的手，结果两个人叠落在一起。这回海英臊了，捂着脸跑出去，一直到他跟贾太太去学校，海英也没出现。

洋学校坐落在城外一条七八米宽的渠边，渠水又黄又稠，与梁潮生当年看到的黄河水一样。因为稠，流速显得很慢，波纹几乎是一个路数，一个波连着一个波，缓缓地流啊流。

贾太太说："江儿啊，这里既是教堂又是洋学校，校长是李察尔神父，有一个女班，你所在的班里都是有钱人的孩子，作为贾大人的儿子，你要注意言行，凡事搞清楚再说话，记住了吗？"梁潮生回答："是。"

李察尔神父正在恭候贾太太，他左右各站一名修女，她们包着头脸，只露一双无神的眼睛。"哦，亲爱的贾太太，欢迎贵公子来本校读书。我们今年新开了新派学科，由北京来的老师授课，相信贵公子定会有所成就。"李察尔神父的中文说得非常流利。

贾太太笑成一朵花，与旗袍上的花形成鲜明对照，面容略显丑陋，身材前凸后翘，将花朵顶在胸上、屁股上，顶得高，花也似乎开得艳，腹部的花明显没有张力，是一些蔫蔫的花。

李察尔神父手足无措，介绍完课程，便垂下眼帘，尽量不去看贾太太身上的花。"那我先回，孩子交给你！"贾太太说。"请便！"李察尔神父微微躬身，送贾太太离开。

贾太太一走，李察尔神父立刻恢复超凡脱俗的表情，带领两名修女向教学部走去。梁潮生跟在后面，不安地打量新环境，教堂的主建筑距大门百米远，里面一边是操场，一边是草坪。彼时，洋教堂在五原城属于异类，屋顶又高又尖，上面有一个熠熠生辉的十字架。

这是一个大好夏日，炎热只有在街巷的围拢下才会变得黏稠，这里算是野外，又紧挨一条澜澜大渠，气候清爽宜人，大约又是身在教堂这种清心的地方，人的焦躁瞬间化为乌有。几名修女正在唱诗,李察尔神父在胸前画了一个虔诚的十字,遂左转朝一个门走去。那门看似在眼前,走起来却漫长而深幽,就像红山的洞穴总也走不完。

走出那道门,后面有一间教室,大约三十平方米,青砖绿瓦,屋顶一马平川,晾晒着一些豆子。以教堂为轴线是一堵矮墙,墙那边同样是一间教室,李察尔神父介绍说那是唯一的女班。

渠叫义和渠,曾是王同春的产业,王同春早年在老郭渠当渠头,因与郭氏父子发生争执,辞去渠头之职,自己借钱建立了牛犋,但垦殖还是离不开老郭渠的水,要水时又与郭家发生争执。后来他想单独开挖一条干渠,经与郭家调停,在黄河上直接开口,利用几条天然沟壕挖成一渠,初名叫王同春渠,后与郭家重归于好,改名义和渠。现在义和渠收为官办,归贾大人管辖。义和渠有七八米宽,水因泥沙大而变得稠缓,但不失清凉。

上课时间,一位身着黑色中山装的青年从教室走出来,手里捏一支细粉笔,袖口上沾着粉笔屑。他面貌整洁,手指颀长,身高一米七三左右,属于男人中的娇小者。与之相比,梁潮生现在个头猛蹿,只比这位青年矮半头。青年恭敬地问李察尔神父何事,李察尔神父对他耳语一番,青年皱眉看梁潮生一眼,"好好念书!我叫吴海成,进去坐第二排最后的位子!"

梁潮生茫然地跨进教室,在十几个男生的注目下,跌跌撞撞地走到第二排末尾,虚脱地坐下。接下来,他是带着空白的思想和躯干上课。吴老师喜欢用余光扫描每一位学生,到他这里总要多停几秒,眼神坚硬而不屑,似乎在向他传达一种身份的东西。他什么也听不懂,心里暗暗呼唤贾春江。下课铃适时响起,吴老师将半截粉笔扔进黑板槽,拍拍袖管上的粉条屑,阔步离开教室。

吴老师一走,教室立刻乱了,十几位年纪相仿的男生三五成群,说东道西。梁潮生一个人走出教室,透过与教室平行的铁栅栏看义和渠的水。水其实流得很急,只不过浑黄的颜色掩盖了它的速度,又或者是因为人心太急,它便显得慢了。

"这不是梁潮生，噢不，贾春江吗？"一个脆生生的女声。

梁潮生寻声而望，以为大白天见了鬼，矮墙那面竟然站着杨荣枝。"你也在这里读书？"他无比惊诧。"当然喽，我可是个有理想的女子，和我那吝啬的父亲不一样。"杨荣枝得意地说，继而话锋一转，"你说你，哪世修来的福分，竟然摇身一变成了少爷？""什么摇身一变，我本来就是少爷！""得了吧，我才不信呢！""爱信不信！"

梁潮生与杨荣枝吵着嘴，心里却虚得要命。杨荣枝是他由放羊小子变成少爷的见证人，同龄通心，她不相信也很正常，连他自己都不相信，糊涂的贾太太怎么就轻易相信了呢，可见她对春江有多粗心。

"你认识他，杨荣枝同学？"吴老师突然出现在他们面前。

杨荣枝立刻站直身子，双手不自然地绞着辫梢，"是的吴老师，他是……贾春江嘛，人人皆知。"

梁潮生吓出一身冷汗，好在杨荣枝话到嘴边又拐了个弯，使他们省去好多向吴老师解释的唾沫。"什么人人皆知，小小年纪就学会看人下菜碟？回去！上课！"吴老师又变得凶巴巴。

挨到中午，李察尔神父对梁潮生说，学校是一放学，他第一天来可以破例，中午回去下午不用来，明天开始实行一放学，午饭在学校解决。梁潮生巴不得这样，他走出学校，老姚雇的人力三轮车已经到了。老姚问："没人欺负你吧？"梁潮生摇头。他想起吴老师的眼神，那是一种精神欺负，没落在身体表层，看不见摸不着，不知算不算欺负。

"哎——春江少爷，我爹安顿我，遇到你说一声，请你去我家吃饭。"杨荣枝追出来。

三轮车夫疾步如飞，老姚的一双大脚把五原街上的石板路踩得啪啪作响。梁潮生坐得高，看见义和渠一直跟着他，远一会儿，近一会儿，似乎也流到城里来了。

不知什么日子，街上所有铺子前都搁一张小桌，上面放着茶壶茶碗。一个伙计站在桌边，头脸被毒日头晒成黑红色。所有人都尽量靠边走,把中间的大道让出来,梁潮生乘坐的三轮车就是在这样一种情势之下抵达五原垦务办事处的。他看见许多男子聚集在门口,从大门外一直延伸到办公室,走廊里也有,站着的,坐着的,也有打地铺躺着的。人们都不说话,脸上流露出期待的表情。后院烟雾缭绕,大锅小锅齐上阵,熬煮着一些肉和菜混合的汤食。

贾大人和安协理坐在一张桌前看地图。"大人您看,乌加河、塔布河、缠金渠都有淤堵现象。"安协理指着地图上的黑色箭头说。贾大人焦躁地拍起桌子,"唉,清完堵,堵完再清,这渠咋这么难治理?早知如此,当初就不该收为官办,还由那些地商折腾去!"安协理看看四周,小声说:"大人,河套地水相连,有水才有地,您要进行垦务改革必须收渠!"贾大人则凑在安协理耳边说:"再难也不要亏咱自己个儿。"安协理悠悠地回答:"这是自然。"

贾太太身着宽松便装,指挥几个兵刷碗。"哟,我江儿回来啦?"她眼露柔情,把梁潮生拉到跟前,"来来来,江儿也过来听听,今天是咱们家的大事,疏浚河道第一天,开工宴!你多介入一点爹的事,对你有好处。"贾大人也不知受什么感染,对梁潮生投来殷切的目光。

开饭了,海英和老姚各抱一摞碗筷,为外面的渠工打饭。"饭不限量,管饱噢,大家不要惜肚皮,今天放开吃,明天好好干!"贾大人冲渠工们喊。"大人,渠工费能按时下拨吗?"有人问。"当然能,咱们有政府拨款,还有征收的水费,渠工费不在话下!"贾大人承诺。"噢——"渠工们欢呼。

整个院子整条街立刻发出碗筷碰撞的声音,有人吃渴了就跑到街上的茶水摊喝水,喝完再跑回来吃。渠工散去时,街上的茶水摊也悄悄撤去。

自从开始走西口,梁潮生一直过着混乱的半群居生活,他想念一个人放羊的日子,天马行空,思想凝滞,有足够的时间观赏天上的云和野地的花。如今,他这个春江少爷的身份已经坐实,除了自以为是的杨荣枝东想西想,没有人怀疑他。以目前的形势看,杨荣枝不过是想攀附一下他这个少爷,不会伤害他,为安抚她,他决定去昔日的东家家里做一次客。

杨荣枝平时住在五原城的姑家，她姑是斜街里"裁"字间的盘扣师傅，有一手盘扣绝活儿，她伯是远近闻名的裁缝师傅，一条腿有残疾。当年他们的父母分别将裁、盘手艺教给一双儿女，为的是姑娘一辈子不离哥，照顾哥。这个愿望得以实现，如今荣枝姑一生不会裁剪，荣枝伯一生不会盘扣，兄妹二人一个不嫁，一个不娶，组成一个奇怪的家。

裁缝铺后面是一个四四方方的院落，有正屋，有角门，有伙房、柴房。杨荣枝每天去学校上完课就回到院里温书。角门一般闩着，外面不远处就是义和渠。五原人都有一种错觉，就是那义和渠总是在眼前，无论身在什么地方，它就在不远处，赶不走，躲不掉，长在身上似的。五原人还有另一种错觉，就是主街的大商铺出产大小姐，斜街里这样的小商铺，都躲着一个荣枝样的姑娘，不过她们也被分为两类，一类是家里免费的帮工，没有自由可言；一类念洋学，是追求进步的女子。比如斜街里有一个叫靳佑佳的女子，新潮、洋派，发誓将来要做革命者，是她们中间的楷模，杨荣枝非常欣赏她。

住久了，"裁"字间的角门时常会钻进一两位姑娘，她们是来听杨荣枝念洋经的，她们的笑声将天上的云朵炸裂，变成浅浅一层，被蓝天收缴，一会儿便没了。越来越多的姑娘通过先前认识杨荣枝的姑娘，相约从角门进入，来这个院里胡闹。有一天，杨荣枝对她们说："有吴老师在，洋书念起来很有意思。"姑娘们脸红了，杨荣枝也脸红了，于是天上的白云朵变成红云朵，红云朵散不去，暴露了女儿家的心事。

杨荣枝听说春江少爷要去杨家圪旦做客，很激动，她想邀请吴老师去，又怕吴老师拒绝，梁潮生出主意说："写纸条吧！"杨荣枝觉得这个主意不错。

梁潮生不知道杨荣枝写了什么内容的纸条，总之出发那天，老姚打发送二人去杨家圪旦的马车一出五原城，就看见吴老师等候在路边。吴老师见是贾家的马车，迟疑了一下，还是将顾长的手递给梁潮生，梁潮生把他拽上来。马车启动，杨荣枝脸放光芒，不时偷瞄吴老师一眼。

"你们家有个叫吴海英的女用？"吴老师坐稳后问梁潮生。梁潮生说是。吴老师说："她是我妹妹。"杨荣枝惊诧地问："为什么让她当下人？""她有她的使命！"吴老师说得很干脆，说完撩开车帘看外面的风景，整洁的脸上没有半丝不快。

"使命"这种词令梁潮生噤若寒蝉，他觉得，贾春江和他们才是一类人，他一个挖井人的儿子永远达不到那种高度。还有，这个词的另一层含义使他不安。

义和渠又跟到野外来，若隐若现，一些渠工光着膀子不知在干什么。马儿撒开四蹄跑得欢，驾车人汗腻腻的气息从帘子下面钻进来，受苦人的艰辛也弥漫进来。

"老乡，你可以慢一点，不急。"吴老师说。

马车果然慢下来，吴老师问："家里几口人？"

"五口，老伴没啦，两姑娘嫁了，就剩两光棍儿子。"

"儿子在干什么？"

"当渠工，就在义和渠上疏淤呢。"

"您觉得贾大人的垦务改革和水利改革好不好？"

"唉，说不清，我只是个受苦人。"驾车人答。

"吴老师你说，贾春江他爹的改革好不好？"杨荣枝一边插嘴，一边斜睨梁潮生。

吴老师缓缓地说："以前的河套是政府的三不管地带，有钱人各自为阵，地、渠掌握在个别人手中，其他人都是长工、佃户。贾大人收为官办后，一些穷人置下一些田地，算是扎下了根。"

"这么说，贾大人是个好官喽？"杨荣枝绞着辫梢说。

"这个不好说。"

他们说贾大人的是非短长，梁潮生听了心里不爽，吴老师明知他是贾大人的儿子，不但不回避，还往敏感话题上引，不知是何目地。

东家得到信儿后，一大早就开始杀鸡宰羊，见荣枝又领回一个陌生人，想来是白吃的，心中不悦。杨荣枝知道爹小气，怕他给吴老师脸色，发起小姐脾气，"不就加双筷子嘛，他是春江少爷的朋友，也是我们的老师。"

梁潮生把贾太太给东家的礼物卸下车，就跑去看羊。羊在圈里卧着，数量又有所增加，牲口就是这样，发了情就要繁殖，一点也不客气。头羊认得梁潮生，一个蹶子跳起来，冲开羊圈门，飞奔过来。它怕犀利的犄角伤到梁潮生，从梁潮生身边跑过去，减了速才又慢慢转回来。梁潮生蹲下，与头羊四目相对，发现它眼中隐有泪光。他坐下，掬一些盐土来吃，觉得一经有了人的足迹，盐土就不那么鲜美了。头羊卧在他腿边，蹭他的裤角，不时抬头看他一眼，眼神纯净如一汪清水。

窝棚风雨飘摇，随时有倾倒的趋势，梁潮生闻到里面有一股霉腐之气，细看，角落有一块吃剩的瓜皮，他想一定是朱管家的杰作。

"他已经不是管家啦。"一回到杨家大院，梁潮生就听到这个消息。"春江少爷你走后，我让他再去放羊，他不乐意，整天丢东少西，后来听说五原招渠工，一拍屁股走了。"东家说。"走吧走吧，现在世道乱，不行咱也把地卖了，去斜街里找兄弟开铺去！"小脚女人气咻咻地说。"少说两句！"东家嫌女人嘴碎。

杨荣枝偏头问吴老师："听说吴老师出过国？"吴老师说："我在英国读的水利桥梁专业。""哟，春江少爷将来也会出国吧？你们男的真好，可以出去闯荡一番。"杨荣枝羡慕地说。吴老师却意味深长地看梁潮生一眼，"出国是为了更好地报效国家！"

梁潮生知道吴老师一直针对他，他没有学识和胆量与吴老师争论黑白，所以每当吴老师意味深长地看他时，他就装出一副懵懂的样或者冒一点少爷的傻气，让吴老师以为他骨子里就是个少爷痞子。

午饭从下午三点开始，一直延续到晚上。他们本来就计划在杨家圪旦过夜，因而饭吃得缓慢。在东家的劝诱下，梁潮生喝了好几盅烧酒。"少爷，以后不要叫我东家，我受不起。"东家喝多了，但头脑清晰。梁潮生说:"不管我现在是谁,当年是你收留我,是我的救命恩人。"东家听了,头一歪,睡了。

从杨家圪旦回来以后,杨荣枝的角门开得更勤,有更多姑娘领来更多的姑娘,姑娘们对吴老师和春江少爷的评价分为两派,一派像杨荣枝一样,崇拜吴老师,一派认为春江少爷才有男儿气概。"他有男子汉气概,我怎没看出来?"杨荣枝逼问带头与她争辩的靳佑佳,靳佑佳笑着跑开。那段时间,因为每天要跟姑娘们分享洋学校的奇遇,杨荣枝的胆子越来越大,有一天甚至和吴老师在黑黢黢的宿舍待了整整一下午,出来时满手油墨。后来有一天,她居然剪掉辫子,梳起齐耳短发。梁潮生渐渐发现,吴老师不仅影响着杨荣枝,还和李察尔神父暗暗传递着一种讯息。后来在他们越来越神秘的举动下,五原街上出现了地下革命党的传言。从那时起,杨荣枝的装束越来越新潮,一些女性解放思想渐渐萌动。她一萌动,斜街里的姑娘全都蠢蠢欲动,一股涌动的激情首先从后院吹起来。

吴海英和吴海成是兄妹的事,梁潮生一直守口如瓶。吴海英对他既霸道又冷漠,往往霸道完就消失两三天,她性格古怪,总是绷着一张脸,在贾太太面前看似温顺,实则有一种不屑隐藏在情绪里面,和吴老师对梁潮生的不屑是一样的,这对母子遭到吴家姊妹发自内心的鄙视。

立冬后,街上没摆茶水摊子,所有渠工都聚集在五原垦务办事处,就像那场别开生面的开工宴一样,人们密密匝匝挤在一起,将钱的信号贴在走廊、墙壁以及走廊转弯处,用祈求与恶狠并存的行为告诉贾大人,发钱!发工钱!两年、三年的工钱一起发!但办公室空无一人,贾大人和安协理上北京去了。渠工们只好散去,再来讨债时,大门已经上锁,只剩一个门卫站岗。

贾大人很久没回来,老姚自作主张,把工作人员打发走,只留几名门卫执勤。贾太太又像当初住窝棚时一样,无心梳妆,默默落泪。这时,吴海英突然忙碌起来,她总是偷偷跑出去,一走一天。老姚对贾太太说:"把那姑娘也打发了吧。"贾太太说:"少爷喜欢她,留着吧！"

梁潮生继续念书，但他明显感觉到五原的空气中有一股无名的味道，平时呛鼻子呛眼，仔细闻又什么都没有，奇怪得很。他替春江感到悲哀，他是这个家的附属品，每当面临困境就会被忽视或牺牲。

吴老师突然辞职去山东学习，又辗转去了河北，归来后一直住在绥远。他与杨荣枝一直保持书信往来，因为他的关系，吴海英也成为杨荣枝角门里的常客。

第二年春天，贾谷被人参报"败坏边局，欺蒙巧取，蒙民怨恨"，在北京革职拿问，安协理也被撤职查办。随后，五原设立巡防队，新官不日将从绥远出发，来接手五原垦务办事处的一切事务。

一天，贾家住所的后门被打开，两辆毛驴车从街上拐下来。贾太太收拾好东西，坐在餐厅出神。"我们去哪儿？"梁潮生轻轻问。"肯定不是北京啦，回吉林。""什么，吉林？"梁潮生有些心慌。贾太太把他拉进自己怀里，"谢谢你做了这么久我的儿子，我知道你不是江儿。"梁潮生惊呆了。贾太太继续搂着他，用额头蹭他的脸，"江儿的耳窝里有一根红毛，你没有……你留下，做你想做的事去吧！""太太、太太。"梁潮生想将实情告诉她，但贾太太按住他的嘴，"别说，我受不了。你书包里有我在吉林的地址，还有一个你栖身的地址。"

梁潮生无言以对，很多事情对他来说遥不可及，他没有能力控制和左右，他需要历练和长大，不只是年纪，还有身体和心智，最好能长出坚实的腹肌，具有硬汉气质，最主要的是要在漫长的岁月里磨炼出坚强意志，内心强大到如山似海。到那时，关于贾春江和贾春江有关的一切全都有能力解决。可是眼前，他只能听从贾太太的安排。

老姚闷头走进来，和贾太太交换一下眼神，贾太太随即擦干眼泪说："记住，找到他告诉我一声。"说完这句话，她颤抖起来，一次一次摩挲梁潮生的头，心酸得不知所措。稍顿，她怕自己没完没了地唠叨和哭，先出去了。老姚摇摇头，正要随贾太太出去，梁潮生对着他的背影说："老姚，我认识你弟弟姚学礼。"老姚定定站住。"我们那年被一起掳上了红山，后来……我逃了。"梁潮生脸上挂着泪痕。老姚始终没转身，只是"哦"了一声，然后走出去。

外面一片混乱，人喊驴叫，不一会儿安静下来，静谧将贾府的辉煌吞没，又吐出一种更换门庭的味道。后门不知被什么人锁上，梁潮生从办公室来到外面，院落空无一人。柳树枯黄萎靡，门卫站岗的台子被掀在一边，几个小孩从街上跑进来撒尿拉屎，梁潮生就站在他们面前，他们却没反应，还一个劲儿嚷嚷说撒完拉完再去吃一点东西。

梁潮生走在街上，没人注意他，一个人撞在他身上，摸摸头，什么也没看到，嘟哝说酒喝多了。他茫然地走，突然想起书包里的地址，伸手摸出，"哦，斜街里！"

四、义和渠·海英

一九三一年春天，河套平原的面貌以及春光丝毫未变，一切还是四年前的老样子。黄河依旧没有征兆地决口，渠道淤积愈发严重。五原城至临河的宽阔平原上，层层绿色从退去洪水的河滩爬上来，一丛孤独，两三丛为伴，五六七八丛便形成平原特有的风景。土壤不自觉地分成两类，一类是良田红泥土，一类是寸草不生的盐碱土、菟丝子和芨芨草以及有药物作用的苦豆子。比较依赖肥力丰厚的红泥土，顽强的红柳则先在盐碱地扎根，而后成片地疯长，去吞噬开垦出来的良田。从蒙古越境而来的卡巴金马和蒙古黄牛，因野生牧草减少，只在阴山一带活动。狼、狐、獾等野生动物数量骤减，就连天上飞的啄木鸟和布谷鸟也不见踪影。期待好年景的心情激荡着人们的心房，人们百感交集地呼唤着释迦摩尼和耶稣的名字,有的人作揖磕头,有的人在胸前画十字,把一个既求水又治水的矛盾心愿许在来年的光阴里。

风儿轻轻掠过大地,穿过稀落或拥挤的房子,落在五原街上。

时间仿佛回到四年前,梁潮生和贾春江站在五原垦务办事处的鎏金匾下,满心期待能见贾大人一面。四年后,梁潮生一个人站在这里。这里如今叫作五原巡防队,里面既没有大而为国、小而为己的贾大人,也没有姚学礼的哥哥姚学忠,里面的兵时而经过山羊滩和杨家圪旦,去临河方向的强家油房驻守;时而又与宁夏人配合攻打巡防队内部的叛军。他们骑着高头大马,出出进进,整天制造着凌厉肃杀的场景。

远远走来一个外乡人,背一卷看不清颜色的铺盖,头戴褐色窄边草帽,身上的衣裳显然经过雨水和汗水的双重浸泡,变成一个硬壳,硬就硬吧,肘部和腿弯处的面料又被折出许多裂痕,一看就是一个长途跋涉者。他满身尘土,满脸疲惫,却死死盯着"五原巡防队"几个字看,惊愕地张着嘴,脸上的表情变化万千,比如一开始,他是惊异的表情,过了一会儿,惊异变成恨意,又过了一会儿,恨意渐渐消散,涌上来一股悲凉。一个七尺汉子突然控制不住地号哭起来,路过的人以为他疯啦,仓皇逃开。梁潮生感觉这人面熟,仔细看,似曾相识,再仔细看,竟是远去吉林的姚学忠。

他把姚学忠扶起来,告诉他:"这是巡防队,不能挡马队的道,弄不好会被马踩死。"姚学忠没认出梁潮生,反问:"斜街里怎么走。"梁潮生说:"你跟我走吧!"

姚学忠拿起跌落在尘埃里的铺盖卷,不远不近地跟着。进入斜街里,梁潮生突然转身问:"老姚,太太呢?"姚学忠吓得后退一步,以为遇见了以前的仇人。梁潮生凑近让他看,姚学忠看了半天,突然哑口失叫:"少爷!"梁潮生把声音压低说:"回家!"姚学忠像一个碎嘴的老人,呵呵笑着说:"好,好哇,刚好遇上。"

斜街里。青石板曲折蜿蜒地深入巷底,每个铺子的门尽量敞到最大,还是招不来一个顾客。无事的男人和女人无聊地谈论局势，说那个局子又换成剿匪司令部，剿匪的兵劫掠奸淫，一点也不亚于土匪，还说绥远政府鞭长莫及，大约是放弃五原和临河了。说到此处，每一个铺子里都会传出一声长长的叹息。

梁潮生和姚学忠把途经格子铺的所有叹息收集起来，一直往里面走，在巷道尽头，又拐进另一条巷道。如果说刚才的巷道连接着斜街里所有铺子的话，那么这一条则是铺子后面的日子，日子一个接一个，有高有矮，有大有小，有新有旧，但都有一个共同的特性，那就是泔水味与油烟味并重，年深日久，两种味道不只飘散在空气中，还像狗皮膏药般沾在每家每户伸出来的铝制烟囱和墙壁上，随时随地灌入人的鼻孔，让人想起"饭"这个自古以来就充满媚惑的字眼儿。

姚学忠一走到这里立刻感觉饿了，肚子咕咕叫，因为极度干渴吞咽唾沫，使他那异于常人的喉结上下蠕动。而此时，明明肚子缺乏食物释放的信号却把屁勾出来，他见四下无人，努力将憋了不知几天几夜的屁崩出。这是一个进食前腾空肚子的屁，悠长而轻松。

走过一百四十二块完整或破烂的青石砖，走过相对或错落的十七户人家，经过三张编织细密的蜘蛛网，还有抬头看见一窄条天空上飞过的两只鸟，梁潮生终于在一个由二十二根圆木组成的角门停下。角门设在角上，上下悬空，没有门槛，却死死合上，与两边的梁柱合铆对缝，一看就是好木匠的手艺。梁潮生长成了大高个，威武挺拔，穿一件体现知识青年的藏蓝色风衣，浓密的头发向后拢，一看就是用了发胶的缘故，头发表面闪烁着胶质物的光泽。他冲姚学忠笑笑，将一只手臂从角门上方伸进去，轻轻拨弄一下，角门便吱吱呀呀地开了。

他迅速扫射一眼院内，随之跨进去，掏出钥匙打开最大的一间，请姚学忠进。姚学忠让梁潮生先进。梁潮生知道他改不了伺候人的毛病，只好先行进入。

房间一进一开，里间是卧室兼书房，外间是客厅兼餐厅，一张小餐桌安静地搁在两个沙发前边。姚学忠想起那两个沙发还是他托人从绥远捎回来的，当年他只匆匆看过一眼，如今沙发已经磕碰出一些残痕，上面的碎花衬布洗得褪了色，苍白潦草。房间陈设简单，一床一书柜一桌一沙发，没有锅碗瓢盆、胭脂水粉等俗物，书倒是不少，书柜里放不下，便跑到床柜上去了。餐桌上搁着几本粗糙的小册子，最上面的一本封面乌黑，写着几个字：进步青年读本。册子下面摊着一张地图，上面用红笔和黑笔标注出一些方位，显眼的是最上边一处地方被红黑两种颜色涂成圆圈。压地图的是一个巴掌大的小瓷罐，里面盛着一撮白色盐土。

姚学忠说："那年走得急，没讨少爷的示下。"梁潮生急说："这个地方很好，感激不尽。""这都是太太的意思。"姚学忠补充。梁潮生感觉有一股疼痛从心底漫上来，使他鼻尖酥麻，泪腺涌动，他快要哭啦。门外适时有人问："现在吃饭吗？""端过来吧！"他朝门外喊一句，以此来迫使自己收回眼泪。

两位老者从对面的屋子走出来，各端一只托盘，同时也端着一团雾气。女的先进来，她的小脚从对面的角度看，就像一块烧透后被无数器具敲打过的三角铁，步调熟稔，应势而动。后面的小老头形销骨立，一副衰朽样。"听见有客人，加了饭菜。"小脚女人谄媚地说。姚学忠抬头一看，竟是杨财主两口子。杨财主遇见熟人，羞得躲到小脚女人身后。梁潮生解释："就是他们，土匪专盯财主抢，他们的儿子被土匪杀害，羊被土匪抢光，家被土匪霸占，没办法逃到这里来了。""哎，真是世事难料呐！"姚学忠感慨不已。

杨财主两口子退出后，姚学忠不客气地吃起来。两道小炒，一素一荤，素的是豆腐，荤的是肉炒豆腐，主食是两个花卷和一碗泽蒙花拌汤，汤上面的胡麻油清香扑鼻。梁潮生喝泽蒙花拌汤，姚学忠吃光两盘菜、两个花卷，临了抹抹嘴说："这么说杨荣枝也住这里？""呵呵，不只杨荣枝，还有吴海英，她比我还先搬来这里。"梁潮生直言相告。姚学忠听到吴海英的名字，脸一下由红变白，"她也在这里？在少爷身边？太太说你喜欢她，是真的吗？可是我怀疑她是潜伏到贾家的卧底。"姚学忠的话犹如空穴来风，使梁潮生一下想起那年去杨家圪旦的路上，吴海成所说的使命，吴海英的使命到底是什么？"老姚你别急，我会查清楚这件事，给……你们一个交代。"他差点说成给贾春江一个交代。时隔四年，梁潮生不知道贾太太有没有将他冒充少爷的事告诉姚学忠，但以见面以来的反应看，姚学忠并不知情，依旧把他当春江少爷。

说起吴海英，她的面容立刻浮现在梁潮生眼前：头发乌黑，皮肤白皙，眼眸发亮，嘴唇湿润。她个子适中，少女的身体散发出一股精美的气息，胸部在时光的养育下，渐渐隆成两座小山，与四年前两个人跌落在一起时完全是两码事，那时候他们还不谙事世，只觉得对方的肋骨无比坚硬，谁也没想到有一天女方的肋骨会变出两颗柔软的果实。

饭后，姚学忠开始大睡，梁潮生坐着看那本进步青年读物，看到妙处，兴奋得用指甲盖挑起小瓷罐里的盐土，塞入口中慢慢品味。

半下午时光，铺子后门被人轻轻推开，荣枝姑将荣枝伯从铺子扶至后院，荣枝妈来接，轻轻问："又关啦？"荣枝姑忧愁地嗯一声。他们走进对面的小屋，关上门，细细碎碎地说话。在很长一段时间内，院内阒寂无声。突然传来一阵猫叫，有大嗓门公猫，有细嗓音母猫，一声长两声短，骚情样的。梁潮生放下书，看一眼熟睡的姚学忠，默默站着听了一会儿院内的动静，然后像鱼一般从角门溜出去。

他一出去就看到三个人，一男两女，站在对面的义和渠畔，用土坷垃打水漂玩，一副不务正业的模样。女的是杨荣枝、吴海英，男的陌生，但似曾相识。杨荣枝笑着介绍："吴海成吴老师。"梁潮生愕然，忙上前握住对方的手，"好久不见！"

吴海成风度翩翩，神情淡定，再度与他相遇一点也没表现出异样和紧张，"他们俩已经将你的情况告诉我，你如此坦诚，我就直言相告，目前大敌当前，日本人的目标是绥远、包头，我们暂时没有精力细究你说的事，得等待时机。"

梁潮生伸出手，拢一下头发，"没关系，我可以等。"

杨荣枝和吴海英知趣地走开，继续打水漂玩，用来掩护两个男人的会面。他们谈了很长时间，吴海成咖啡色的脸上浮动着对以往行为的愧疚，"杨荣枝把你的事情都告诉我了，你真的是假少爷？"

"是，当年是不得已而为之，现在到了还原真相的时候，我要回去救他！"梁潮生坚定地说。

"听说你不仅努力学习各方面知识，还勤练武功，并且接触了不少革命读物，你的成长令我刮目相看。我想，在你的成长里，有一部分是为救贾春江而做的准备吧？"

吴海成的话令梁潮生肃然起敬，他隐约觉得，吴海成能帮助他完成心愿。"我说的等待不是无限期，如果有一天我等不到你所谓的时机，我会自己行动。"

"按你的说法，红山非比寻常，你没有名目乱闯是只身犯险，有这个必要吗？"

"他是我兄弟！"梁潮生说出这五个字，感觉肩头一沉，似有千斤重担压下来。不过，沉归沉，沉里又增加了一丝现实环境下他这个年龄应该具备的坚毅与果敢。

"好，那么接下来我将对你进行一系列考核，也算是锻炼吧！"

梁潮生恭敬地立正站好，表示一切行动听从指挥。

分别时，杨荣枝提出送吴海成，她对吴海成的感情随着年龄的增长愈发浓厚，但言行举止已不像四年前那么张扬。

成长中最黑暗的日子已经过去，现在的梁潮生是个有主见的青年。在乡下，他这个年纪已经结婚或独门立户，而他还在一件重大的事情上纠结。实际上，他和吴海英的关系非比寻常，从前是主仆，现在同是进步青年，一起忧国忧民，又一个院儿住着，所有人都认为他们应该是一对儿。

"海英，等等。"梁潮生叫住她。

吴海英站定，无声地望着这位她自认为是落魄的少爷。她的眼神让梁潮生想起初入贾府时，被强行扒光洗澡的情景，那时吴海英头发枯黄，鬓角和后脖颈上有一层黄毛丫头才具有的浅浅绒毛，如今女大十八变，美人坯子特征逐渐显山露水，表现在高挑的个头上、黑亮的头发上、白皙的皮肤上和丰满的胸脯上，再加上孤冷的性格，所以梁潮生很难把她和小时候的形象联系在一起。

"你……和小时候不一样啦。"其实他想说"你比小时候漂亮"，却说不出口。吴海英的脸红了一下。他觉得不妥，又补充说："你当年为什么在贾府当下人？"这句随意说出口的话在空中凝滞了一会儿，又通过思维管道返回梁潮生的大脑，他感觉这句话同样不妥。

吴海英脸上闪过一丝慌乱，尽管她竭力用比孤冷更孤冷的表情去掩饰，梁潮生还是接收到一种叫作秘密的东西。他急忙解释："当然啦，就像吴老师说的，你有你的使命。"最后一句话化解了尴尬，梁潮生看见她眼里的慌乱渐渐平息，孤冷又回到脸上。

角门内，睡眼蓬松的姚学忠迎着将落的太阳望着他们，而立之年的脸上镌刻着从吉林到河套的风霜。吴海英已经听说姚学忠回来，主动上前打招呼："你回来啦？"姚学忠极力在脑中搜寻海英小时候的模样，却怎么也不能和现在联系起来。"你……你是那姑娘？老实说，你混入贾府是何目的？"吴海英避开他的纠缠，进入她和荣枝的闺房，重重关上房门。姚学忠颤颤地对着门，"躲什么？有本事出来对质！"梁潮生捂住他的嘴，示意他不要口无遮拦。姚学忠怒不可遏，不自觉地去摸头上的窄边草帽，却只摸到一撮少得可怜的花白头发。

第 三 章

一、教堂·李察尔

又过了一年,河套平原变了样,辖山羊滩和杨家圪旦的临河升格成临河县,政府机构逐步建立起来,有了掌管临河县的县长,有了邮政局、学校、屯垦队、钱局,开通了有线人工电话,修建了桥梁和马路,成立了合作社。但是县长还是一年一换,各种章程朝令夕改,各种灾难依旧来临。老百姓惶惶然,活得云山雾罩,东一榔头西一棒子,不知道该跟随哪股大流。

因临河县成立了特别支部,又设了兵运小组,人员明显不足,吴海成便配合地下党员,在驻绥远省临河县祥泰裕的阎锡山屯垦军内发展党员。在此之前,屯垦军士兵对终年垦荒、当牛做马、克扣粮饷的现状早已不满,经常聚在光化药房一边看报一边发牢骚,吴海成他们想利用这一时机,秘密吸收积极分子。

"我向上级申请,获准由你们三个人做前期调查工作,你怎么看?"四月的一天,吴海成风风火火地来到斜街里。

当时梁潮生正趴在桌上看书,姚学忠跑去看昔日的垦务办事处,现在的晋军屯垦队九连,吴海成突然闯进来说。"哦,可我们不是党员,执行起来没有可信度。"梁潮生轻轻把书合上,怅惘地走了两圈。

"这次任务需要新面孔。"

"行,具体怎么做,你安排!"梁潮生有些激动。

吴海成想了一下，"杨荣枝装作看报纸，你和海英扮夫妻，去药房看病抓药，药房掌柜是我们的人，我会让他配合，你们想办法和那些士兵打成一片。"

　　梁潮生当即叫来两个女孩，三个人演练一番。杨荣枝对自己的角色比较满意，吴海英此前的下人角色像一根刺横在她和梁潮生之间，有一些不自然，举止和言谈总是不在状态。

　　第二天，他们三个一前一后离开斜街里，路过九连时，看见姚学忠头戴窄边草帽，蹲在一个角落窥视，窥视什么，恐怕连他自己也说不清楚。世事更迭，他也许只能看着不变的建筑，怀念一下远去的人罢了。

　　临河县光化药房抓药的人少，看报的人多，抓药的是老百姓，看报的是附近的闲兵。说闲，并不是真的闲，而是明明上面布置了任务，下面的兵痛恨长官对他们的奴役，偷偷跑出来闲逛，逛着逛着就到药房老板办的报摊来看报。

　　梁潮生扶吴海英走进药房。出门前，杨荣枝给吴海英裙子里塞了一个小枕头，小枕头的意思是小月份。现在，小月份孕妇吴海英是来抓安胎药的。杨荣枝跟在他们后边，假装只对报纸感兴趣，一进门便走向报架。药房掌柜显然已经接到吴海成的通知，他带吴海英去里间把脉，请孕妇的丈夫止步。于是，杨荣枝和梁潮生在看报间隙，也加入乌烟瘴气的讨论中。

　　他们了解到，喜欢集中在这里看报的大多是屯垦队四一〇团十一、十二连和迫击炮连的人，十一连三排排长徐政权是他们的带头人。"他妈的！他阎老西把我们招了兵，又把我们发配在这儿种地，种地也就罢了，还克扣我们的粮饷，你们说这日子咋过？"徐政权说。众兵盛怒，纷纷谴责，一片哗然。杨荣枝趁机和徐政权攀谈，梁潮生在门口把风。其间，梁潮生看见药房掌柜的眼睛在布帘后面闪了一下。

　　他们连续去了三天，基本摸清了屯垦队内有影响的积极分子，梁潮生把汇报材料整理好交给吴海成。几天后，听说他们秘密吸收了一名士兵为中国共产党,并由这名士兵做内应,迅速在十一、十二连和迫击炮连发展了不少党员。

九月六日,新发展的党员李占海被一名士兵出卖,性命堪忧。面对突如其来的情况,支委会决定立即起义,以保护隐藏在屯垦军内的其他党员。起义部队离开祥泰裕,先收缴了武器库,后捣毁营、连部,他们手臂上系着"救国军"的红布条,在苍茫夜色中,向狼山方向进发。他们的本意是去狼山寻找游击队,但是没有人知道路,部队只能扯着大旗盲目地北上。

一夜急行军,起义军在大发公短暂休息时,被当地的狗腿子出卖,陷入屯垦军追兵的包围圈。起义军一边殊死交战,一边向外突围,终因寡不敌众,大部分人壮烈牺牲。

这支由梁潮生、杨荣枝、吴海英参与组建的秘密支委会,最终以血的代价消亡,换来的是反动派对河套驻军的大清洗,后来又有党员叛变,使四一○团内的党组织全部被破坏,光化药房被查封,药房掌柜被迫转移外地,一时间,白色恐怖笼罩着河套平原。

接连的失败和打击,使吴海成犯了家族遗传的失眠症,变得形销骨立,失去为人师表时的风采。吴海英把哥哥接回来养病,她让杨荣枝去父母那边睡,他们兄妹住一屋,杨荣枝不同意,她让吴海英去那边睡,由她来照顾深爱的人。梁潮生见她们怎么安排都不方便,便让姚学忠睡厨房,把吴海成请上那张松软的席梦思床上。

生病的人容易生发愁绪,吴海成一再提起那三个故去的人,一讲一天,在他们的名字中入睡,又在他们的名字中醒来。有一天,梁潮生见他精神好些,让两个女孩上街买了一碗杂碎汤,打去上面的浮油,给吴海成喂下。吴海成在油水的滋养下,慢慢恢复一些体力,能试着下地行走。

此后,梁潮生的房间被男人的谈话声所包围,话题上至天文下至地理,还有争论不休的欧洲战役。有时杨荣枝和吴海英前来观战,一起加入话题,但不一会儿,两个女孩浅薄的见识就被两个男人甩远啦。她们插不上话,他们唾沫横飞,她们觉得好无趣。一日,趁两个女孩不在，吴海成把书里夹的地图抽出来，梁潮生想抢已经来不及。"这……应该是地图吧？可不像河套地图，也不像五原地图，好奇怪，七扭八斜的，是什么？"吴海成边看边问。

梁潮生摸摸头，不好意思地说："瞎画着玩的，我觉得河套水系发达，特别有意思，就把我熟悉的五原水系做了一个标注，不成形，纯属爱好！"

吴海成又歪头看看，"我觉得你会有大作为，有些东西看似不经意，有一天会成为你的武器。"他赞赏地拍拍梁潮生的肩。

一个午后，吴海成接到一封信，看后沉默不语，像是思索，又像是生谁的气，一个人自言自语，焦躁不安，不停地在屋子里踱步。后来，他让海英出去，自己亲自插上门、拉上窗帘，与梁潮生进行了一番只有墙角的红蚂蚁知道的绝密交谈。

第二天，吴海成悄悄离开斜街里，不久，他的上级被任命为绥远特委委员，他也随之变得更加忙碌。

在这一年即将结束的时候，梁潮生、杨荣枝、吴海英三位进步青年代表，在一个村子的后院参加了穷人会代表会。会间，空降的吴海成把梁潮生带到一间密室。"介绍一位破译专家给你认识。"他压低声音说。

来人身穿长袍，站在密室幽暗的角落，看不清面貌，也听不到呼吸，只看见一绺胡须闪着银白色的微光。

"他只有一年时间。"吴海成对来人说。

"可以，一年足够！"来人的语气似曾相识。

"那就拜托你了。"吴海成抱拳，与梁潮生对视一眼，兀自离去。

来人挪到明处，摘去长袍上的帽子，露出一张外国人的脸，"别来无恙啊，贾春江同学！"

梁潮生一看，居然是李察尔神父。

三天会议结束，一百三十人陆续离开，唯独不见梁潮生。杨荣枝和吴海英寻找未果，只好先回五原等消息。姚学忠见走时三个人，回来两个，对她俩不依不饶。吴海英没办法，又跑出去打听，带回来梁潮生执行秘密任务的消息。

包头和临河的学潮运动持续不断，使得地处夹缝中的五原也人心惶惶，许多的杨荣枝和吴海英被家人关起来，许多的眼泪在五原上空飘荡。世事一天一个样，贾大人已经成为过去式，本地的最高长官换得比老母鸡抱窝还勤。姚学忠一根筋似的认为只有找到少爷，才能挽救贾家和他弟弟姚学礼，所以他天天往外跑，把五原到临河、临河到陕坝所有的建筑都踅摸了一遍。

年底，大批饥民涌入五原，粮价涨得厉害。有一天，姚学忠听见小脚女人发牢骚："少爷给的钱快用完啦，他人不在，我们要继续给这个失势的随从供应饭食吗？"荣枝伯把裁案敲得叮当响，荣枝姑代表他哥发声："反正还是一个人，再说少爷会回来的。"小脚女人吓得赶紧缩回厨房。

姚学忠觉得自己不能吃白饭，应该出去做苦力赚钱，可四处遭灾，五原街上的铺子都不景气，于是他沿公路往临河走。在路上，他看见屯垦军所属七个连队正在修冬渠，以利来年渠成水畅，他想也没想就加入进去。干了一个月，他偷偷从临河潜回五原，把赚的钱一分不剩从角门扔进去，见少爷的屋依旧黑灯瞎火，便再次回到渠上。春节后，渠路淤堵的地方基本挖通，工程进入尾声，姚学忠又在斜街里二十里寿材铺找了个推刨的活儿。

城里开始时兴说星期几，还说几点几刻，很少有人再对着日头猜时间，这个专利现在独属于广大农村。星期三早晨九点一刻，二十里寿材铺刚开门，姚学忠就把夜里用坏的两只手推刨拿到侧门去修。有两口寿材要得急，他连夜赶工，结果把手推刨用坏啦。他看了看，把旧刨刃片取出去，去找高掌柜要新的。愈发瘦小干枯的高掌柜，撅着像玉蜀须毛一样的山羊胡子，看了看外面，又看看姚学忠，迅速从抽屉里取出一个新刨刃片，搁在柜台上，"你去那边修，顺便替我看一下店。"姚学忠还没来得及点头，就见一个身穿粗呢大褂、脚蹬黑色皮鞋、头戴礼帽的人走进来。高掌柜没说话，径直与他走向后院，两个人的一系列动作都是在眼神交流的情况下完成的。姚学忠在反复修理手推刨时，屋里人偶尔咳嗽一声，他感觉这咳嗽既熟悉又陌生，好像自己身上的一块皮癣，在不合时宜的季节发作了。噢，老爷！他突然想起贾大人常年不愈的咳疾，一声长两声短，总是一个节奏。他忽地站起来，正好来人告辞出门，挑帘时露出大半张脸，居然是他日思夜想的春江少爷。

一切难以回避！这回，高掌柜修理手推刨，姚学忠和梁潮生去后院说话。姚学忠说了一大堆，前前后后，左左右右，云云。他说完，期待少爷带他离开。

"听我说老姚，第一，我不是你的少爷贾春江，我叫梁潮生，只是与贾春江长得一样；第二，我希望你继续留在寿材铺高掌柜这里工作，我有一个进山的机会，相信你弟弟姚学礼很快能回来。我如果需要你帮忙，高掌柜会通知你。"

姚学忠急说："我不管你是谁，反正我认定你就是少爷！"

梁潮生重重地拍了一下他的肩膀，把礼帽压低，穿过店内一溜散发着新油漆味道的棺材，从前门走向街道，瞬间消失在人群中。

祥泰裕起义失败后，地下党就地隐藏，进步青年都被家人关了禁闭。杨荣枝、吴海英自然也不例外，她们整天待在闺房看书，快把梁潮生的书翻烂啦。杨荣枝的闺房有一点潦草，床铺是白色，墙壁也是白色，除了笨重的家具还遗留一点色彩外，房间没有一丝女孩子气。对于正在变幻的世界来说，她们关禁闭的日子也许又换了一届县长，又出现了一个什么新鲜事物，而她们一无所知。

解禁那天，吴海英去临河找哥哥，但扑了个空。有人告诉她，吴海成跟随上级正在组织穷人会抢富户存储的粮食，用来救济饥民。她问了个大致方向，头也不回去找了。

在空寂的夜里，杨荣枝由于连日失眠变得面无血色，本就晦暗的脸上生出几片深浓的斑点。她不分昼夜地躺在白色被单里，眼珠在眼皮下不停滑动。她心情不稳，心潮澎湃，无法归于平静。

后来，大土匪赵青山被斩首示众、活土匪王兴被驱赶到乌拉山，绥远、包头、五原、临河沿线才安宁下来。为方便姚学忠每月来送钱，也为给梁潮生、吴海英留门，杨荣枝逐渐养成不锁角门的习惯。悬空的角门日夜虚掩，一些流浪动物有时闯进来，在院子里逗留片刻，嗅一嗅厨房的香气，倏忽离去。还来过一位无手的道士，晃着两只空荡荡的袖管要水喝。

那是个星期一，杨荣枝突然想收拾一下梁潮生的房间，至少把那些书归回原位。她身子虚虚的，干干停停，当作消磨时光。半下午，她坐在靠窗的沙发上似睡非睡，像一只猫，这时吴海成走进来，他俯身凝视她的眼睛，气息吹在她的鼻尖、嘴唇上，迸溅出无数朵红色和金色的花。她听到吴海成轻轻说："我受过伤。"他的声音苍凉悠远，那是一个英雄支离破碎的心里话。她醒了，原来是南柯一梦。

此刻，五原城远处的洋教堂顶发出清脆的报时声，一共四下。下午四点，梁潮生从教堂地下室走上来，绕到教堂后面的教室。教室里如今没有吴老师，只有一具男性骨骼器具，上面用红线标着身体器官和穴位。可爱的李察尔神父把中国的《易经》与数学结合起来，发明了一套无线电波，将吴海成筹钱购买的德国先进收发报机数据清空，装入自己发明的数据。

"这是一项枯燥的发明，你必须刻苦学习。"李察尔神父不止一次强调。

梁潮生很苦恼，因为到目前为止，他只会挖井、放羊、种植小麦和盘数一下临河县到五原的大小水渠以及水渠的流量、流向、流程，念书时读的桥梁专业，没有实践做支撑，等于瞎混了一些时日。至于看过的杂七杂八的书，也只起到塑造性格、增加涵养、浸润心灵的作用。为此，他常在梦里和儒家的孔子、道家的老子打架，他们仙风道骨的模样让他想起容师，"如果我死了，凶手一定是李公中。"此话一出，梁潮生必醒，醒来一阵虚脱，心里难过得要命。

这一年，梁潮生三分之二的时光是在这间教室独自度过的。李察尔神父先是让他背诵阐述万象变化的《易经》，然后让他一遍遍演习数学公式，当两门看似毫不沾边的学科被生生灌入大脑之后，李察尔神父教他运用《易经》的预测规律来解答数学。

　　一年期满，梁潮生明显神情淡定、自信满满，他的谍报技术已经走在现阶段电报业的前端。但是李察尔神父一旦掏空与传道格格不入的东西后，一颗心反倒有了安放之处，他找出蒙尘的《圣经》，诵起《马可福音》部分："那日子，那时辰，没有人知道……"

　　梁潮生来向李察尔神父辞行。"你多保重！"李察尔神父说完又诵读起来，好像现在的梁潮生所具备的谍报知识都与他无关。

　　梁潮生沿着教堂内侧宽阔幽深的走廊走到外面，用六分钟走过一片空地，用十三分钟走进斜街里。他看见二十里寿材铺的高掌柜，轻飘飘的山羊胡子颤抖着，正在和一个身着孝服的买棺人讨价还价。高掌柜看见他，眼中闪过一丝光亮，但很快收回目光，把注意力集中在生意上。

　　在那条有着一百四十二块完整或破烂的青石砖的尽头，他只消一拐弯，再走几步就到家了，但吴海成在前面等他。吴海成一出现，梁潮生就知道回不了家啦，他原地站着，等吴海成走过来。吴海成混在几个逛街的百姓中间，身子忽隐忽现，左闪一下，右晃一下，样子十分滑稽。吴海成装作不认识他，与他擦肩而过，梁潮生跟在吴海成后面，双手插兜，也一副闲逛的样子。

　　他们转入另一条巷道，梁潮生认出那是贾家曾经的车马道，但现在，"烟酒事务局"的牌子在前面隆隆重重地挂着，居所大门闭合，像一只密不透风的罐子。吴海成停下，摸出一张纸。梁潮生不在状态，空地上的乞丐们不知所踪，几卷破铺盖横亘在砖头上，一只野狗闻到腥味儿，又唤来几只，一群野狗在铺盖上嬉戏打闹。他看见自己曾经的卧室后窗被木条封死，就像贾家的一切被尘封一样。

　　"机会来了，我们监测到红山方向有密集的电波，但我们的人截报水平有限，只粗浅地分析出可能与绥远、太原甚至北京方面有联系，内容无法破译。我们给你做了假身份，希望你回红山潜伏下来，测查电波，破译电文！怎么样，是不是你等的机会？"吴海成自从把老师转换为兄长，与梁潮生对话时，总喜欢加一点小调侃。

梁潮生露出洁白的牙齿，"太好啦，我什么走？"

吴海成说："今天，现在！"

"什么？我想回家看一眼。"梁潮生请求。

"你有家吗？"吴海成反问，说完觉得无情，又说："你知道，老姚在寿材铺工作，吴海英是我妹妹，至于杨荣枝那一大家子嘛，你现在的身份越单纯越好，就让他们以为你失踪吧！"

梁潮生不语。

"待会儿会有一辆车接你，电台、密码母本都在车上。记住，你的新名字叫黄一飞，代号黄雀！"吴海成沉重地按按他的肩。

梁潮生自语："你……你们保重！"

二、二十里铺·高掌柜

据说自从蒙古王爷这水草丰美的河套牧场接纳第一位汉人起，汉人就如同滔滔江水源源不断而来，从初时的春来秋归，到后来的生根落地，花生样的、土豆样的，一个拉扯一个，姑舅、两姨、叔伯甚至邻居，从山西、陕西或者更远的长白山来到这里，形成村落，再加上一九二五年山东为转嫁经济危机，让许多贫苦农民移居河套平原，许诺说凡来垦荒者有拨地，发银洋二百元，于是山东人大举进套，在缠金渠两侧盖起无数房子，形成八个没有章法的村落。为了管理移民，临河县成立移民事务所，郝幼康任所长，掌管省和迁出县拨的移民经费，办理移民划拨土地、生产生活以及民事纠纷等事务。

郝幼康一上任办了两件事，一是从因没有耕作工具，将土地反租出去的农民身上盘剥一点利，用作办公费用；二是克扣一点移民的安家费、土地购置费，孝敬上司。这些事务所里的两位工作人员是知情的，因为临河县财政紧张，他们这样的小所没人关注，没有经费，只能自给自足。郝幼康有能力让所子转起来，他们有工资拿，自然极力维护。但是所子一旦转起来，就有忙不完的事务，两位下属有些吃力，郝所长决定招两名女洋学生，补充一下他们三个男人阳盛阴衰的问题。

杨荣枝就是在这种情况下来到移民事务所的。郝所长一见到她，立刻将稀薄的头发从后面梳过来，盖住秃顶，吸紧肚皮，弯下腰握住她的小手，表示荣幸和欢迎。

几天后，杨荣枝穿着公职人员的服装，臂弯里夹着公文，脚蹬黑色皮鞋，乘坐专职司机开的白色洋车，来到缠金渠附近的村落。

一听说是县移民事务所郝幼康的手下，鲁孝村的人纠结鲁悌村、鲁忠村、鲁信村、鲁义村、鲁仁村、鲁智村的人把杨荣枝团团围住，痛诉郝幼康的罪状，要求事务所赔偿损失。杨荣枝解释说自己刚来，有必要了解事情的来龙去脉。移民们没有耐心，你推我搡，把杨荣枝搞得纽扣开了、公文包丢了、皮鞋的跟儿也掉了，司机见大事不妙，拉上杨荣枝开车跑了。

此后，移民掀起了反抗郝幼康的斗争。在移民的重压下，临河县政府只得让郝幼康公布账目、分配土地。不承想，郝幼康勾结反动军队，力图反攻倒算。这件事历时一年，上告郝幼康的状子，从河套一直传到南京，杨荣枝受到牵连，被传讯了好几次。

一九三五年，杨财主五十四岁，按照河套的说法，六九五十四，数九，是个坎儿。这一年，杨财主果然得了难以医治的肺病。他在持续不断的高烧中心生幻觉，说荣枝姑早就不是处女啦，她有男人，还堕过胎，至于为什么不光明正大结婚，和男人、孩子一起生活，他没说。荣枝伯觉得他那纯粹是胡言乱语，若不是他发烧烧成个火炉，荣枝伯定会上去给他一拐杖。过了几天，一个带发修行的和尚来找荣枝姑，说如果她不嫁他，他就出家，不仅剃度，还要阉割下身那罪孽的玩意儿。事实证明杨财主不是胡言乱语。荣枝伯当下做主，让和尚把荣枝姑领走。几日后，杨财主突然呼气多吸气少，还没完没了地咳嗽，一直到咳出一摊浓稠的鲜血，才暂时平息下来。天快亮的时候,他给小脚女人交代,让荣枝给他弟报仇,才咽了气。

　　丧事办得隆重而有章法,请来了二十里寿材铺的高掌柜。高掌柜的另一层身份是阴阳师,他卖寿材时,人们叫他高掌柜,看风水时,人们叫他高阴阳。一般情况下,丧家请他,也会买他铺里的棺材,一举两得。

　　那天,瘦小干枯的高阴阳,捻着玉蜀须毛般的山羊胡子走进杨荣枝家,感到有一股阴森之气,那无名的气息从裁缝铺前门进入,直抵后院的每一个房间,并且丝丝缕缕笼罩在柴火垛、鸡舍和男女通用的厕所内。总之,在他眼里,这位在河套靠种地发迹的小财主阴魂未散,似乎在等什么。高阴阳扎了四个童男童女、两座金山银山、一座三层的四合院,还有一株摇钱树、一匹马、一只鸡、一头牛、一头猪、一副纸牌,用三张绿色纸张粘合成的代表土地的东西,纸上用墨汁画上水渠、地沿、玉米、小麦和各种豆类作物。这些都是杨财主生前的最爱。

　　按照杨财主的死期,高阴阳算出他须在灵棚逗留四日,日日供以糜米饭,长明灯不能缺油,一直着到出殡。灵棚设在后院外面的空地上,角门被高阴阳取下,暂时搁在鸡舍上。鸡已经全部宰杀,用来熬煮鸡汤,浇在细如发丝的由河套小麦制作的挂面上,招待前来吊唁的邻居和即将在出殡那天帮忙抬棺的八名壮小伙。四天里,每天都有人过来吊唁,在灵棚前跪倒,为生前并不怎么交往的杨老头点一张麻纸,说声"老杨行钱来",然后去吃鸡汤挂面。杨家在河套是独户,沾亲带故的只有荣枝伯,河套的丧事讲究人多、灵棚前烟火旺,所以他们对天天来吃挂面的邻居和抬棺的小伙不仅不厌恶,反生感激之情。

　　在讨论葬位时,荣枝伯用拐杖在地下画了一个圈,"他一生热衷种地,就把他埋在杨家圪旦吧!"高阴阳依据荣枝伯的意思去观测,回来说:"那里的地势不利于杨家后代发展,应往高处走。"他选中当年梁潮生建羊圈的地方,四面空旷,干燥,寓意后代高瞻远瞩。

　　挖坑那天,小脚女人给八名壮小伙炖了一锅山芋焖鸡,贴了十几块起面蒸饼,叮嘱他们好好挖,挖深些。高阴阳笑说:"一埋就是个土圪堆,有什么好不好的。"小脚女人不放心,跟去监工,一会儿让挖成长方形,一会儿又让挖成正方形。小伙子们说,没见过坟墓是正方形的。小脚女人说:"得预留出我和他合葬的位置。"小伙子们觉得有道理,又挖,一直挖到半夜。

出殡那天,丧葬队伍走出斜街里,杨荣枝蒙着孝布哭。这时,有两个人骑着高头大马走过,她透过孝布一看,后面的人竟然是吴海成,他如今是五原县禁烟专员的秘书。

七七四十九天之后,杨荣枝扯下孝布,走出家门,走出斜街里,走进五原县禁烟专员秘书室。高阴阳选择的坟地果然不错,杨家女儿高瞻远瞩,要把自己嫁给这位官员跟前的"红人"。这回,杨荣枝不容吴海成狡辩,她在路上买了婚服,把一个簇新滴水的新娘送到他面前。

"你疯啦?"吴海成从不计其数的文件中抬起头来,质问杨荣枝。

"我没疯!我知道你受过伤,我就是要嫁给你!"杨荣枝斩钉截铁。

"你怎么知道我受过伤?我好像不能结婚,你回去吧,待会儿惊动了专员不好看!"吴海成攥着笔,"大顺城惨案听说了吧?我们遭到了反动军警特务的围攻,三十多名战友被逮捕,班三、杜三柱、吕六他们的人头被挂在城门上示众。我的上级坐了一百多天监牢,刚刚通过关系当上这个禁烟专员,却还受着监视,没有自由,这种时候我怎么能结婚?"

"怎么不能结婚?"禁烟专员突然出现在门口,看着杨荣枝说,"你是个勇敢的女子,我赞成你们结婚!"继而转向吴海成,"这种时候办个喜事,也许能麻痹敌人的神经,何乐而不为?除非你不喜欢这个女子。"

"不不,喜欢,她学生时我就喜欢,但迫于师生关系不能表白,后来……又走上了革命道路。"吴海成的脸红一阵白一阵。

"谁说革命人不能结婚?结!我来做证婚人!"专员大手一挥。

吴海成无话可说，只好牵起杨荣枝的手，和她一起回斜街里拜见老人。小脚女人提出，让吴海成八抬大轿来迎娶，杨荣枝不同意，小脚女人让步说可以用马代替。吴海成想，这样搞一搞也好，让特务们知道革命者也是要娶老婆的。

　　他当即回去准备了一支马队，让弟兄们穿上光鲜的衣裳，赶在中午之前列队穿过五原街。小脚女人临时请了一班乐手，在斜街里等候，一见马队过来，立刻奏起喜庆的《丹凤朝阳》曲。特务们站在不远处，嘴里叼着喜烟，兜里装着喜糖，手里提着喜酒，也傻呵呵地跟着乐。吴海成笑得比他们还厉害，他压抑太久，是杨荣枝解救了他，告诉他革命以外的另一种生活。

　　婚后，吴海成一反常态，并不怎么工作，一有时间就留在斜街里，坐在梁潮生的房间发呆，猜想这小子如今的境遇。

　　当特务以为吴海成有了家，从此不再留恋革命的时候，吴海成又于一个星期四的下午，受专员所托，和杨荣枝同骑一匹大马，悄悄去看望大顺城惨案中牺牲的班三的家属。班三的妻子很坚强，说班三牺牲之前才说出自己的真实身份，她没哭，没给班三丢脸。吴海成给她放下一些钱，让她照顾好父母和儿女。女人没推辞，留他们吃了一顿手擀面，面里和着她的眼泪。

　　此后一段时间，吴海成索性搬回斜街里，坐在梁潮生房间的席梦思床上，没明没夜地鼓捣一台收听机。七个月后，他坐不住了，去和专员商议梁潮生执行的这项任务的推进方法，然而专员告诉他，眼下地下工作必须停止，骨干力量就地隐藏！他觉得，在没有上级指示的情况下，梁潮生有可能送命！他为此茶饭不思，忧心重重，不知不觉长出一些白头发。

　　秋天的时候，荣枝伯设计的女装在五原形成一股风潮，设计灵感来自包头小姐的家居装。荣枝伯认为，五原是小地方，人们来自五湖四海，风俗习惯各不同，处在融合阶段，农多商少，富足的农民和商人家的小姐比不得包头小姐，她们是那种比小家碧玉还略差一点教养火候的女子，就荣枝那样的，略微任性，略微有一些追求，略微美丽,什么都是略微,不是最好,也不是最差,是因家境还算不错调教出来的有几分矜持、善于寻觅爱情的女孩。荣枝伯的设计最适合她们。

十月初,院子里又扔进来一个油皮纸包,装着一沓零钞。杨荣枝照例取出三分之一,交给小脚女人作为日常用度,另三分之二原封不动夹在梁潮生的书里。如今,那本名叫《理想国》的书里夹满了钱,已经夹不下,一动就掉出来。吴海成想用那钱作为组织经费,杨荣枝不同意。他们还因那钱吵过嘴,吴海成说她简直成了梁潮生的女管家。

后来,吴海成托关系送妹妹海英去上海参加初级监听培训,杨荣枝酸溜溜地说:"若不是嫁给你,我也能去。"

吴海成笑说:"是啊,你已经被我绑死啦,只能在我身边辅助我。"

杨荣枝问:"海英什么时候能学完?能不能让她去接应一下梁潮生,他走那么久,不知是死是活。"

吴海成赞赏地推荣枝一把,"行啊,和我想一块去了,等海英学成归来的好消息吧!"

第二年十月,吴海成的收听机里仍旧没有梁潮生的消息,海英也没有回来,杨荣枝却意外怀孕了。小院一片喜气,连小脚女人新捉的小鸡崽都高兴得上蹦下跳。这回,姚学忠没偷扔钱,而是在白天直接到家里,与吴海成品尝斜街里新开的酒铺酿的五谷酒。五谷酒如今被传得神乎其神,说它不仅能治愈失眠症,还能通神、通灵、通天,比神仙还神仙。然而不少人喝了不是兴奋得整夜想女人,就是变得与现实中的自己判若两人。于是,女人们憎恶五谷酒,觉得它是罪恶的辣椒水,麻木人的视觉,扰乱人的神经,使男人心性大乱,颠倒黑白。所以看到姚学忠和吴海成喝酒,杨荣枝心里不高兴,又不好发作,只好把话头往梁潮生身上引,让他们多说少喝。没想到她一提,姚学忠立刻醉了,傻笑着说:"他让我在寿材铺等他,我相信他一定能把春江少爷和我弟弟救出来,呵呵,到时候,我要对我弟弟好。"

吴海成本来想多喝两杯，解解失去组织的闷气，但被姚学忠破坏了气氛，只好撤去酒桌。从那时起，吴海成一心沉醉在杨荣枝的肚皮上，夫妻俩一同感受爱情的结晶由小变大，直到变成一个圆鼓鼓的皮球。杨荣枝孕期反应大，脚肿、腿麻，脸上起雀斑，一张并不白皙的脸越发黝黑油亮，头发也开始往下掉，先是一根，后来是一把，离产期越近越惨不忍睹，直到额头和鬓角成为不毛之地，毛囊封闭，再也长不出新发。

生产前夜，五原城所有不足一周岁的孩子都莫名其妙地哭，吃奶的孩子在哭、玩耍的孩子在哭，就连明明已经睡着却突然被什么东西吓醒的孩子也加入哭泣阵营。哭声把大人的心都搅碎啦，他们彻夜不眠，在地上摇晃、逗弄孩子。但孩子们幼眼圆睁，小拳紧握，一泡尿接一泡尿，一摊屎接一摊屎，把小屁股和小鸡鸡都淹烂啦。临明，他们安静下来，吮吸着手指安然睡去。这时传来一阵咯哇咯哇的婴儿哭声，声音绵长而坚定，充满对这个未知世界的挑衅。

小脚女人高兴之余想起女儿不能在娘家生产的禁忌，她不安地在厨房为荣枝熬月子里的第一碗谷米稀粥，里面加入枸杞和红枣。托盘里有两颗鸡蛋和一碟红糖，这些都是坐月子必备之物，她早早就攒下了。荣枝伯说："这是我家，不是你家，在娘家生产克兄弟，她兄弟早死啦，能克谁？"小脚女人闻此言，顿时乐呵起来，悠悠地把月子饭端给荣枝。

吴海成守着他的骨血，一刻也不愿离开。小脚女人只好在做月子饭的时候多做一些，连他也一并滋养起来。几天下来，吴海成面色红润，身体发福，一对眉眼被脸上的肉挤作一团。但是孩子毛病不断，不是起马牙、得红眼病，就是起红疮，胳肢窝、腿弯、屁股沟、小鸡鸡下面，凡是有褶皱、叠落的地方都红，起了一层红色痘痘。他们不停地抹粉，把孩子抹成一个白皮球，只露一对黑溜溜的大眼睛。杨荣枝吃不下睡不着，像只受惊的猫，生怕孩子随她那低能而短命的兄弟而去。

斜街里的邻居都来探望，山西人带来小米，河北人带来菠菜，山东人带来红鸡蛋。这些有过生产经验的好说的女人告诫她，三天内不能下床，一月内不能出房间，吃喝拉撒都要在房间解决。她们觉得她穿得太单薄，要用围巾包住头，穿上绝对能捂出汗的绒衣，至少每天喝四碗谷米粥，顿顿一颗鸡蛋，挂面要细，鸡汤不能太油腻。她们还叮嘱吴海成，不要跟产妇多说话，不能一时忍不住行房，容易造成产妇大出血，要耐得住寂寞。吴海成不好意思地频频点头。她们又说了一些天南海北的禁忌，比如禁止陌生人进房间啦、四十天不能洗头洗澡啦、不能听闲话生气啦，等等。

十二天以后，孩子在奶水的哺养下，舒展成一团粉嘟嘟的肉球，煞是可爱。他开始无休止地睡觉，仿佛在出生的路上经历太多坎坷耽误了睡眠，现在要全部补回来。吴海成一直没觉得杨荣枝的乳房有多美好，现在那乳房像打了生长剂一般忽忽悠悠往大长，里面全是乳汁。有时在孩子长睡不吃奶的时间段，奶水充盈的乳房快把杨荣枝的衣服撑破啦，她把奶水挤进碗里，让吴海成喝，他觉得美味无比，有娘的味道。

吴海成为孩子起名山山，大号吴山，寓意革命责任比山重。

吴山的满月酒没请外人，他们杀了一只鸡，炒了几个时鲜小菜，点了一天长明灯。这天是入冬以来最适宜的温度，杨荣枝一个月以来第一次出门，看见外面的一切都好，柴火好、鸡好，就连破砖烂瓦垒垛的厕所也无比新鲜。外面风起云涌的诱惑，穿过他家密不透风的墙壁，靠墙壁的柜子，柜子里并不阔绰的财物，以各种方式把吴海成沉寂的心搅活，他决定去寻找组织，就像他在爱人杨荣枝身上找娘的感觉一样。离家当夜，吴海成没带书和换洗衣裳，只带一只竹编手提箱，装上那台视若珍宝的收听机，在黎明前悄然离去。

一九三七年，抗日战争全面爆发，河套地区土匪横行、金融混乱、农牧业萧条，整个社会千疮百孔。为了抵御日本人侵略，国共开始第二次合作。时任绥远省主席的付恩达移师五原，大力发展工农业生产。吴海成的任务是配合付恩达部在五原开展工作，不想还未进入角色，就见天上日军敌机黑压压一片。他当即明白，定是日军得知付恩达在五原，要将五原夷为平地。

炸弹从天而降，落在教堂、街口和屋顶上，斜街里也受到侵害，瓦砾横陈。吴海成想到家中妻儿，心急如焚，他绕到斜街里后面，辨认自己的家。一架飞机在半空盘旋，大约是见百姓住所，未投弹，迟迟疑疑地向远处飞去，飞了一会儿又转回来，以排山倒海之势向下俯冲，从机尾吐出一枚尖头炸弹。吴海成见状赶紧往家跑，但为时已晚，炸弹落在他家院里，震耳欲聋，天崩地裂，烟雾迷漫，紧接着是一片火海。

吴海成蒙了，半天缓不过神来。炸弹气浪掀起的沙石将他半拉身子掩埋，一行泪水与灰尘混合，使他脏污得像只灰猴子。他顾不得疼痛，把自己刨出来，以最快的速度冲进火海，大叫杨荣枝和吴山的名字，然而一切都是徒劳，现场除了哔哔剥剥焚烧梁木的声音，什么也没有。这时他听到了惊呼声、惨叫声、呻吟声，而他悄无声息，守着渐渐熄灭的惨景愧责。他听见驻守五原的兵和付主席的队伍开始反击，机枪朝天突突作响。敌机又猖狂一阵，钻进云层飞走。

"我在这儿。"杨荣枝突然大叫。吴海成疯了似的跑进破椽烂瓦中，没有方向地刨。"这儿！"杨荣枝又叫。只见她抱着一卷小花被，站在废墟里，脚下踩着一根拐杖。"是……娘和伯伯救了我们娘儿俩。"她颤抖地说。

原来炸弹落地的瞬间，两位老人奋力搭起一座人桥，把他们娘儿俩压在下面，为他们挡住了倾塌的瓦砾、椽檩，他们却一个被弹片炸飞头皮，一个遭到椽子的重压。吴海成过去检查，发现两人已经作古，成为他们一家三口永远的伤痛。

一夜之间，五原城搭起几百个灵棚，很多百姓流离失所，一些人住进医院，一些人失踪。教堂的钟摆被炸成碎片，时间永远定格在下午两点一刻，李察尔神父被上报为失踪人口。在慌乱与恐慌中，生意人关铺锁门，百姓逃往乡下。

付恩达派专人挨家挨户进行慰问安抚，为死难者家属发放丧葬费。吴海成以最简单的方式埋葬了两位老人。房子遭到了毁灭性的破坏，没有修缮价值，不过，他还是费力地刨出一些梁潮生的物件，连同杨荣枝夹在《理想国》中的钱，一起带着离开五原。

姚学忠那天跟高掌柜去乡下办丧，躲过一劫，回来后，立即跑去看杨荣枝一家，却见屋毁人空，不由悲从心起，像个孩子般嗷嗷哭了一气，而后他拍拍身上的尘土，长久地站在义和渠畔看水，这是从黄河流过来的水，饱经风霜，它还是那样奔流着，就算战火纷飞也没有丝毫改变，就像当年他和春江少爷在黄河边看到的洪水，心里又一阵酸楚，眼泪夺眶而出。他回到斜街里，走进唯一没被炸倒的二十里寿材铺，拿起手推刨开始干活。

五原城再次变了样，驻扎在包头的日军一有空闲就过来轰炸一番，有一次还把义和渠炸开一道口子，水决堤而出，淹了大半个五原。日子在敌机频繁的侦查中小心翼翼地过着，人们对嗡隆的声响见惯不怪，任其来去，只当是讨厌的苍蝇在头上飞。这种经历一层层砌起来，砌成一堵高深的心墙，将人锤炼得无比沉寂。沉寂的人在屋檐下把零碎日子串成红辣椒，挂在被轰炸后的灰突突的墙壁上，让辛辣和愤怒一同成熟。

付恩达开始搞建房行动，一边鼓励遭难的百姓自力更生、重振家园，一边选址兴建部队营房。物资严重紧缺的岁月，他们只能就地取材，以遍地的麦草和红柳为原料，用木头扎成一座房子的雏形，罩一层红柳笆，再把麦草与红泥混合，抹在柳笆上。在他们的带动下，百姓也开始想方设法修建房屋，日子总要过下去，破坏与修缮也是一种无声的战斗。

第四章

一、红山镇·女人

从步入五原那天起，我叔父就不再是梁潮生，而是贾家的春江少爷；从离开五原那天起，我叔父又不再是贾春江，而是临河县委干部黄一飞。

送他就职的两位同志应敌经验丰富，开的车是德国造，别的枪是法国改进式，使用的收发机都是进口设备。他们一路颠簸，眼中的景色从城市到农田，再从荒野到戈壁，直到前路被西起西山咀、东至昆都仑河的阴山支脉乌拉山所挡，才在一个红色凹弯里发现一座同样是红色的集镇。

这就是我叔父心心念念的红山。

一经踏上那条红色的砂石路，黄一飞梦魇般的记忆立刻被唤醒，他痛苦地想起十三岁被土匪虏来时的情景：马在平原上疾驰，随后转入戈壁滩，他的脸因血液倒流成绛紫色，肋骨快被马脊梁硌断啦，内脏发出疼痛的哀号，但他不敢发出触怒土匪的声响。那一刻，他眼里的世界只有倒退的砂石和急速转换的马腿，土匪的衣服猎猎抖动，把好不容易看到的一片绿色裁剪得七零八落。

那时候，他们一到红山就被蒙了眼，一切记忆是从进入麻袋般的洞穴开始的，现在，他要冷静地从麻袋外面开始生活，并且一步步进到山里，来一个完美的内外衔接，一是救出贾春江，二是完成吴海成下达的任务。

越野车所过之处，惊动一些临街铺子的铺主，他们停下称肉的手、揪鸡素的手、挖鱼鳃的手、剥牛皮的手、洗猪下水的手、拧菜头的手，惊异地望着铁壳汽车和车上的天外来客。街上其实没有什么顾客，铺主们手里的肉、鸡、鱼不知卖给谁，但他们每天都在重复此类工作。

在议事厅，两位同志掏出县委指令现场宣读，任命黄一飞为红山镇第一届镇长，全权掌管镇中事务，李公中离职不离人，尽提携晚辈之责。

两年后，二十五岁的黄一飞站在渺无人烟的戈壁回望，仿佛看见小小的黛儿向他走来，她被一种类似红色的光圈儿包围，身子歪歪斜斜，手提一只绣花大绒鞋，惊恐无比。此时是寒露，千里铺霜，火星西沉，茫茫戈壁上的烈风和沙砾形成小为扬沙、大为沙尘暴的凄美景象，把黄一飞骨架里的东西凝结成一枚冻果，呆鹅似的，伫立在沙砾之间。

黄一飞身材挺阔，仪表堂堂，一双深邃的眼睛习惯随环境变化散发多种气质。此时，他脚蹬皮靴，踩在一青一白两块砾石上，砾石的缝隙有一株仙草，几个月前还探出大半个身子，眼下竟一点点往地下缩。他瞄准一个方位，把手猛插下去，果然摸到几枝梭梭的根，仙草是去与它相会的。仙草被人称为苁蓉、大芸，喜欢寄生在沙漠植物梭梭的根部，汲取梭梭的营养长大。它的其他功效常被人们忽略，只温补肾阳一条，就使它成为名贵的中药材，是绥远、太原或北京城达官显贵们的至爱。黄一飞开始并不知道它的珍贵，他已经在青白砾石之间藏好了电台，突然看见还未长成气候的小草有一些娇俏可爱，便把它也列入标识之一。两年来，他一有空就在戈壁滩晃悠，为了掩饰查看电台的怪行，他只好每次捡一些石子，留给人嗜石如命的印象。当然他也会到无人驻足的戈壁深处，找一些饱满的盐土，在身体能量不足的时候服用。

这时，一个人影在远处黏滞地移动，一会儿蹲下，一会儿站起，眼中闪烁着寻觅仙草的快感。人影后面依稀可见红色的乌拉山山脉,它在疾风肆虐的季节显得窘迫不安。寂寞贯穿筋脉,山外是寂寞,山里也是寂寞,里里外外的寂寞形成铜墙铁壁,使它看起来神秘莫测。

人影是镇所的护卫赵二,他总是对镇长的行踪了如指掌,远远地唤:"黄镇长,王团总有请。"黄一飞直起腰,将一块扁圆的有黄色石化印的小石子装进上衣兜,迅速在脑中过滤一遍王团总可能提出的事项,回说:"就来!"

两人一前一后,顶着寒风,迈着艰难的步伐向红山方向走去。山下不规则的镇子中又增加了几座民居,穿插在镇所四周,形成一条主街、两条副街。天寒地冻,街上行人寥寥,偶尔遇见一个,他们的红脸上流露出对黄一飞的敬意,止步脱帽,殷勤地说句"镇长好"。黄一飞面无表情,一张脸比初来时更加刚毅,皮肤也被戈壁的风吹得皲皮开裂,不过这恰恰符合男人的硬朗气质。

十几分钟后,黄一飞站在议事厅门前。这里如今叫红山镇,当年的鎏金字变成现在的绿色字,五个字变成三个字。院内的木桩上拴一匹枣红大马,马眼犀利,正用前蹄刨红土玩。他听见王团总和李公中在里面笑,一个笑带谄媚,一个笑里藏刀。

黄一飞经过数年生理和心理的双重淬练,最终以临河县委派镇长之名重返红山,丝毫没有担心李公中会认出自己,因为自从他在山里觉得"那个干净的小子就是贾春江"时,他就似乎一直是贾春江,他是沿着贾春江的生活轨迹和容貌变化一路走来的。

"王团总很开心嘛,想必有好消息。"他故意放大嗓门,并且使双脚落地的声音也提高到足以证明急迫与重视的地步。

三十出头的王团总和五十出头的李公中同时起立,王团总笑脸相迎,李公中快快不乐,不乐归不乐,他还是欣然地去沏茶倒水。委任状上写得清楚,黄一飞是镇长,李公中是提携人,也就是说,临河县委一方面派他来接管镇务,另一方面又给他安插下一颗钉子,并且这颗钉子有绕指柔的功力,表面谦恭温良,全力支持新镇长改革，背地却集聚力量进行拉拢破坏。就眼下，王同春的土匪儿子王兴带领一百弟兄，欲在红山镇驻扎一事，李公中就明显倒行逆施，有违黄一飞的意思。

说起这王兴，与王同春下大狱有直接关系。失去父亲照拂的王兴，先后投冯叛冯、投晋叛晋、投奉叛奉，凡是他投靠过的，他都背叛过，后来沦为土匪，整天窜扰集宁、商都、兴和等地区，如今在付恩达的镇压下，窜到红山来啦。

"嘎嘎嘎，李公中说你不仅有能力，还有色心，不知道是不是真的？"王团总傲慢地说。

黄一飞坐在办公桌后面的椅子上，觉得有王团总坐过的膈应的热意，立刻站起来。"呵呵，男人嘛。"他故意释放出一丝坏坏的眼神。

"说正事吧黄镇长，冬天来啦，我的人马清汤寡水，又没女人，实在撑不下去，你看怎么办？"王团总咧开嘴，晃着短粗的二郎腿，恬不知耻地说。

"不能吧，你堂堂王同春的儿子，没钱养活一队人马？"黄一飞故意提起渠王，以此激起王团总的愤怒。

王团总果然心中气恼，咬牙切齿地咒怨："绥远都统马福祥、北伐军冯玉祥、晋绥军阎锡山都他妈扯淡，我好好一个五原县保安团团总当着，手下掌管五百来号人呢，被他们今天你来、明天我走搞得无家可归！"

黄一飞附和："听说你家的新公中议事厅也被人占了，这夺家之恨可是和夺妻之恨一样可恨。"

王团总一摆手，"不说这些，老子迟早会夺回来，说说在你地盘做票的事，怎？给个示下！"

李公中在双方进入敏感话题的时候，悄悄地退出办公室，他的举动反倒令黄一飞不安，他不怕与敌人正面交锋，就怕敌人珠胎暗结。

黄一飞凑近王团总，"我这儿庙小，盛不下你这尊佛，况且这里虽然偏远，但由临河县委直管，有政府备案，一有闪失，立刻有军队镇压，你想想，太平要紧，还是吃大肉睡女人要紧？"

王团总垂头丧气，又骂了一通他的伤心地五原，而后跨上枣红大马扬长而去，丢下一句："老子会有大作为，走着瞧！"

王团总连夜离开红山镇，据说与日本人接上线，成了真正的汉奸。日本人怂恿他继续扩大绺子队伍，成立警备司令部，做日本人进军五原的马前卒，这是后话。

第二天，黄一飞从卧室出来，见保镖李一、护卫赵二一左一右在李公中卧室外面说话，二人身着款式相同的黑色大氅，腰前别短刀，藏美式改进手枪。听说他们都是武功高手，一个杀过人，另一个有舔血的嗜好，从山海关逃亡至此，也拥有一张红山人标志性的红脸。李公中曾封他们最显赫的职务，如今黄一飞既没明确辞退他们，又没表达重用他们的意思，他们只好按部就班，以李公中为核心，执行双重保卫任务。

"镇长好！"李一、赵二像两个机械人，习惯说短句，即使是回复一件大事，也会把长句式分解成若干短句，或者干脆用一两个字代替，譬如"中""妥了""没问题"。黄一飞正待回应，李公中从卧室出来，"害人精总算走喽，王团总，屁，迟早是日本人的走狗！"黄一飞抖抖风衣，"说到底咱红山镇得有个靠山，王团总也许是最佳人选。""他？呵呵，还嫩点，红山镇有你黄镇长就行啦！"李公中脸上闪过一丝狡黠。

李公中的话不是空穴来风，有事实为证。两年前的一天，黄一飞因无力与李公中争权而郁郁寡欢，一整天坐在戈壁滩的两块砾石间看书。突然，一架日军敌机来红山侦察，见下面是一个居住区，不由分说投下两枚炸弹，一枚落在山上，一枚落在镇所，所幸炸弹威力不大，只震碎几块玻璃，但一块玻璃茬儿溅在李公中脑门上，血流如注，他有晕血症，立刻不省人事。赵二跑来找他，向他报告炸弹引发的后果，赵二用短句子说："公中，受伤，日军，干的。"黄一飞没理睬他，继续看书。几天后，李公中请黄一飞去卧室深谈，言辞恳切地说:"不是我不让权,这地界看起来荒凉,其实有很多宝贝,尤其盛产仙草,早年王同春买下这里,成立了议事厅,派我在这里年年收仙草,不想现在由县委管,实在心有不甘。黄镇长既是有背景的人,能让红山镇富庶起来,那我就卸任归隐好啦。"原来,他把那场日军大轰炸看作是黄一飞对他的警告。黄一飞谦虚地说:"我还未上马,您得送一程呢,公中大人。"李公中忙说:"镇长大人呐,我爹给我起名叫公中,我又当个公中,以后不当公中我还叫公中。"黄一飞笑说:"呵呵,看来你只能是一辈子的公中啦。"两人虚伪地对笑。

从此,黄一飞发挥年轻人的魄力,大刀阔斧地搞起镇务改革,首先关闭靠内部消耗维持的肉铺、鸡铺、鱼铺、泥瓦铺和屠宰铺,成立了电报所、运水所、屠宰所、皮毛交易所、布料所、颜料所和客栈,又不远百里去绥远和包头与商人接洽,开通商道,将红山镇的假繁荣变成真繁荣。

商人是世间所有新奇事物的传播者,他们带来的新鲜玩意儿使红山镇沸腾,商人中的女人更给红山镇带来活力。镇上的男人见到女人,脸越发红,一颗颗死寂的心全都活泛啦,白天见到女人,夜里就做与女人有关的梦,整个红山镇散发着一股骚性的味道。

有一次,一个镇民混在通商队伍里看女人,那女人胸肥臀壮,骑在马上浑身上下没有一处不颤抖。她要趸摸几张便宜皮子带回包头换布料,再把布料卖回红山镇,没注意有人尾随,在客栈宽衣洗澡时,被一只黑手抱住。她大叫,镇民被当场抓获。黄一飞得到消息赶去时,镇民已被打得皮开肉绽,他用五十块钱解救了镇民,又白送那女人三个只有戈壁滩才有的仙草,才将此事化解。

黄一飞决定为红山镇引进女人的策略源自两方面,一是引出山里的人,二是红山镇确实需要女人,女人有安民治镇的作用。李公中对此未加阻拦,也没发表一个字的高见。黄一飞打听到大批难民涌向西北,其中不乏孤苦伶仃的女人,他以几百块钱的高额请一位商人代劳,请无家可归的女人来红山镇落地生根。商人很快带来九个女人，都结过婚，家人在旱灾、水灾和日机的轰炸中死去，四处乞讨。她们对商人描述的红山镇充满幻想与期待，来了一看傻眼啦，前不着村后不着店，风沙大，还缺水，但一切无法挽回，她们只能解去围巾，站在红色的街上，接受红脸男人们的检阅。

镇子上有三十三个男人，三十至四十岁的二十一个，四十至四十五岁的十二个，十二个大龄男人基本不做考虑，九个女人将在二十一个男人中寻找如意郎君。黄一飞拟了一个配对计划让李公中看，希望李公中尽快通知山里，让山里的仙们乱起来，但他等了几日没动静，心想这老狐狸也在观察他，看他葫芦里究竟卖的什么药，他若按兵不动，就说明是虚晃一枪，另有意图。在这种情势下，他只好把二十一个男人的性格特征写下来，交给女人们看，先由她们进行盲选，然后再根据她们的选择，让两人单独见面，彼此了解。其间，李公中参与了两次见面会，肉脸上的吊眼忽闪忽闪，觉得这简直就是一场游戏。黄一飞心想，当然是游戏，不过这游戏的目的是引出山里的人，然而，九个女人和九个男人都配对成功，山里并没有阻拦，黄一飞决定沉住气，组织一场别开生面的集体婚礼。

婚礼当夜，起风了，红山镇在恶风中摇摆了一夜。

第二天，剩下的二十四个男人来找黄镇长，要求再引进第二批女人。黄一飞骂："又不是捉猪崽儿，母的就行，要品行得当，受得住戈壁滩的风沙，死回去等。"商人再次出发，但时局不稳，他们一去不返，第二批女人遥遥无期。

黄一飞把九个成家的男人安排进电报所、运水所、屠宰所、皮毛交易所、布料所、颜料所和客栈，提出每一行的行规，比如要求电报所的人识字，懂保密原则；运水所的人力大无穷，擅长发现水源；屠宰所的人有分辨优劣牲畜的本领；皮毛交易所的人巧舌如簧，知人善辩，会和商人讲价钱；面料所的人除了会卖布，还要学习织布和染布技术，黄一飞想开一间布坊，以解决红山镇缺布的问题。

一九三七年，红山镇变了样，九个家庭在黄一飞的规划下，在店铺后面盖起九座有烟囱的房子，房子里面盘有火炕、灶台，做了小格子窗户、大开门立柜，女人们在院里垛了鸡窝，准备孕育十几只下蛋的母鸡和一只打鸣的公鸡。他们筑起院墙，安上木栅栏门，彻底和光棍汉们隔成两个世界。女人的互通精神又把门外的道路打通，铺上戈壁滩上的红色沙石，形成一个具有生活气息的居民区。九个女人爱在红色的街上闲逛，她们丰满的臀部扭来摆去，令红山镇枯燥的日子有了闲言碎语。镇民过去都是红色的呆鹅，现在变成探头探脑的多事公鸡，只要攒在一处就谈论女人，或者谈论九个家庭的琐事。

一个家庭的女人怀孕后，黄一飞决定成立一个医护所，既能保孕妇周全，又能为镇民服务，但有哪个医生愿意来这种地方呢？黄一飞故意放出话去，说薪金比在外面高，他不相信李公中这回还能坐得住，山里怎么允许外来事物越来越多。果然，李公中来找他了，主动请缨寻访名医，黄一飞等着看山里会派谁来。

在医生还没到来之前，黄一飞自作主张把镇所闲置的办公室改成小单间，墙壁统一刷成白色，请会木工手艺的镇民做了床、桌、凳、婴儿摇椅、生产架、屏风、药柜，还为医生准备了一间卧室。

重阳节前夜，一轮清月挂在戈壁滩的宽阔天幕上，星星发出远离城市的光亮。在一片黑暗笼罩下的建筑群中，突然传来一阵女人的呻吟，声音由小及大，从期待变成痛苦。叫嚷吵醒夜，也吵醒所有镇民，镇民没见过这种阵仗，摸黑立于星空下，等着看女人会不会生出红脸的孩子。

"要生了，你找的医生呢？"黄一飞给李公中施加压力。李公中吊眼迷离，"医生推算好分娩时间了，会赶来的，不急不急。"话音刚落，李一、赵二领着一个戴口罩的人走进来。"公中，医生，到了！"赵二用短句子说。"好好好，时辰分秒不差，快请到医护所！"李公中挽起袖口，得意地看了黄一飞一眼。黄一飞夸张地说："不愧是公中啊，公中出马，一个顶俩！赶快请去接生！"

产妇已经在产房哼哼了一天一夜，汗流浃背，水米不进，脸色苍白，呼吸困难。另一个小月份孕妇陪着她，见此情景，真想把自己肚里的孩子掏出来，一尿盆扣死，解除他日生产的痛苦，但她男人就在医护所外面，不是出于关心，而是怕她逃跑。一直以来，九个男人的使命就是看管九个女人，不允许她们离开自己视线半米，他们一个个像跟屁虫，整天不远不近地跟着，被没女人的男人取笑。小月份女人出去倒水，顺嘴骂："死回去睡！"但男人不走，依旧站在寒风里，脸上挂着倔强的表情。

"羊水破了没？"医生问小月份女人。女人不知道什么是羊水，掀开被子让医生看，只见床褥湿漉漉一片。医生让小月份女人掰开产妇的腿，给产妇嘴里塞一块毛巾，再用布条捆住手，这才走过来。

黄一飞和李公中坐在镇所办公室下一盘残棋，棋下得缓慢，耳朵都在医护所那边。"得招个女护士，男医生不方便。"黄一飞说。李公中应和："嗨，生死面前，没那么多讲究。"黄一飞走了一颗棋子，"现在的女人不比从前，穿洋装、剪辫子、自由恋爱，地位和男人一样，生孩子也得受到应有的尊重。"李公中走不动，有点心浮气躁，"哎哟，我忘啦，黄镇长您读的是洋学，思想新潮。"

哇一声打破寂静，红山镇有史以来第一个孩子出生啦，是个男婴，声音洪亮，脸色金黄，并不是人们担忧的红脸。男婴的父亲在婴儿哭声中醒来，没人告诉他发生什么，他却像被什么东西指引，径直来到产房，推开医生，呆呆地望着女人怀里皱巴巴的孩子。

"他的脸为什么不红？"男人问。

女人不悦地说："随我！"

男人眼中喷出一团怒火，"他是个野种！"

女人尖叫："你胡说！"

这时医生走进来，"无知！你的脸是后天红，不遗传！"

"真的？"男人急问。

医生说："有本事你把孩子捏死。"

男人无耻地说："打算捏的，现在不捏啦。"

男人于是走出医护所，对着街道、房屋和围在火炉边等消息的镇民喊："我有儿子啦，叫肉肉，以后有肉吃！"

医护所的门楣上，挂上了耀眼的红布条，提示月子期间生人莫入。

次日，李公中带医生来见黄一飞。医生英俊不凡，背一个薄木药箱，头型像一个平底锅盖，又像红山镇女人烙的饼。黄一飞看见锅盖头就立刻警觉起来，"你贵姓？"他问道。医生礼貌地回答："镇长，我叫姚学礼。""我们好像在……通商时见过。"黄一飞试探。姚学礼扬起红脸，认真看这位年轻的镇长，"您认错了镇长，我从不出门。"黄一飞又假意说："你学的是妇科？接生技术不错！"他没想到姚学礼骑马射箭不行，居然在医术方面有所造诣。"不，我没学过，只给牲口接过生，这不救急嘛。"姚学礼平静地说。"请问师从哪位？"黄一飞盯着姚学礼的眼睛，看他如何回答这个问题。"师从？"姚学礼听不懂。他又换一个词，"师傅，你师傅是谁？"姚学礼顿了顿，似乎在寻找合适的字眼，"师傅无名无姓，是一个流浪的游医。"黄一飞心想：扯谎，你师傅是药王张！

二、麻雀洞·黄雀

我叔父做梦都想知道麻袋的入口，可直到姚学礼遁地般离去，他还是无动于衷，因为李一、赵二的眼睛毒针般跟着他，使他不能贸然行动。他们只在他处理繁杂的镇务时才不会尾随，因为整个镇子的男人肤色相同，两雄相遇沆瀣一气的本质显而易见，也就是说，无论他的改革给名义上的镇民带来多少实惠，所有的红脸人才是一家人，他只能以不变应万变。

在镇民眼中，镇长不只迷恋戈壁滩五彩斑斓的石子儿，还对能换取财富的仙草情有独钟。黄一飞在实施镇务改革时，就以仙草为噱头，引来不少精明的商人，因此，没有人怀疑他在戈壁滩长久徘徊的动机，镇民甚至觉得他会把能造纸的芦苇、能酿酒的野果、能当药材的麻黄和车前子以及驼掌、牛鞭、马宝等，一应他们平时不当回事的动植物变废为宝，卖给包头和绥远的商人，再由他们带到更远的世界。

寒露后的一天，黄一飞在戈壁滩捡到一颗圆似铜钱的石子儿，他深受启发，决定开一个分红会，向镇民公布通商账目，分发赚取的财物。红山镇一片哗然，尤其是那九个女人，钱物的降临使她们心情愉悦。女人一高兴，男人就高兴，整个红山镇便吱吱呀呀有了生活的美好图景。

"啧啧，两年，六次通商，竟有如此收益，黄镇长年轻有为啊！"李公中酸溜溜地说。黄一飞故意流露出浅薄的微笑，豪气地把李一、赵二的分红递过去，又给李公中厚厚一沓，然后把剩余的钱锁进柜子。李公中双眼灼灼，一副只要是钱就欣慰的表情，他吧唧吧唧嘴说："以你的政绩，很快会调回县里吧？"黄一飞知道他话里有话，"不会，没有人提携我，还是这里好哇，天高皇帝远，况且我对红山有感情。""感情？"李公中深究。黄一飞不想再瓷密地隐匿下去，故意神往地说："山里有我一个故人。""噢？我在红山多年，你的故人我不会不认识，说说，是谁？"黄一飞故意留一个话尾巴让李公中去猜，偏不接这个话茬儿，"哦对，你得给咱找个靠山。"黄一飞说完，大摇大摆地走出镇所，把一团迷雾留给三个钉子。

一个镇民在外面等他，脸上蒙一块红色棉布垫，露出一双眼仁上吊、眼睑下垂的眼睛。他支支吾吾，四下观望，确定无人，才闪烁其辞地说："我有钱，也想要一个女人。"黄一飞问他多大年纪，他说四十一岁，黄一飞让他回去等消息。

然后是一个女人，确切地说是一个孕妇，肚子圆鼓鼓，脸上浮肿，行动不便。她见到镇长，还未开口先流泪，"我男人有冬眠的毛病，从前天开始睡，现在还没醒，我们可是镇长你引来的，你不能坐视不管。"黄一飞心里一片凋零，不知如何应答。他让女人回去等消息，但女人不像男人那么好应付，翻着白眼，不挪窝，提出让镇长亲自去看一下。

黄一飞来到孕妇家，看见一个红脸人仰天而卧，他第一次知道什么叫作"驴"，男人下面那团物件一旦撕去伪装，变得奇丑无比。他喝骂男人，但男人的灵魂似乎不在身上，毫无反应，他的被褥因长时间与裸体接触，混浊难闻。黄一飞捂嘴出来，听镇民说此人天生有冬眠的毛病，春夏秋三季则不眠不休。

又有一个女人拦住黄一飞，请他发挥镇长威力，治一治她的男人。她家与孕妇家毗邻，男人做羊下水生意，生的整卖，熟的切成块卖，自己从来不吃，也不让女人吃。这次不是为了吃羊下水，而是为了生孩子。男人见镇子上的女人差不多有一半怀孕，而他的女人只知道吃，吃完上顿想下顿，肚子总不见开怀，为此他挑灯夜战，几乎把长了三十四年的精血耗尽，女人还是没动静。他一气之下打了她，骂她是不下崽儿的猪、不下蛋的鸡。黄一飞找到那个男人，把他狠狠训斥了一通，清官难断家务事，也只能点到为止。

三件事都是关于女人，黄一飞很懊恼，他有些后悔把女人引到红山镇，她们使男人甜蜜，也使男人烦恼，尤其是红山镇这些不正常的男人。快到镇所时，他隐藏好厌烦的情绪，他知道李一、赵二一定在暗处监视他。"吃什么饭？还让不让人活啦？"黄一飞故意大声嚷嚷。李公中从卧室走出来，也附和说："厨子死哪儿去啦？"

镇所小厨房在镇所第一排顶端一株凋败的胡杨树下，胡杨树活得没有生气，几年前反常地活了一季便死去，死后依然挺立，树坑成了泔水桶，树干上则挂着蒸屉、笼布、袋手，有点像厨房的延伸。厨房面积适中，摆一张长条饭桌，饭搁在一角，分成四份，镇长一份，李公中一份，李一、赵二各一份。饭是猪杂碎和糜米饭，外加腌萝卜，白萝卜、胡萝卜里混着细碎的芹菜条，用粗盐腌制，很有快速挤出萝卜内的水分，强行压入盐水的酸爽感觉。

"又他妈的是下水！"李公中骂。"无妨，冬天生意萧条，我们内部消化一点也好。"黄一飞举着筷子说。

李一、赵二虽然有杀人舔血的嗜好，却从不敢与镇长在一桌吃饭,有时候正和邪内里透着较量,能使饭变成土,吃进嘴里又像泥,不如不吃,所以他们选择晚吃或者端回卧室去吃,图个自由和舒坦。

"呀啧啧,黄镇长,你说那些商人怎么突然不来了?"李公中咬到一片肺子,觉得膈应,一口啐在地上。"两个原因,一是红山镇地处苦寒之地,冬天商人不愿来受罪;二是绥远、包头的日军四处设卡,商人出不来。"黄一飞说。"呀啧啧,你是怎么知道的?"李公中诌媚地问。"哎哟,我成立的信报所难道是摆设?"黄一飞按嘴笑。"哦,是是,信报所里有报纸。"李公中如梦初醒。

"报纸"二字同时点醒了黄一飞,他觉得自己忽略了一件事,那就是报纸上的内容,他决定尽快去看看。李公中又说:"寻靠山一事,我有一个初步设想,不知你有没有胆量?"黄一飞精神一振,"在这种鸟不拉屎的地方生存,没胆量不行,你我共事这么久,有一点你应该明白,只有你我二人通力合作,才能让我们的腰包鼓起来,啊?嘿嘿!为表示诚意,我决定把这两年通商赚的钱全部献给靠山,以保红山镇和你我无忧。"李公中拍桌而起,肉脸激动成一副大号猪肝,"好,镇长的话鼓舞人心啊!"黄一飞上去握住李公中的手,"晚生一片赤诚,望公中相扶相持,他日得偿所愿,我定重礼酬谢!"

窗外,李一、赵二互看一眼,丈二和尚摸不着头脑,不过有一点可以确信,他们的盯梢行动可以告一段落了。

饭后,黄一飞回卧室午睡,他猜测李公中已通过麻袋的入口,抵达所谓的靠山那里,双方正在密谋。他强迫自己睡了一会儿,起来抠了一点盐土放进嘴巴里,然后装作去处理女人们的事,风风火火地走出镇所,钻进红山镇唯一的信报所。

看店人正在榆木桌后面打瞌睡,一股哈喇子流出来又吸进去,一副无我状态。黄一飞当初成立信报所的意图,明里是为开阔镇民眼界,暗里是为自己得到外界的信息。当他看到报纸还是九月十一日星期三的内容时,醒悟地拍了一下脑门,通商的生意人没来,报纸当然也没捎来,怎么会有新内容呢?他本打算写一封信,两年来,由于不能启用电台,他与吴海成完全失联,但是没有新报纸,他对写信也警觉起来。李公中这块顽石已经被他用金钱收买了，眼看破冰在即，他不能在关键时刻冒险。他走出形同虚设的信报所，在戈壁滩上找到一青一白两块砾石，眼含热泪，自言自语。

当天夜里，李公中外出未归，李一、赵二也不知去向，红山镇第一次如此松懈，肉肉妈在逗弄肉肉，卖羊下水的男人努力在女人肚子上播种，眼仁上吊、眼睑下垂的男人在做梦娶媳妇，所有人都在快活地畅想人生，没人愿意在寒冷的夜晚自讨苦吃，黄一飞决定去探一探麻袋的入口。

他换上暗色衣裳，扎紧鞋带，依据当年蒙眼的感觉跳过镇所偏墙，摸向后面庙宇的侧门。"你干什么？"一个熟悉的声音传来，他吓了一跳，匍匐不动，以为自己过于紧张出现幻觉。"回去！"声音再起，略带沙哑，满含胁迫。他想起贾春江，只有贾春江敢对他发号施令。

他惊喜地在黑暗中寻找另一个自己，但除了风就是自己的呼吸。他按捺不动，平息心绪，希望不再受贾春江的影响。然而钟声骤响，庙宇下晚课的时间到了，大雄宝殿一片窸窣，继而各个角落的禅房着起烛火。黄一飞从侧门退下来，身体下伏，双臂上举，轻轻一跃，离地三尺，又借助惯性，浮空蹬踏，一次比一次高，竟立于镇所墙头。他又张开双臂，一腿弯曲，另一腿绷直，脚尖先落地，没有任何声响，倏忽钻入卧室。

两年来的第一次行动失败令黄一飞颓废不安，他觉得一生都难以摆脱与贾春江容貌酷似的阴影。自从十三岁认识贾春江，梁潮生这个名字就成了符号，而黄一飞这个名字，更是在贾春江的家庭环境、学识背景下延伸出来的。几年来，他受尽良心的鞭挞，忍辱负重，只为重返戈壁滩，找到麻袋的入口，然而他又一次听从贾春江的话，临阵退缩，错过了有利时机。他怀疑那幻觉只是自己内心胆怯的信号，他与贾春江不是亲兄弟，怎么会有心灵感应？

李公中找的靠山也没有好消息，只说先献宝，再协商下一步合作，模棱两可。连日来，黄一飞郁郁寡欢，他身负重任，却失语了这么久，吴海成一定以为他被暗杀，放弃了他这条线。他决定制造一起事故，把红山镇这潭水搅浑。

一天早晨，电报所、运水所、屠宰所、皮毛交易所、布料所、颜料所和客栈的镇民各行其职，清扫门前被风刮来的残草，肉肉妈则把一盆尿布晾晒在铺子前面的铁丝上，那尿布五颜六色，迎风招展，惹得杂碎男心中不快，又与女人叫嚷起来。黄一飞见厨师点燃一炉火就出去了，火焰哔哔剥剥，一会儿锅里的水便沸腾起来。他溜进去，掏出一块烧得正旺的树皮扔在墙角，那里有案板、菜筐、猪肉和一罐用来助力炉火的豆油，然后迅速离开现场。

他去店铺视察，与九位虽然没有客人但依旧快活的已婚人交谈，这时有人喊："镇所着火啦！"他回头远眺，只见火光冲天，黑烟弥漫，李公中等人出出进进，抢救器具，实施灭火，他也赶紧跑回去加入。

火灭后，出现一片惨景：厨房屋顶烧出一线天，后墙出现一个大窟窿，所有吃喝尽毁，包括耐放耐寒的山芋、白菜、红薯，粮袋里的麦子、豆子、玉米烤焦烧熟，半成品腌肉、风干羊肉四分五裂，做好的四喜丸子和开花馒头熏成黑壳。大火还累及黄一飞的卧室，主梁被烧断，橡檩横七竖入落下来，砸坏了窗框、家具、床、桌凳，门变形，从外面推不开，从里面一拉，哗啦啦落下一些砖木。黄一飞提出推倒那面墙，把它和厨房打通做会议室，还理直气壮地要求重换一间卧室。

"这里不错。"他指着镇所第二排最里边的卧室说。李公中插嘴说："呀啧啧，不行，家具虫蛀鼠咬，一碰就倒，重换一间！""不，就这里！"他执拗地说。"这里以前是闺房，格局不大，有失镇长威严，要不……我把镇所最豪华的卧室让给你？"黄一飞心想：你个老狐狸，现在知道疼啦？一经做出破釜沉舟的打算，他走的每一步都像是和谁作对。"就这么定啦，现在就搬！"他以镇长的身份发布命令。

闺房的确不大，厅卧一体，有一个小暗间，是女子洗澡的地方，顶棚压得很低，后墙嵌一尺见方的小窗，蒙一块小碎花布，虽与外界隔绝，但能听见后面庙宇的木鱼声。他歪打正着，竟然住在了麻袋入口的必经之路上。

镇上的木工扛来家伙，把闺房的女式床敲开，卸下顶蚊帐的部分，用砸坏的家具做内衬，改成一张单人床，并且充分利用两间卧室可利用的一切物件，改良重组，打造出一整套家具。皮毛交易所送来一张白狐狸皮，颜料所将房间重新粉刷一遍，运水所在洗澡暗间安了一只大木桶，保证每五天注半桶冷水，让镇长洗澡用。镇上女人依次送来通商时买下的景德镇瓷器、安化玻璃坯、绥远墨水、太原铜壶以及旧得发黄的闲书。

原先的卧室和厨房打通改为会议室是个大工程，几乎动用了全体镇民，黄一飞趁乱挖出埋在青白砾石间的无线电台，用三个晚上时间，取出十二块暗间杂物柜后面的墙砖，藏入其中。

与电台相会的第一晚，他睡意深浓，没做梦，也没担心屋里有眼睛。只是在黎明时分，小窗闪过一丝光亮，他急忙踮起脚尖去看，看见一个人影从庙宇侧门走出，此人阔肩漏斗头，一手握手电筒，一手反锁门，手一打滑，手电筒的光便在天空晃了一下，一晃便看到了李公中的肉脸。

"没错，麻袋的入口就是这里！"黄一飞欣喜若狂，差点撞翻一只瓷瓶。他把目光聚焦在侧门中央，闭上眼，感受当年被蒙上眼睛向里走的情景：开始有风，后来一片黑暗、湿润，再后来……

三、闺房·遗孤

不可否认，这间闺房为我叔父打开了秘密的瓶颈，使他得以顺利和电台在一起，并且运用那个高吊的小窗窥探麻袋入口的动静。在晨钟暮鼓的陪伴下，他突然有所感悟，觉得我妈妈李黛就是他在红山镇的贵人，是他屈辱的解铃人，每当身处危难，就会神助般得到她的特殊照拂，比如那辆载他逃亡的洋汽车，现在这间闺房，都是佐证。

我叔父想起年幼的黛儿说："绥远小姐们的闺房全贴着五颜六色的小石子儿。"此时，地下角落里的几只箱子装满他佯装喜爱的石子儿，他在拾捡过程中丝毫没想起对黛儿的承诺，那压抑心头的秘密使他一次次与自我失之交臂。现在，一股异样的情愫涌上心头，像羽毛一样轻轻拨弄那些往事，令他泪水涟涟。他打开箱子，扁圆精致的小石子儿跳出来，虽不经意拾得，但一个个浑圆可爱。他赫然看见箱子旁边有半桶皮胶，是把动物的皮刮去脂肪层，去毛后煎熬成的浓厚液体。他尝试抹在墙上，略等一会儿，选一块纯白色小石子儿摁上去，周围搭配鹅黄、浅绿、黛青色小石子儿，组成一幅太阳光芒的图景。他温柔地看着，眼前又出现黛儿宝石样的脸和泉水样的眼睛，"世事不平，红山镇不知会沦落成什么样，黛儿永远不会回来啦！"

闭眼安睡前，黄一飞决定尽快启用电台，向吴海成报告王兴的行踪。

第二天上午九点一刻，信报所传来三长一短的收信铃声，这是红山镇闭商以来的第一封信，三长一短表示急件。当初黄一飞制定收信铃声时忽略了一点，普信两长一短，是谁的普信？急件三长一短，是谁的急件？好在红山镇的镇民孤陋寡闻，与外界没有联系，也就不存在碰破头去看信笺的问题。镇民早就忘记还有这回事，只是觉得有热闹看，才跑去看。

赵二第一个拿到信，他总是比别人快一步，而且别人永远无法知道他前一秒钟在哪里。他看看牛皮纸信封，皱一下眉，然后递给随后赶来的李一。李一永远比赵二行动迟缓，但比李公中快一步。他迅速扫视一眼，只记住信皮的颜色，便传给李公中。李公中捏了捏，很薄，信封上写"黄一飞镇长亲启"。在黄一飞还未到来之前，镇民全围拢过来，口耳相传："是牛皮纸封。""嗯，黄色的。""不知里面说些啥。"黄一飞到后，镇民主动让出一条道，他拿到信后，道立刻合拢，把黄一飞围在中间。李公中向李一、赵二使个眼色，两人立刻驱赶镇民："回！回吧！镇长的，信！"没人理他们，镇民都想知道信上说的啥。

"你们如此关心镇务？那好，我来读，你们听听也好。"黄一飞说。镇民把李一、赵二挤出去，又向前涌，仿佛信里边有诱人的糖果。

黄一飞读："今有在祥泰裕起义、大顺城惨案中牺牲的烈士遗孤十一名，送往你镇养育，万望保护革命火种，妥善安置！"

"烈士遗孤？"黄一飞念完自己先吓了一跳，"这是怎么回事？这不是羊入虎口吗？"

"快看——"有人喊。全镇人向镇外望去，只见戈壁滩鳞次栉比的石头状天际线上出现一个小黑点。小黑点终于近了，原来是一辆黑色敞篷洋车，上下错落地坐一群六七岁的孩子，穿统一的棕黄色小翻领西服，个个朝气蓬勃，又神情肃穆。

司机将车驶在一处空地，慢慢熄火后站起来，首先打开副驾驶门，下来一位同样身着棕黄色小翻领西服的姑娘，然后他们一起把十一个小孩抱下车。

十一个孩子落地后主动排好队，对姑娘鞠躬说："李老师辛苦啦。"姑娘回礼说："你们也辛苦啦。"而后姑娘扫视一眼惊愕的镇民，微微一笑，牵起排头孩子的手走向镇所。在镇民眼中，这一队棕黄色的小人儿就像一队棕黄色的小鸡，那姑娘是小鸡们的头儿。

当姑娘看到镇所"红山镇"的匾额时，宝石般的脸上蒙上一层阴郁，自语说："应该是议事厅呀。"她回身警觉地打量每一位镇民，最后将目光停落在衣着考究的黄一飞身上，她嫣然一笑，"请问镇长在哪里？"黄一飞保持着镇定与修养，"我就是，莫非……你就是来送烈士遗孤的工作人员？"姑娘瞥他一眼，"看来你已经接到县委通知，不过有一点搞错了，我是孩子们的老师，叫李黛。""什么什么？李黛？"黄一飞慌了，内心的镇定轰然倒塌，突如其来的相遇使他丧失了一个镇长该有的气度。他仓促地伸出手掌，想要与对方握手，却只轻轻碰了一下手尖，便低头错开李黛的身体。他转过身去，以掩饰自己的慌乱，然后尖着嗓子冲人群喊："李公中，过来安排一下！"

李公中正低头往后面蹭，听到镇长的命令，顺势将后退变成前行，来到李黛面前，"信和人一起来，什么都没来得及准备，这样吧，先把孩子们带到镇所休息、吃饭，我们需要紧急商量一下。"

"爸爸！"李黛打断了李公中的话，"您不认识我啦？我是黛儿呀！"

李公中愣住了，"呀啧啧，你……怎么可能是黛儿？"

"我就是黛儿呀！"李黛又惊又喜，她不明白，父亲怎么会不认识自己的女儿。

"什么什么，黛儿？你回来啦？真是女大十八变啊！"李公中支支吾吾。

"日本人四处横行，学校形同虚设，我现在是这些孩子们的老师。"李黛说。

"烈士遗孤的老师？"李公中重复。

"是的爸爸，我们三年没见啦？后来您都不去绥远看我，乳娘她……卷了我的财物跑了。"李黛嘟嘴撒娇。

"嘿嘿，忙啊，改革啦，爸爸现在不是公中啦，那位是新镇长，我现在只是个顾问。"李公中前言不搭后语。

大概是由于和女儿相认，李公中的肉脸立刻有一些苍老，语气也似乎由于口齿变形圈不住音有一些跑调。父女俩伸开双臂准备拥抱，觉得不合适，又改成女儿搂父亲的臂膀，但还是不合适，因为女高父低，这种姿势不妥当。摆舞半天，李黛只好收回手，任由李公中在她脸上掐一下，呵呵傻笑。

黄一飞趁机回到镇所办公室调整心态，一切来得太突然，令他猝不及防。他迅速过滤一遍事情的经过，把李黛和这十一名烈士遗孤的到来做了个利弊分析，庆幸岁月如梭，容颜改变，不至于暴露过去的情谊，只要行为得当，就可以瞒天过海。

等李黛在李公中的指引下，重新以公干的身份来见他时，他已做出如下规划："孩子们先住医护所，在镇所厨房吃饭，腾空信报所旁边的商铺，接一个后院，让木匠筹划木料，做二十套桌椅板凳和木盆木架。"

李公中说："只有十一个孩子，做那么多干啥？"

黄一飞给他掰着手指数，"十一加九等于二十。"

李公中又问："哪来的九？"

黄一飞说："九个女人不得生九个孩子。"

次日，以三十人为标准的教室、宿舍、桌椅板凳及一切相应东西统统准备起来。镇民再次像通商时那样，在新生事物的吸引下，忘记烦恼和不快，一门心思为红山镇的后代尽一己之力。

一天，一个走江湖的大同人来到红山镇，他卸下顶在头上的锅和插在腰间的刀，寻了两块他一个人可以搬得动的红色石头，捡了一些枯枝和柴草，用一根划二十下才溅出火星的火柴，点燃一炉火，烧开一锅水，把从平原腹地带来的小麦粉和成面团，揉了一晚上，于第二天早晨开始头顶面团，手握削刀，往沸腾的锅里削面，一边削一边喊："刀削面哎，好吃不贵哎。"在喊第九声的时候，肉肉妈走过去，用一根仙草换了三碗刀削面，拿回去当午餐，紧接着镇上的女人都以通商时购买的稀罕物换一碗或若干碗刀削面。

十一名孤儿闻到香味，从镇所跑出来，为首的当然是我。我那时叫河河，父母是烈士不假，但一直用别名做潜伏工作，我的姓氏不得而知，只知道发音是"he"的重复字母，我妈妈最终确定为河流的河。我们围着大同人的铁锅流口水，咽唾沫的声音此起彼伏，烟火熏得我们睁不开眼睛。这时，我叔父走过来，嘱咐大同人削十一碗面，多加青菜和香油，让我们吃个痛快。

"看看吧，天天白菜土豆，孩子们都馋成狼崽儿啦。"李黛不知何时走过来,看着孩子们的吃相说。

"不知道孩子们来,早知道通商时多换些粮食和蔬菜就好啦,你或许可以求助李公中。"黄一飞向李黛抛出一枚父女亲情的炸弹。

"哦,我记得小时候他和乳娘总在半夜往家里拖粮食和蔬菜,或许他真有办法。"李黛心无城府,脸上泛着希望的火花。

当夜,黄一飞正在俯瞰小窗外面红色的侧门,突然传来一阵急促的敲门声,他延宕一会儿,装作被惊醒的样,慢吞吞打开门,李黛闯进来,"爸爸说我看错啦,根本没那回事,可我明明记得……咦,这是什么?"她看到暗间墙上贴的石子儿画。

黄一飞故作镇定,"石子儿画嘛,绥远流行这个。"

李黛望着他,眼神忽明忽暗,"你这间房……是我小时候的闺房,你又贴石子儿画,你到底是谁?"

"是你的房间吗?哎呀这个李公中,不早说,对不起,要不我换个房间。"黄一飞说。

李黛忘记粮食的事,在旧事上纠缠不休。"有一个人,承诺给我贴满墙石子儿,可惜……我们失散啦,他叫梁潮生,我叫他生哥哥。"李黛悠悠地说,说完观察他的脸,试图从他脸上找到梁潮生的蛛丝马迹。

"想不到李老师还有如此奇遇,我的感情世界单纯得很,从小衣食无忧,整天被保镖和使唤丫头盯着,长大念书又被老师盯着,所以我觉得来红山镇供职很好,可以远离父母,自由自在。"黄一飞故意标榜自己的家境。

我叔父明明要编一套谎话骗我妈妈,但一出口说的全是贾春江的生活轨迹,他觉得原生体的依附性已经成为习惯。

"哦,是吗?黄镇长好福气。我这次回来发现很多事和小时候不一样了,比如镇里的女人、我爸爸,还有……你这个从天而降的镇长。"李黛沮丧地说。

黄一飞解释说:"女人是稳镇之根本,是我的改革策略。李公中嘛,他可是你的亲生父亲,没有人比你更了解他。至于我,只要把红山镇的镇务搞上去,得到县委重用,我就能离开这个鸟不拉屎的地方。"

李黛强调说:"但只要你在位一天,必须保证孤儿各方面的周全。"

两人不欢而散。

李黛的突然出现,打破了黄一飞破釜沉舟的打算,他得保证孩子们的安全。午夜,黄一飞从小吊窗看到,李公中一行三人向侧门走去,赵二在前,李一压后。进麻袋前,李公中狡黠地看天一眼,看地一眼,看镇所的巷道一眼,看右边的庙宇一眼,又怔怔地听听戈壁滩的风,确定世间万物都睡啦,才从里面把门锁上。黄一飞想,看来孩子们的到来触动了一些人的神经。

难得的安全之夜,黄一飞搬开杂物柜,取出虚掩的十二块墙砖,拿出军绿色的无线电台,单膝跪在阴冷的地面上,摁开按钮,将声音拧至最小,从大脑中翻出反复出现的三个数字当中的一个。信号不好,各个频道发出刺刺啦啦的声音,他抱着电台满屋转,内心既迫切又不安。在小吊窗下面,信号突然强起来,杂音被挤向角落,一套生活频道的女中音用清脆绵甜的声音播报:"今夜最后一次播报,细流6843,长风1127 2322,黄雀……"黄一飞听到"黄雀"两个字,心鼓噪成一片森林,他想起在五原的巷道里,吴海成对他说:"记住,你的代号黄雀。"两年来,他极力在李公中面前树立好镇长形象,几乎忘记自己的代号,没想到吴海成一直没放弃他。

他泪眼滂沱,一种失而复得的心情使他呼吸急促,双手颤抖。他知道,他只能在今天晚上激动一回,明天他仍然是一镇之长,不允许有丝毫破绽。他用镊子从电台夹层取出密码母本,依据数字找到相对应的汉字,译后的内容是:妹妹抵达。很明显,对方联系不上他,派了一位妹妹来,那么这个妹妹到底是谁?眼下红山镇有两个外人,一个是卖刀削面的大同人,另一个是李黛。妹妹一说,也许是为迷惑敌人,把男性故意说成女性。黄一飞想了想,决定先去吃一碗刀削面，与大同人正面接触一下。

第二天，他一踏进镇所就听见李黛尖叫："真的吗？大豆、小麦糜米，还有腌制的茄子、芋头、蔓菁？哇，您太伟大啦！"黄一飞想，李公中定是实现了李黛的愿望。他决定不去打扰这对父女的美事，他知道李公中会对这些食物的来由做各种解释，每一句都是谎言，那些话前面"呀啧啧"的惯用缀词，令他心生厌恶。

街上空无一人，大同人的削面现场一片狼藉：支锅的石头是黑的，燃尽的柴草是黑的，大同人卖过面的地上全是黑油点子，被戈壁滩的风一吹，沙石覆在上面，也是黑乎乎的。大同人的游牧式刀削面在红山镇吃不开，又头顶锅、腰插刀，往包头方向去啦。大同人排除，黄一飞坚信妹妹就是李黛。他迫不及待地返回镇所，没有修养地撞开医护室的门，在众多棕黄色中找到半蹲在地上指导孩子们挑拣大豆的李黛，瞳仁灵动地轻唤："黛儿。"

当时，我就在妈妈几米远的地方，和一颗总也捉不住的豆子生气，叔父的异常举动令我心生疑窦。"河河，他叫妈妈什么？"旁边的小朋友提醒我。我抓一把豆子站起来，确切地说是站在妈妈身边。"河河，把同学们手里的好豆子收回来。"妈妈指使我做别的，我不动，妈妈怪嗔地看我。我看叔父，叔父瞳仁里的光逐渐迷蒙，脸由红变白，肩膀的直立程度正在一点点恢复原状。

"哦对，有粮食啦，哪来的？"黄一飞岔开话题。"我爸啦，你说得对，他确实有能力，他搞来的，你……刚才叫我什么？"李黛羞怯地问。"哦，听说你小名叫黛儿，过来确认一下。"黄一飞牵强地解释。李黛显然充满疑惑，但又不能打破女儿家的斯文和矜持，只好默立不语，直到黄一飞告辞，她才恳切地说："陪我去一趟庙里吧，我想看看妈妈。"黄一飞点头答应。

虽然黄一飞根据记忆，认为这座依山傍镇的小庙与秘密无关，但它位于山庙之间，侧门的甬道又是麻袋入口，无论如何都不能和现实撇干净。两年来，黄一飞一直遵守"清修之地，闲人免进"的庙规，一次次抑制前去参拜的冲动，李黛的提议是绝好的机会。

他们出镇所左转，沿镇所东墙走一段沙石路，侧门在正北方，庙宇的一个琉璃翘角抵在红山下，像山的孪生兄弟，又像突兀的外来客。侧门上锁，左边一片开阔，通向小庙正门。经黛儿闺房后墙的时候，黄一飞用余光看一眼小吊窗，玻璃蒙尘，有一块布遮掩，显得凄清荒凉。他很满意这个效果，说明他可以肆无忌惮地通过小窗窥视麻袋入口。

镇所后墙对正居中位置是庙门，有山做背景，庙显得纤小细致，毫无磅礴气势可言。因大自然的鬼斧神工，山角左侧凹回去几十米，又从上面凸出来一面峭壁，有遮风挡雨、四季如春的功效。就眼下来说，全镇子一片荒芜，这里依然松柏翠绿，梭梭旺盛，连鸟儿都迁移到这里来啦，啾啾欢叫，为庙宇的繁盛锦上添花。

黄一飞拾阶而上，上了五十五级台阶，看见小庙顶端扣着青瓦，黄绿相间的瓦片在太阳映衬下，反射出耀眼的光彩。他想起当年黛儿说："妈妈在里面呢。"他一阵眩晕，差点一个趔趄扑倒在四方铁炉上。

"阿弥陀佛——"有人长呼佛号。

他赶紧回应："阿弥陀佛——"

李黛已经步入大殿，隐身在三座大佛后面。大殿门楣上书"红山堂"，字体工整，是隶体，与"红山镇公共议事厅"的狂草和"红山镇"的楷书截然不同，更有一些安宁修性的味道。他走进去，神情肃穆，步履恭敬，心怀胆怯，看见李黛在一尊地藏王菩萨雕塑前轻轻说话，菩萨脚边立一张画像，上面是一位面容清秀的女子。"这就是我妈妈，我十岁那年，她得了溃烂症，去世了。"李黛悲伤地说。"溃烂症？是……这里的地方病。"黄一飞自觉失言，迅速用一个新定义来掩盖。

"阿弥陀佛，我们一直仔细供奉你母亲，她已超生极乐。"一个慈眉善目的老和尚从蒲垫上爬起来，同时站立的还有几个小和尚，也都是红色的脸膛，上面浮现着脱俗的光彩。由于身披红色长袍，他们的白眼仁异常分明，齐刷刷集体望过来的时候，有一种不容侵犯的默契。

"阿弥陀佛，是黄镇长吧？我们毗邻而居，望多多关照。"老和尚双手合十，肩略收，头微倾，周身被善良的气息所笼罩。"感谢让红山镇鼎盛。"黄一飞打起官腔。"我们可以参观一下吗？"李黛说出黄一飞想说的话。老和尚迟疑了一下，"施主请便，只是庙小景残，不要污了二位的雅兴才好。"说罢又行一个大礼，带小和尚退出去。

他们从大殿出来，沿左边的石台行至后院，又绕过一面壁影，来到一个洁净的花园。花园四面雕廊画柱，木与石巧妙结合，不是木镶嵌在石块中，就是石块与木柱形成一体。目光所及之处门洞大开，大小共十一间，里面都有一尊或金或泥、或大或小的神佛，一律面向门口，表情不一。门楣上挂着匾，上书观音堂、财神堂、药王堂、地藏王、弥勒佛、文殊菩萨等。佛音到处流转，像长在身上，又像暗处隐藏着无数喇叭。

黄一飞佯装虔诚参拜，一间一间进去看、跪、磕头，磕到最后竟发现没有大雄宝殿，也没有释迦摩尼佛，觉得奇怪。突然，他看见最后一间观音堂旁侧的长廊被封死，上面挂着残枯的爬山虎和蜘蛛网，退后百步看，长廊那边是一个依据山势建造的更雄伟的殿堂，黄一飞分析，大雄宝殿废弃不用必有不可告人的秘密，但他不能细究，因为周身已传来不明讯息，十几双白眼仁在暗处发出对峙的汩汩声。

李黛已经从母亲的阴影中走出来，娇羞地与黄一飞并肩行走，走到险处，还会拉一下黄一飞的袖口。走出庙宇，在镇所门口分手时，黄一飞故意嘟哝一句："黄雀。"李黛一脸诧异，黄一飞因此觉得，李黛也不是上级派来的妹妹。

第 五 章

一、一枝独秀·四秀

我叔父一生有三个妹妹,她们在他生命里扮演不同角色,但最终由于战事归结到一条道路上。那次战役后,我随叔父姓黄,并且有了一个颇具纪念性的名字:黄河。

小雪那天下了一场大雪,天像倒扣的筛子,把水汽经凝结而来的晶体从混沌的天空撒向大地。红山镇的人喜欢在这种天气长久地睡觉,哪怕天崩地裂,只要头挨枕头,就能睡着。黄一飞无心睡眠,一个人在街上来回走,思虑重重。他外表看起来像是在等什么消息,因为迟迟等不来那个消息,所以焦躁不安。就在这时,一阵马车铃铛和欢声笑语从镇口方向传来,把久睡不醒的镇子吵醒,镇民纷纷穿衣叠被,出来看又有什么新玩意儿。

他们看见三辆马车顶风冒雪而来,车上的人都穿大氅、戴皮帽、蹬棉靴,为抵御寒冷,他们传递着喝一瓶烈酒,每个人脸上都渗透着酒精所带来的快感。他们性情豪放,面容白皙,镇民的好奇和观瞻不仅没引起他们的怨怼,相反更加使他们充满表演的欲望。

马车在镇所前停住,从第一辆马车上跳下一个矮小肥硕的闽南人,冲黄一飞说:"哩厚(你好)。"黄一飞不知道他说什么,用微笑来代替回应。闽南人叽里呱啦一气,黄一飞听懂一句听不懂一句,他们的大致意思是要在镇上落脚,并旋即从大氅掏出一袋金条。黄一飞用手掂掂金条的分量，指派李一、赵二带他们去看铺子。

铺子在红色主街"丁"字头上，坐西向东，铺口正对主街，一直空着。三日后，铺子后院升起烟火，铺子前的青石板路被清扫干净，一条质地低劣的红色地毯从铺子前一直延伸到主街，铺楣挂上匾额，上写"一枝独秀茶馆"。

一枝独秀很快开张，它给红山镇的冬天带来活力。以镇所撑头开办起来的电报所、运水所、屠宰所、皮毛交易所、布料所、颜料所和客栈现在死水一潭，一些个人铺子则靠镇民间相互照料才能维系。黄一飞前去祝贺，矮小肥硕的闽南人脱去大氅，露出一副江湖女侠式的容颜，但英气不足，风尘气倒很浓厚，两气一混淆变成一股不可名状的奸狡之气。她的头发在后脑勺盘旋而上，至头顶又盘旋而下，最后用一溜暗卡固定，像一座看似松散其实经久耐用的鸡笼。她身穿秋色海棠花旗袍，旗袍的叉开至臀部，那臀部恰好顶着一朵海棠花，走动起来，海棠花便开啦，艳得晃眼。其他穿大氅戴皮帽的都是清一色姑娘，此刻都以妖艳的旗袍示人，每人怀抱一件乐器，穿插坐在茶桌间，弹奏一段轻缓的和乐。

这些花枝招展的女人令黄一飞心乱如麻，他想离开一枝独秀，但鸡笼头女人已经十分巧妙地挡在前头，将一双粗鄙的兰花手搁在他手臂上，形成他托着她的态势，引导他走向那些姑娘。

"第一个，"她介绍说，"是宣化人，叫一秀，特点是心灵手巧，懂得与疲惫中的男人斡旋。"姑娘礼貌地放下乐器，站起来向他颔首致意。

第二个叫二秀，第三个叫三秀，特点云云，黄一飞没记住。

第四个让他眼前一亮，她高挑的个头、黑亮的头发、白皙的皮肤、丰满的胸脯、孤冷的眼神，分明就是女大十八变的吴海英。但鸡笼头女人介绍说她叫四秀，是一枝独秀的第四朵花。

四秀怀抱一款金檀木琵琶，眼帘低垂，双指轻抚琴弦。"四秀，这位是黄镇长，黄一飞先生，问好。"鸡笼头女人暗示。四秀飘落在他面前，垂首作揖，直立后盯视着他的鼻尖，好像那上面有苍蝇屎或蜘蛛血,她只对它们好奇,至于他的相貌、他是谁,她完全不关心。黄一飞向前一步,鼻尖靠近她,"有什么?好好看看!"四秀吓得后退几步,不小心撞翻了琵琶,妙音四起。黄一飞急忙去捡,吴海英也去捡,结果两人又撞在一起。

"哟,今儿个奇了,一向持重的四秀怕是撞春了吧?"一个穿黛青色旗袍的姑娘酸溜溜地说。

鸡笼头女人喝道:"五秀!"

"噢?我来看看,呀!这不是黄镇长嘛,怎么回事?"李公中不知从哪儿冒出来。

鸡笼头女人忙上前按住李公中,暧昧地说:"可别动,您是我们一枝独秀的第一位客人,不能惊您大驾。"而后回身让她们各归各位,在一支箫的引领下,秀儿们款款拨动琴弦,进行和音部分的精彩演奏。

黄一飞被请进李公中的包间,包间清新雅致,光线稠密,一缕清香在光影里缓缓流淌。身着暗棕色旗袍的八秀手持茶壶,安静地立于茶桌一角,她下颚有一颗痦子,为了不破坏脸部的整体美观,姑娘在痦子四周画了几瓣莲花,这样一来,痦子反倒成了莲之中心,不可或缺啦。鸡笼头女人把外面打点好,也进入包间,见黄一飞和李公中以茶代酒,也加入进来。她说话的声音像拨浪鼓,一个点一句话,语速很快,比如说:"相请不如偶遇,偶遇不如盲撞,今天撞一起,就是有缘分,来,茶,酒,干!"或者说:"来到贵宝地,借用贵宝气,你们是贵人,我来做媒人。"诸如此类。

"你们怎么会到我们这穷山恶水之地?"黄一飞问。

鸡笼头女人说:"不是选,是撞,莽撞,盲撞,就来啦!"

黄一飞点点头,余光却瞟向外面。

李公中兴奋地插嘴:"呀啧啧,黄镇长,你改革的重点不就是为红山镇引进女人吗?这些秀儿,加上老板娘,啊?嘎嘎……"

黄一飞回敬一句:"各取所需,不过……四秀得给我留着!"

这天深夜,李公中和黄一飞第一次相携回到镇所,在卧室门口,李公中借故撒尿隐没在黑暗中，黄一飞插门、关灯，伏在窗前观察了一阵儿，而后取出电台，心情忐忑地摁下按钮。第二次收报，他心潮难平，突然想起和四秀撞在一起时她轻说的那串数字，当时他以为做梦，差点乱了阵脚，多亏四秀用阴冷的眼神制止了他的冲动。

黄一飞在众多电波中仔细寻找、倾听，他知道一些国外电波擅长隐藏在新闻、音乐或者生活指南频道，但他似乎不具备神耳，无法从中发现蛛丝马迹。他沮丧地拧到第一次收报的生活台，看看表，距离最后一次播报还有三分钟。他趴在小吊窗窥视了一会儿，侧门安然，今天晚课下得早，庙里一片安静。起风了，前窗玻璃簌簌抖动，小吊窗外鸦雀无声，镇所与小庙筋骨相连，不知内里有无关联。最后一次播报开始，靡靡之音慢吞吞地播报："长河——鬼头——黄雀——""黄雀"后面的数字翻译过来是：妹配合，一定要找到电波！黄一飞烧掉译文，藏好密码母本和电台，在小纸条上写下一行字：王兴投敌，日军计划攻占五原；已找到麻袋入口，准备伺机彻查；李黛是否可靠？他将纸条藏在袖口内，准备第二天交给吴海英。

黄一飞失眠了，失眠的原因不排除吴海英的出现，更多的是那句译文。临明，他爬起来向外看，看见李公中像一只偷腥的猫，挺着大肚子，迈着八字步，回到自己卧室。过了一会儿，黄一飞在外面刷牙，李公中从卧室走出来，装作才睡醒的样子，与他东拉西扯地说话。

午饭后，黄一飞来到一枝独秀，四秀在等他，他们一起进入雅间，沏了一壶碧螺春，四秀用第一道茶洗净茶碗，把残水倒掉，重新斟上递过来。交接茶杯间隙，黄一飞将袖口内的纸条塞给吴海英，吴海英当即看了，高一声低一声地说："你是镇长大人嘛！我会把王兴投敌的事通知上级。我一个外乡小女子。你要尽快突破麻袋的入口，经查，电波就在山里。黄镇长不能欺负小女子哦。李黛虽不是我们的人，但不会对我们造成威胁。"

"你怎么知道电波在山里？"黄一飞故意让茶杯发出乒乓的不

满声。吴海英说："我有德国最先进的监测设备。"黄一飞笑了笑，"原来你掌握了高端技术。"吴海英也笑了笑，"彼此彼此，你不也跟李察尔神父学会了发报和破译。这两年，你一个人孤军作战，虽没什么进展，但博得了山里的信任，我哥说这是一个潜伏工作者最好的表现。现在时机成熟，你要做好准备！"

吴海英轻轻呡了一口茶，觉得这茶有一股沁脾的香味，使人顿感安宁。他们又说了一些别的，吴海英告诉黄一飞，她当年在贾府当下人，确实是受人指派，但那时她年纪小，只能提供一些贾大人的行为动向，至于有没有起到弹劾贾大人的作用，她不知道。她解释说，贾大人和安协理侵吞修渠款，致使河套大地民不聊生，证据确凿。

她的话让黄一飞想起了贾太太，不管怎么说，那个女人曾经给过他温暖和母爱，他对那个家还是比较在意的。他说："将来一定要把真相告诉贾春江，让他自己过那道坎儿。"不管怎么说，在这个鸟不拉屎的地方，有吴海英的陪伴，黄一飞觉得有了主心骨。

他和李公中的戏还在上演。

有一次，李公中走出去又走回来，讪笑说："呀喷喷，磨叨的，没意思，我就去一枝独秀了，咋的？"当时黄一飞正在刷牙，嘴角满是泡沫，只好怔怔地望着李公中。李公中突然搓着手掌大笑起来，"都是男人，我也不装啦，怪累的，黛儿妈死得早，我又当爹又当妈，现在她长大啦，我想找个女人。"黄一飞心说：你不是有乳娘吗？但他还是拍拍李公中的肩，用近乎鼓励的口气说："理解，前辈！"

从外表看，一枝独秀拉近了黄一飞和李公中的距离，一方面李公中因黄一飞抢占四秀，认为是同道中人；另一方面黄一飞大刀阔斧实施改革，让镇民腰包里有钱，李公中认为他是可用之人。

有了镇长的默许，红山镇没老婆的男人都跑去一枝独秀喝茶、听曲儿，那些已婚男人也被缠绵的曲儿搅得心窒摇荡，以至于他们摆脱老婆的纠缠独睡，整夜竖起耳朵倾听一枝独秀的动静，于是整个镇子的嗜睡者都变得不眠不休，个别体质差的顶不住，一头栽倒在马路上、井台边、铺子口或冰凉的野外，呼呼大睡。

九个女人联名到镇所告状，肉肉妈嗓门最大，"自从一枝独秀开张，我男人就没睡过，熬成猫头鹰呀！"卖羊下水男人的老婆也说："有伤风化，羊下水全供给一枝独秀啦。"女人们一齐嚷嚷："镇长得管！"

　　黄一飞面对已婚女人的指责，只能闷声不语。就在这时，四秀从一枝独秀飘然而至，她穿着一件青瓦色的长裙，配一件小夹袄，脚蹬绒面小红鞋，梳着偏分双髻鱼鼓发型，唇点朱红，手挎单面皮包，一阵香风似的把镇所的门吹开，一脚站在门里，一脚站在门外，吐出一番金莲妙语："女人嘛，落在生活里就是一根草。"

　　"我们是草？"女人们复述。一个说完，不确定，另一个又说，九个女人说了九遍。说得多了，她们觉得自己真的是草，一个个垂头丧气地回了家。

　　一枝独秀夜夜笙歌，已婚和未婚的男人以及李一、赵二，还有李公中，促成了一枝独秀的繁荣。他们使秀儿们的曲儿一天翻奏八回，也使红山镇十二所中冬季最萧条的运水所突然爆红。水被熬成茶水，茶水进了男人们的肚子，肚子满了就要如厕，最后都变成一股骚尿。

　　九个女人中，一个抱孩子的，两个大肚子的，胖的和瘦的，又一次站在红山镇的主街上，倾听从一枝独秀传出来的音乐，怎么听都觉得像哀乐。

　　"循环经济。"一个女人说。

　　"我们是牺牲品。"又一个女人说。

　　"我也要去一枝独秀唱曲儿。"另一个女人发出惊世之语。

　　"你疯啦？"肉肉妈说。

　　"为了尊严，我要跑。"一个读过几年书的女人愤恨地说。

　　"你也疯啦？"肉肉妈说。

　　"我们没疯！"女人们一起说。说完，五个朝一枝独秀走去，三个向镇外走去，她们决定向男人们发起挑战。

　　肉肉妈赶紧去镇所找镇长，一路狂呼："她们都离家出走啦！"

没人应答,她又呼:"她们要去一枝独秀陪客啦!""陪客"二字起了决定性作用,一枝独秀的曲儿戛然而止,同时,黄一飞从卧室走出来,所有人从家里走出来,大家来到街上,一脸怅惘。几秒钟后,三个男人急忙跑去追三个女人,五个男人从一枝独秀拖拽出五个女人。女人们一律声嘶力竭,哭天抢地,说不如当年死在难区。红山镇混乱不堪。就在这时,一个大肚子女人突然嚷嚷肚子疼,肉肉妈一看羊水已破,女人下身湿乎乎一片。

黄一飞连忙组织人急救,并让李公中速去请医生,李公中为难地说:"太急了吧?"黄一飞逼迫他说:"你看着办,搞不好就是一尸两命。"李公中骑虎难下,他也许从来没在白天去过那个秘密之地,现在人命关天,又有那么多双期盼孩子的殷切目光望着他,他只能去冒一次险。"爸爸快来帮忙,把孩子们搬出去,让孕妇先生产。"李黛突然呼唤他,他只好把李一、赵二叫过来,附耳一番。两人躲开众人,慢慢向镇所的后墙挪去。

钉子们都不在身边,黄一飞迅速潜回卧室,趴在小吊窗上观视。他看见李一、赵二打开侧门,露出一条长长的甬道,甬道尽头有一扇石门,与山同色。李一、赵二走进去,摁下开关,石门徐徐落下,把黄一飞的视线挡在外面。过了大约一炷香功夫,李一、赵二和姚学礼从里面走出来。

姚学礼很快进入医生角色。女人们在医护室帮忙,人影重重,血水一盆盆往外倒,产妇的哭声和戈壁滩上狼的叫声同仇敌忾,形成一股惊悚的情境。姚医生并不急于助产,而是先以中医的法子给产妇灌一碗汤药,产妇瞬间安静,不再叫嚷,不再阵痛,好像今天一天的羊水和血水都是多余的,没什么大惊小怪。女人们知道自己迟早要过这一关,组团来观看,在生孩子这件事上,女人既害怕生又害怕怀不上,怀不上是耻辱,生产时鬼哭狼嚎更是耻辱。

姚学礼趁机去吃饭,黄一飞陪着他,只见姚学礼反复擦拭沾过血水的手指,一副傲慢的态度。黄一飞心说:臭小子,装什么孙子,要不看老姚的面子,我才懒得陪你。两人暗暗较着劲儿,谁也不先动筷子,桌上的现白菜、腌白菜、炖山芋、炒山芋和红、白、青三种颜色的萝卜,渐渐失去热气,色泽暗淡。这时,四秀娇媚如水的身子从门外挤进来,她嫣然一笑,坐在一个凳上,夹吃那些单调的白菜和山芋。姚学礼的傲慢逐渐转化成痴迷,他被眼前这位蛇一样的女人吸引了。

四秀娇媚地对一片白菜说:"白菜,我叫四秀,听说这里有个医生,我来看看。"

姚学礼莞尔一笑,彬彬有礼地站起来,一手放在胸前,一手贴于后背,讨好地说:"小姐你好,我就是医生,非常荣幸认识你。"

四秀又娇媚地对一块山芋说:"山芋,这医生果然气度不凡嘛。"说完飘然而去。

黄一飞不知道吴海英葫芦里卖的什么药,他只知道吴海英走后的半秒钟时间里,姚学礼迷醉得像一个做过春梦的少年。

姚学礼顺利接生下一名女婴,红山镇再次沸腾,一直没有孩子的戈壁小镇现在居然有十几个小孩,十一个在李黛的学校上学,两个尚在襁褓中。孩子们小小的身影和偶尔出现的大小便,给枯燥的日子增添了无尽乐趣。

姚学礼来到一枝独秀,气度轩昂地点了四秀,从此乐不思蜀。李公中暗示他,说四秀是黄镇长的人,他却不以为然,仍旧在四秀身上大把花钱。他所谓的钱是中药,仅次于戈壁滩的仙草,一服治愈女性经血的中药能让他在一枝独秀听四天曲儿。四天后,他疯狂地从一枝独秀跑出去,跪倒在零下二十七度的夜空下,对天长鸣,泪如泉涌。四秀的水蛇腰在茶厅内闪了一下,并未去管他,而是回房间发出一条电波,黄一飞接报后译为:姚可做内应。

第二天,黄一飞罗列了一大堆关于学校后期的清扫条款,李黛也要搬离医护所,又叫李公中过去帮忙。李公中一出动,自然少不了李一、赵二和一干镇民。黄一飞趁机跃上屋顶,趴伏在红色的瓦片上,居高临下地观视着侧门。过了一小会儿,姚学礼来到侧门,他先是左右各看一眼,而后掏出钥匙,慢慢地捅进去,慢慢地转身,慢慢地合上门，就像表演慢动作。黄一飞紧张地注视着这一幕，口水在喉下游走。姚学礼合上门，并未反锁，留下一道意味深长的缝隙。黄一飞一阵狂喜，抓住檐角翻下来，贴在墙上四处看看，又一提气、一松手，竟轻轻落地。他迅速推开侧门闪进去，见姚学礼正在拧一块圆石，用力一转，厚重的石门呼啦啦升上去。姚学礼跨进去，回身触动里面的机关，石门又呼啦啦落下去。黄一飞望着姚学礼，姚学礼望着黄一飞，他们互相望着，石门抵达他们的脸部、颈部、肚子……他们彼此对望到脚底，石门完全落下。两人一个在里面，一个在外面，心事重重。

黄一飞发现隐藏在圆石上面的开关，其实是一块突起的椭圆形金属，颜色与石头相同。逗留片刻，他走出侧门，锁上姚学礼留给他的尾巴，正待借势跃上屋顶，看见一个小和尚在庙门口闪现，惊起几只麻雀，呱噪着飞上天空。他心想坏了，又不能追过去杀人灭口，只好硬着头皮轻轻一跃，离地三尺，借助惯性上到屋顶，又贴着墙根落入镇所院内。他回卧室换下已经湿透的内衣，装作才睡醒的样子，向镇所外走去。

几天后，学校改造完毕，黄一飞决定为孩子们举行盛大的入学典礼，李公中答应自掏腰包承办典礼期间的流水席，镇民都为学校出过力，自然不会错失热闹的机会。李黛邀请黄一飞代表红山镇做一个简短的发言，黄一飞官腔十足地说了几句，然后混在爱戴他的镇民中喝酒、划拳、猜口令，与他们勾肩搭背，称兄道弟。远远地，他看见李公中和李一、赵二四下蹙摸，找寻他这个让人不得安宁的镇长。"这儿、这儿。"黄一飞举手示意，李公中果然乐悠悠地跑过来。黄一飞敦促他："现在外面兵荒马乱，找靠山的事情抓紧办。"李公中喝得云里雾里，被风一吹更迷糊，不说话，只笑。黄一飞见机塞给他一只木盒，里面是沉甸甸的珠宝。办完正经事，他头一歪，睡着啦。

当日夜，李公中身着夜行衣，脚踩软底鞋，手拎木盒，站在月光下的院子里。他故意咳嗽了一声，而后翻身上墙，又借助墙力，一个凌云之势落下去了。黄一飞不慌不忙地进到暗间，打开电台搜索播报频道。吴海英给他发报说，那股电波开始频繁对外发报，并且对她近距离侦察电波有所察觉，为免暴露，她要求黄一飞启用新电台。他们次日见面分析了原因，黄一飞觉得吴海英策反失败，可能是姚学礼出卖了他们，吴海英坚定地说："不会的，因为我说了姚学忠的事后，姚学礼哭了，人变得十分脆弱，我相信亲情的力量。"

事情突然出现了转机，有一天，李公中腔调浮夸地对黄一飞说："呀啧啧，靠山的事情终于有着落啦，不过为表示诚意，镇长大人你得亲自跑一趟。"黄一飞又翻箱倒柜，找出一些稀罕玩意儿，用锡纸包好。"没问题，你打前站，我百分之百配合！"他对李公中说。

在一枝独秀的固定雅间里，茶香袅袅，琵琶声悠扬，黄一飞和吴海英又在上演假鸳鸯的戏码。吴海英娇滴滴地问："黄镇长，你真的要和李公中那个老狐狸进山？"黄一飞呵呵地笑。吴海英低声说："有一路土匪近来在包头五原一带活动，利用哈拉汗补隆和三顶帐房一带的有利地形搞突然袭击，杀人、抢劫、奸淫掳掠，主要是为阻止政府工作人员通行。包头至东胜的路上以及包头黄河南岸一带，也都有土匪在芦草中进行伏击，东胜县警察局警士周美德赴包头公干，被他们杀害！以马大牛、杨猴小为首的土匪与五原的兵勾结，打死了两个区长。还有，王兴占据了临河，向群众征收田赋杂捐，以地方政府自居，被晋军赶跑了！现在外面敌我形势严峻，你我任重道远，上级怀疑这里是汪精卫的一个秘密基地，指示我们尽快查清电波内容！"

吴海英的话使黄一飞更加坚定了进山的决心，他相信拉拢靠山的前期铺垫已经做好，山里马上就会有所行动，为万无一失，黄一飞主动邀请李黛吃饭，他想，只有让李黛站在自己身边，李公中才不会对他下毒手。他亲自下厨，用胡萝卜丁炒糜米饭，用熟胡麻油拌土豆泥，还做了一道陕西玉米面疙瘩汤。饭后，他刻意将李黛带回卧室，教他往墙上贴石子儿。他们一直待到黄昏，又一起去戈壁滩看落日。

"你让我想起了梁潮生。"李黛看着金灿灿的夕阳说。

"他是谁？"黄一飞的脸也变成金黄色。

"一个少年时的玩伴。"李黛说。

他们迎着落日长久站立，年轻的脸上金光闪闪。他们不自觉地摸到对方的手，大手套着小手。

"生哥哥。"李黛突然温柔地呼唤。

黄一飞吓了一跳，想抽手已经来不及，手被李黛紧紧攥着，"你可以不说，我不会逼你，我知道我们各有使命，我就当你是黄一飞。"李黛的脸素净美丽，眼神在质疑和坚毅之间来回闪烁。

在又一次的约会时，吴海英说李公中已经买通鸡笼头女人，他们曾一起进过山，说山里要为大仙举办五十岁寿宴，让姑娘们出几个助兴的歌舞和曲儿。黄一飞冷冷一笑，"要么不动，要么大动，二仙还是那么任性。"吴海英盯着他的眼睛，"注意，大局为重！"

夜半，李公中过来叩门，说靠山大人要见镇长大人。黄一飞马上整理衣裳，梳头发，在棱角分明的脸上抹了一点雪花膏，以使整张脸看起来不那么潦草。李公中知道他明里和李黛谈情说爱，暗里和四秀鸳鸯戏水，作为李黛名义上的父亲，他应该制止黄一飞，但作为即将合作的伙伴，他不能坏了规矩，所以此刻，他既不威严又不热情，默默地在前面带路。出人意料的是，在石门前，李公中居然未按常规行蒙眼之事，他的一系列动作都是在黄一飞眼皮子底下完成的。石门在铁索的拉动下升了上去，黄一飞终于看到了那个黑洞，那个像麻袋一样的黑洞。黑洞就像一只魔鬼的大嘴，曾经吞噬了一帮男孩，让他们与世隔绝。

二、议事厅·神仙

我叔父终于站在梦寐以求的麻袋入口，他感觉自己行为失常，从一个潜伏者的角度来看，简直破绽百出，比如说步态，受过训练的人行走节奏应为一秒钟一步，不急不徐，而他在石门落下的瞬间，突如其来的记忆全部涌上来，步伐凌乱不说，就连呼吸也作起怪来，气息顶在胸部，又在胸部的压力下没有章法地四处乱窜，到达鼻孔时变成急促的呼哧声。他想，完啦，此行必定有来无回，小时候违背天意逃走，现在要接着倒霉了。但他万万没想到，正因为他的年轻、莽撞与诸多失态的小节，符合人的正常思维逻辑，才得以顺利返回。

在隧洞的尽头，逐渐出现了油灯的光亮，它们被安放在石壁上的凹槽里，灯捻周围一片焦黑，昭示着年深日久。走出一个小洞，又步入一个大洞，洞洞相扣，浑然天成。从一个大洞顶端的石阶走下去，眼前突然明朗起来，几十只大号琉璃灯把视物照得如同白昼。无数的石台石阶，石台有圆有方，形状不一。无数石阶都有关联，绝不孤立，看似无路，走过去又是台阶。在一段手工凿切的由上而下又由下而上的石阶上，出现了一个拱形白球，不，确切地说是另一个麻袋的出入口。白球是洞门裁切出的白天的亮色，从地理学角度分析，他们所处之地应该就是山里的议事厅。

"呀啧啧，别发呆，到这里来！"李公中站在一面薄壁前喊黄一飞。黄一飞脸色苍白，痛苦的回忆令他胸腔疼痛，思维混乱，不能从容地应付眼前这一切。待他走过去，李公中对里面轻说："镇长大人到了。""嘎嘎嘎，好，有请！"粗鄙的笑声多年以后听来仍十分熟悉，那是二仙的声音。

他稳稳神，潇洒地跨进去，里面还是富丽堂皇的模样，石榻上铺着一张没有杂质的白熊皮,石壁上的地图多年未变,只不过当年簇新,如今脏污不堪,有许多重叠的指头印。木架上的石雕和书有所增加,当年的红绸换成绿绸,从洞顶直直地垂下来,给这里蒙上了一层更加迷幻的色彩。二仙从迷幻中走出,轻轻拍着手掌说:"欢迎镇长大人!"他的话上下漂浮,辨不清真伪。

两个人握手,然后他坐在当年几位师傅坐过的石桌前,二位坐在白熊皮上。他决定以不变应万变,让二仙先说、多说,自己做出判断后再说。当二仙又说"欢迎黄镇长"时,他点了点头,显得有些傲慢。

"嘎嘎嘎,年少老成哟,那就打开天窗说亮话吧,我们可以做你的靠山!"二仙狂傲地说。

黄一飞顿了顿,"我们看的是真正的实力!"

二仙模样轻浮,嘴角上扬,不以为然地说:"一座易守难攻的山,三百骁勇善战的兵,算不算实力?"

黄一飞撇嘴一笑,没急着说话,反倒是凑在二仙面前,盯着他的眼眸说:"你可有新设备、新技术?年代不同啦,土枪土炮难有大作为。"

二仙也不示弱,迎着黄一飞的目光,和他一起进入斗眼状态,那眼光能把人杀死,"黄镇长果然见多识广,不是一般人物。"

黄一飞撩开一条绿纱,抱着拳说:"过奖,是世事把人逼的。"

"可惜呀,我只有土枪土炮。"二仙狡黠地说。

"哈哈哈,那您老人家太看得起自己了,您当不了任何人的靠山,红山镇送上的财宝就留给您买酒喝吧,告辞!"黄一飞假装生气。

二仙也不客气,"送客!"

就这样,黄一飞顺利地离开了红山。

快过年的时候,学校俨然发展成一个独立的小王国,为抵挡来自一枝独秀的干扰,李黛指挥镇民盖起一堵高墙,双层的红柳笆子大门密不透风,连一只苍蝇也飞不进去。她在里面一人分饰三角,兼任语文、数学和体育老师。然而,孩子们念拼音的声音还是会和一枝独秀练曲儿的声音混在一起，比如这边念"b、p、m、f"，那边唱"大姑娘窗下绣鸳鸯"；这边说"1+2=3"，那边扑啦啦响起一阵大鼓。并非每次都不和谐，有时孩子们跑步没有运动进行曲，刚好一枝独秀乐器齐鸣，仿佛在为孩子们伴奏。二秀、四秀、六秀经常给孩子们送吃的，有山西的醋、绥远的饼、包头的土豆粉，李黛每次都拉开一条门缝，让她们把东西放在地上，好像她们身上有病菌，会传染给孩子们。

四秀在众多孩子中注意到我，一来就四处唤"河河"，我远远地跑来，在妈妈关门之前与她对视一下。这个动作被妈妈批评为"不听话"，她温柔地告诫我，要远离她们，我问为什么，妈妈没说话。

不知从什么时候起，对于喜欢泡在一枝独秀的黄一飞，引起了李黛的猜疑和不满，她开始有意疏远他，把抚育烈士遗孤当作第一要务，偶尔会在李一、赵二的陪同下去临河县开会，有什么新指示，也让李公中向他转达。黄一飞顾不上儿女私情，因为吴海英测查出一股更加强烈、更加频繁的电波，内容多次提及五原，对方一发现测查电波，立刻绕开或消失，跟吴海英玩捉迷藏。黄一飞后悔第一次进山的表现，不应该和二仙谈掰，应该屈就，匍匐在他脚下，结果再无进山机会，把沉甸甸的担子落在吴海英一个人身上。他们已经讨论了好几套进山表演时的行动方案，他一再给她讲山里的路径，希望她能在姚学礼的帮助下有所突破。

就在他们缜密地制定任务时，一天深夜，李公中带回来一张山里的请柬，"二仙邀请黄镇长参加大仙的寿宴。"一切担心都是多余，事情的转机说明黄一飞的思路是对的，二仙的嚣张只是试探。果然李公中说："二仙觉得黄镇长年轻有为，是可造之才，希望你不计前嫌参加寿宴，届时大仙会与你进一步深谈。"黄一飞呵呵地笑了笑。接下来，他赶紧和吴海英调整方案，做好充分的测查电波准备。

他把那株已经隐入地下的仙草挖出来做贺礼，并请吴海英用通商时采买的面料为自己做一套西装。吴海英在荣枝伯的指点下，已有几分裁剪功力，缝纫活却不怎么好，没想到为人师表的李黛竟是这方面的高手。他不知道吴海英用什么法子请李黛出马，总之西装穿在身上那天，所有镇民都跑来围观，说着"挺阔""有形""展活"的溢美之词。他询问吴海英怎么回事，吴海英神秘地说："是河河的功劳。"

腊月初二下午四点，戈壁滩的夜提前降临，天冷得出奇，风从中午开始刮，到晚上也没有停歇的迹象。红山镇冻僵了，人只有身处其中才能感受到它的存在，外面的人在这个季节、这种天气看不见镇子的轮廓，它隐没在灰色和黑色的空气里，复杂的飘着物迷蒙着复杂的人心，使它一度被世人所遗忘。

一枝独秀的秀儿们身穿来时的大氅，把华丽的衣裳暂时放在化妆柜里。化妆柜已经在一匹黑马的身上停留了三个小时，鸡笼头女人从昨天晚上就开始安排表演细节，生怕哪个环节出问题。她让秀儿们早早沐浴更衣，午饭还没吃，就让她们打扮妥当到茶厅集合，结果天快黑的时候，姑娘们累趴下啦，长痦子的八秀揪下头上的簪子，脱下脚上的靴子，要放松一下身体。接着五秀也不干啦，阴阳怪气地说东道西、指桑骂槐。鸡笼头女人也觉得神经过于紧张，她让四秀进厨房拿一些小点心，又让二秀给自己姐妹泡一壶茶，悠悠地把腿搁在茶凳上，寿宴有大餐，先垫垫肚子好表演。秀儿们纷纷围拢过来，边吃边聊，竟忘了时间。

黄一飞四点一刻走出镇所，看见李公中从学校出来，手里牵着河河。河河的棉服上长下短，走起来像一只企鹅。李公中的肉脸一片阴郁，吊眼白仁向上翻，并不关注手里的小手。他看见黄一飞，努力把眼梢耷拉下来，"黛儿让我带这小孩找医生，这不添乱吗？"

我的手一下到了叔父手里。他蹲下看我的眼睛，我的眼睛大而明亮，只不过由于烦躁蒙上了一层阴影。他用手背试探我的额头，大手干净而有力，给人踏实的感觉。

"高烧，得尽快看医生。"黄一飞捏着河河的小脸蛋说。

李公中把李一、赵二叫来，让他们主要看护河河，他则气恼地去一枝独秀催鸡笼头女人。秀儿们很快到来，聚在侧门叽叽喳喳，没完没了。李一、赵二依次蒙上一至八秀的眼睛，她们觉得有趣，玩起蒙眼的游戏，一个摸一个，煞是开心。不知什么时候，河河到了吴海英怀里，他们小声说话，偶尔会一起回头看黄一飞。

开始进山，李公中操作石门，李一、赵二一前一后夹着秀儿们，一个为她们领路，一个为她们说路，说路的高低程度，有没有水，需要抬高哪只脚或者向左向右。鸡笼头女人走在黄一飞右侧，没有蒙眼，足见二仙对她的信任。

从大洞顶端的石阶走下来，他们被前来接应的罗圈腿分成三组，一组是贵客黄一飞、李公中，一组是侍卫李一、赵二，还有鸡笼头女人的表演组，有专门的洞穴供她们化妆、休息。

一切显示过寿的气氛，大号琉璃灯增加成二十四个，各个石台都摆上桌凳，有几个地方立着铁笼，里面燃着耐烧的棍棒。白球变成黑球，洞外也点起火堆，昏昏黄黄，人影绰绰。纵观这座大洞，薄壁是这座大洞的中心位置，它左右两端的通天石阶几乎对称，石壁上一个黑黢黢的大口就是一个洞穴，左边三个，右边两个，黄一飞猜想贾春江在哪个穴。

一只金檀木太师椅摆在薄壁前，椅背比椅子本身高出一尺，椅坐上面软榻摞软榻，一共三层。略低一些的椭圆形石台上铺着红地毯，两侧各有四张普通太师椅，每两张之间有一个小几，上面放着茶点和水果。二仙请黄一飞坐在左边第二把太师椅上，他坐第一把，李公中坐第三把，鸡笼头女人坐第四把。

晚宴六点准时开始，四位大师依次落座，黄一飞看见教师仍旧道士打扮，看不出实际年龄，白色的棉绸道袍拖在地上，比几年前更像神仙。武师穿盔戴甲，眼神仍旧无比凌厉，警惕地注视着前来贺寿的人。容师是个新人，他继承了前任高而瘦的身材，但比前任更加傲慢，始终垂着眼皮。姚学礼把无腿药师背进来，慢慢放下，退下时瞟了瞟黄一飞。二仙口里的三百骁勇开始入洞，他们虽然都是红脸，但面貌十分俊美，似乎天底下的美男子都聚集到这里来啦。在离石台最近的一桌，黄一飞赫然看见长臂猿和姚学礼坐在一起，他想，长臂猿和贾春江是一个部门，长臂猿来了，贾春江呢？他扫视一遍那桌人，有几个是当年一起被掳来的伙伴，如今长大成人，脸红而俊美，神情老练，一副吊儿郎当的样。他想起贾春江被换脸时，一帮男孩压着他的腿，不让他惹事生非，其中就有他们。

丝竹声响起，只闻其声，不见其人，三百骁勇四处观望。缩脖从薄壁后面走出，对二仙耳语一番，只见二仙慢吞吞地站起来，提提裤腰，咳嗽一声，跨到金檀木太师椅旁边。罗圈腿敲锣示意，逐渐安静下来。二仙开始讲话，内容还是几年前那一套，外面如何危险，山里如何幸福，云云。唯一不同的是，他传达了大仙身体抱恙的讯息，重点介绍了黄镇长和徐眉如，徐眉如就是鸡笼头女人，她的名字与职业极不相符。讲话结束后，罗圈腿又敲锣示意，十几个男孩手托木盘从闪烁着昏黄光点的黑球处鱼贯而入，酒肉的香味随之注满整个大洞。

丝竹乐队款款走出，原来她们隐藏在薄壁后面，身穿黛青色旗袍的五秀打头，其次是一二三秀和六七八秀，四秀吴海英排末尾，怀抱琵琶，神情妩媚。三百骁勇哗然，酒一坛接一坛地上，脸一阵比一阵红。丝竹表演结束，秀儿们进去换服装，黄一飞看见姚学礼轻佻地尾随过去。他假装不胜酒力，和二仙以及四大师推杯换盏，到舞蹈结尾时，他已经借助酒的力量，跟教师、武师、药王张说了不同的话，得知这位新容师是绥远的游医，因父母妻儿离奇暴毙，摊上官司，不得已上了山。

"嘎嘎嘎，红山看上的人跑不了，他的亲人哪里是暴毙，是一场戏！戏！嘿嘿嘿。"二仙的话令人毛骨悚然。黄一飞眼神迷离地说："这里不错！"二仙喷着酒气凑过来，"黄镇长高瞻远瞩，上次提的问题很尖锐，三百骁勇，看看，没骗你吧？"黄一飞看着下面黑压压的人群，竖起大拇指，"不赖！""至于你说的高端技术和设备，嘿嘿，我们要啥有啥。"二仙说话走风漏气。"得了吧，连寿宴的主角都躲着不露面，还说什么高端技术和设备，我不信！"黄一飞故意和二仙唱对台戏。"实不相瞒，他的溃烂症犯了，你知道这是地区病。"二仙说。"是是是，外面也有溃烂症，搞得我头昏。"黄一飞顺逆结合，类似打一巴掌给一块糖，把二仙搞得更加醉意十足。"那谁？把长臂猿叫过来！"二仙对罗圈腿发号施令。

只见罗圈腿迅速蹿下石台，把醉醺醺的长臂猿拉到二仙面前。"长臂猿，给黄镇长说一下咱们那套废弃不用的电台有什么特点，简明扼要地说！"二仙命令这个怪人。怪人嘟哝："这是贾春江的活儿。"二仙骂："他没死还用得着问你！"

黄一飞好不容易听到贾春江的名字，正要狂喜，却被接下来的一个"死"字打入谷底，他瘫在椅子上，四肢麻木，连气息都有些微弱了。

怪人像一座铁塔，被二仙打发到黄一飞面前，他手掌一动就摸到了膝盖，脚掌一动就颤动了石台，"那套电波之所以不用，是因为对方训练出一批神耳，能听出我方隐藏在电台音乐和新闻中的频率，并破译出内容……还说吗？"二仙摆手，"黄镇长可否满意？"

黄一飞根本没听清怪人的论述，他的注意力还停留在"贾春江""死"这类字眼上，他觉得自己来晚啦，以前的铺垫全都白费。"哦，对对对，喝，再喝一碗。"他做出贪杯的样子。

姚学礼不知从哪儿钻出来，用自己的酒碗撞黄一飞的酒碗，客套地说："在红山镇，承蒙黄镇长关照，不胜感谢……我哥哥在哪儿？他好吗？干！"

"干！他很安全。你可知道贾春江这个人？"他一说出口立刻就后悔了。

姚学礼惊异地盯着他，"黄镇长好酒量！……你认识他？"姚学礼疑窦丛生。

"他是我兄弟。"

"他死了。"

"怎么死的？"

"浑身腐烂而死。"

"哦，河河病了，你给他看看。"黄一飞突然想起河河。

"看过了，在里面睡着呢，你醉了，也睡会儿吧！"姚学礼提醒他。

徐眉如带一三五七秀向三百骁勇敬酒，下面一片混乱。二四六八秀仍在台子上吹拉弹唱，音乐盖不住下面的喧器，她们也不在意。四秀不知受什么感染，突然变得异常兴奋，自作主张让二六八秀改奏《夜上海》，她则撕掉旗袍的下摆，夸张地跳起舞来，尖叫、口哨、污言秽语，将寿宴推向高潮。

我从薄壁后面探出小脑瓜。刚才姚医生为我把脉，说我没病，让我听话好好睡一觉，否则就揭穿我的谎言。我躺在白熊皮上，东看看，西看看，看见一个罗圈腿男人和一个缩脖男人进进出出，用凌厉的眼神阻止我好动的天性，后来他们不堪寂寞，也溜到外面喝酒看演出。我在一片绿绸垂幔的地方看见一个椭圆型的金属，我好奇地拍、按、拧，突然山的一面打开一条缝儿，里面摇曳着一缕昏昏黄黄的光。我有些害怕，但想起四秀阿姨的话，她让我机灵点，多走多看，把看到的告诉她。我走进光里，脚下潮湿黏润，空气也潮湿黏润。光源来自对面山壁的琉璃灯，一上一下，错落分明。我以为是尽头，走近又豁然开朗，左右两边互通，是幽深的穴道。我决定先走左边，走到尽头又豁然开朗，是一个整体平阔的大穴，穴中央的垫子上竖着一个女人的上半拉身子，身子膀粗腰圆，头发稀疏，看不清眉眼，身子四周至少有五个人，有拿盆的、端碗的、为她擦拭身体的、陪她说话的、跪地磕头的。我还小，只能看见这些表象，没有能力细究。

我又向右走，这回有经验，直接拐过去，顺着向下沉的石阶一步步走下去。水越来越多，从头顶往下滴答，手摸在石壁上也是水，最后我在一穴水前停住。水穴前半截是空的，后半截则在一面悬空的巨石下面,我很奇怪水里为什么有波纹,我小小的身子一往水穴边站,立刻看到巨石下面的水里露出无数脑袋,一个脑袋倒映着一个脑袋,一片水上的脑袋和一片水下的脑袋交织在一起,令人眼花缭乱。

"嘿,有小孩儿。"一个脑袋说。

"是真的,小孩儿,你是谁?"另一个脑袋说。

"我叫河河,你们在水里干什么?"我问。

"我们是被关在这座水牢的,你能救我们吗?瞧,这个小孩儿跟你一样大。"脑袋说。

"小哥哥,救救我,我的身体都泡浮肿啦。"我不知道是哪个脑袋在说话,但听声音感觉年纪很小。

"我害怕,怎么救呀?"我快哭了。

"去告诉你妈妈。"一群脑袋说。

我退回到石阶上,"我去告诉四秀阿姨,让她救你们。"我转身跑了。

我从薄壁后面探出小脑瓜是为了找寻四秀阿姨,却看见她正在摆首弄姿、轻佻地跳舞。我悄悄来到太师椅后面,看见我叔父双目紧闭。我推推他,叔父睁开眼睛,我正要说话,叔父张口就骂:"你个怂孩子,病了还瞎跑,来!"叔父把我抱在他的腿上,对我轻声说:"不要说话。"

我不说话,我看四秀阿姨表演,同时透过凌乱的人群,看见姚学礼正在接近左边那三个黑黢黢的大穴。大穴在高而挺峭的石壁上,犹似吊在半空,平时一目了然,根本不可能实现,今天是个例外,现场乱成一锅粥。

我紧张地把小手放进叔父的大手,一双被大人忽视的小眼睛死死盯着半空的小黑点,直到姚学礼从上面下来,四秀阿姨的表演才宣告结束。

黎明时分,一干人回到红山镇,黄一飞和吴海英把河河送回学校。"左边洞里有一个人,右边洞里有很多人,还有小孩儿。"河河这样描述看到的情景。

吴海英说:"据姚学礼说,左面三个洞里全是枪支弹药。"

寥寥数语,两相一汇总,黄一飞基本可以断定红山的势力不可小觑。当年姚学礼说:"马部后面连绵的山坡上,扎着白色帐篷,有三百来号人。"他那时小,只想自身处境,没想过有一天它会发展成一个大的隐患。

"现在可以确定这里就是上峰怀疑的汪精卫的民间组织,人、弹药齐备,后患无穷,必须尽快铲除!"吴海英说。

"对,你尽快发报吧!"在确定贾春江已经不在人世,黄一飞变的不顾一切。

吴海英离开后,黄一飞正要敲学校的门,李黛走出来,接过河河的手。"我想认河河为义子。"黄一飞突然冒出一句。河河十分乐意,赶紧喊了一声:"爸爸。"

"我是妈妈,能叫你爸爸吗?还是先叫叔父吧!"李黛凶巴巴地说。

这就是叔父的来由。若干年后,妈妈让我改口叫爸爸,我已经改不过来了。

黄一飞回到卧室立刻发现大事不妙,暗间的杂物柜被人动过,墙砖里面的电台不翼而飞。他顾不上分析和回忆哪个环节出了问题,只想尽快通知李黛带孩子们逃出红山镇,但为时已晚,门窗被人封锁,一股迷烟从门缝吹进来,他栽倒在地。

三、碉堡·侏儒

一九三七年十二月，绥远、包头沦陷后，从前线退下来的国民军潮水般涌入暂时偏安的五原、临河，一时间，河套大地随处可见散兵游勇。在中共绥远省工委的指示下，吴海成跟随上级又回到人们的视线，他们平息女校学潮，参加绥西救国会仪式，帮助成立伊克昭盟自卫军，秘密建立中央后套特委，与付恩达部形成合力，准备与日军展开殊死较量。

这天，那个曾经踢翻洗脚水的姑娘杨荣枝，正在印发《告同胞书》和《临河公报》，她通过摘抄《解放日报》《新华日报》上的内容，向河套百姓宣传战争局势。她的孩子吴山已经九个月了，由于奶水充足，长得虎头虎脑。他经常在妈妈背上睡觉，鼻孔里全是油墨的味道，不满意时，会流鼻涕、打喷嚏。

吴海成一边抚弄吴山一边说："有一个行动，我想让你参加，因为那里有一些烈士遗孤，需要女人照顾。"对于这样的革命任务，杨荣枝从来不含糊，她寻思该把山山寄放在何处。

第二天，杨荣枝跟随一支地下党小分队向正北方出发，在路上才知此行意义重大。

此时在红山议事厅前面光滑平整的石台上，黄一飞已经躺了很久。台上仍有三把太师椅，中间一把椅头高出一尺，椅坐高出两尺。他模糊记得寿宴上的金檀木太师椅也是这种情状，坐垫摞坐垫，一共三层。天气寒冷，迷烟药力未散尽，他感觉大脑迟钝，无法深入思考。

他眼前出现过三拨人的脸，罗圈腿和缩脖、李一和赵二，还有长臂猿。黄一飞以为长臂猿受谁派遣，前来例行公事，不想他趁四下无人，掰开黄一飞的眼睛问："黄镇长告诉我，我爹当年是怎么死的？"黄一飞皱皱眉，眼皮簌簌抖动，还是完全醒不过来。不知过了多久，他听见罗圈腿和缩脖对话，罗圈腿说："这个人越看越面熟。"缩脖说："别扯了，你认识的人全都换了脸。"罗圈腿说："有一个人没换。"缩脖呆了。罗圈腿看见缩脖呆了，他也呆了，于是两个呆子一起爬过来，摁住黄一飞的脸，用力扯他鬓角的皮，看有没有缝合的痕迹。这时，李一、赵二手提来一桶冰水，把黄一飞浇醒了。

他被带入"武"字穴，武师身穿竹片防箭服，腰挂弯刀，坐在一块白色的石头上看书，书是手抄本，上面全是阿拉伯数字。

"黄镇长，你被捕啦，记得起来吗？"武师合上书说。

黄一飞摇摇头，"其他人呢？"

武师慢条斯理地说："全在这里，只跑了一个女的。"

黄一飞快速转动大脑，想来跑的应该是吴海英，"不是谈合作吗？为什么要这样？"

"大仙说看见一个小孩儿进了他的洞，还有你黄镇长，太经不起考验啦，居然私藏电台，这可是死罪呀！"

"一人做事一人当，镇民和孩子是无辜的，把他们放了！"

"啧啧，黄镇长真是大仁大义，令人佩服，只可惜你辛苦白费，你仔细想想，哪个是你的人？镇民？别做梦了，他们都是我训练出来的！李黛？他爸爸可是李公中！徐眉如？呵呵，她现在已经是二仙的座上宾！看起来，只有那十几个没毛的孩子是你的人，哈哈哈。"

黄一飞怎能不知，但他现在只能一条道走到黑，"什么？镇民？他们？"他假装悲伤。

"所以黄镇长，多为自己想想，大仙、二仙看了你的密码母本，想留你为红山效力，你可愿意？"武师质询地盯着他。

"我早就向山里表达了意愿，是你们不相信我！"

"得了吧黄镇长，我们测查出你的电波联络方向是临河和五原。"

"你不懂，为了安全，我先把电波接入临河、五原，然后再转往外面，不信你问贾春江，有没有这种做法？"他故意这么说。

"嘿，你倒会找人，那小子早死啦，我还是问长臂猿吧！"他说完走出去。

连武师都说贾春江死了，黄一飞彻底相信，他的个人使命已经结束，接下来他将不用考虑另一个自己的安全，以一种赴死心态做真正的黄雀，救出水牢里的镇民和烈士遗孤。

武师很快回来，"长臂猿认同你说的话，难道你想策反我们？说！你为谁做事？汪先生吗？"

黄一飞隐约觉得，武师的审问充满提示性，似乎在偏袒他，话里话外时不时蹦出一些改变他思维和供词的话，看似不经意的粗人行为，仔细回味迹象丛生。他决定以讹传讹，夸大事实，"对，我的上峰是汪先生，他主和，蒋介石主战，他们水火不融，迟早要翻脸。我受汪先生本人指派，秘密组织民间力量，伺机组建新政府！"

"黄镇长果然底气足、后台硬，敝人佩服！"二仙走进来，"你既是汪的影子，就是我兄弟，我们应摒弃前嫌，通力合作。我这里的几百骁勇和武器也都是汪先生的。"二仙终于交了底。

黄一飞知道，二仙会尽快打听这件事，目前，蒋介石、汪精卫互不信任，各自名下羽翼众多，线人互不交叉，导致相互拆台、任务失败的事情常有发生。二仙显然对细枝末节比较注意，黄一飞不知道自己能安全几天。

他在武师的石炕上狠狠睡了几小时，醒来觉得神清气爽。武师不见踪迹，穴内空空如也，但始终感觉有悉悉窣窣的声音。他走出武穴，大概是下午三点钟的样子，光线正在变淡，空气清冷爽洁，有一种静谧美好的感觉。这时他听到一阵鼾声，两声长三声短，他来到厨房，看见哑巴厨师正在睁着眼睛睡觉，身上的膘又增加一圈，脸黑黢黢的，胸脯的起伏程度稍逊几年前。他从哑巴厨师腿上迈过去，像小时候那样，前面仿佛有贾春江引领。他来到案板前，把几个搁菜的红柳筐推出去，取下石壁上的浮石，露出一个洞。"敢进不？"他似乎听见贾春江问。"你让进我就进。"他当年这么回答。他一头钻进洞里，他长大了，洞变小了，在里面只能直行。他一鼓作气爬到有光亮的洞口，听到冬天凌厉的风在洞口夸张地回旋。

他坐在洞口，风吹乱头发，脚下的万丈深渊灰蒙蒙的。一只苍鹰从头顶俯冲而下，他一阵眩晕。突然，一个石子顽皮地在洞壁上弹跳了几下，而后落下深渊。他诧异地探出身子看，这一看不要紧，竟看到距离洞口十几尺远的下方峭壁有一个突出的平台。他想起多年前，贾春江由于记忆失误正准备放弃冒险时，也是一粒石子引领他推开白菜筐的，莫非如今是当年的情景再现？他探出身子，扔下去一块石子，石子打在台子上，没动静，又扔一个，还没动静。他果断地手攀洞壁，侧身翻下，身子一挺落在平台上。

平台里面又是洞，他钻进去，往里爬，水越来越多，到后来，手几乎全泡在了水里。尽头是一面峭壁，前方是一块巨石，下面是一个水穴，洞里居然有水，简直匪夷所思。巨石仿佛浮搁在水面上，水面波光粼粼，从倒影可以看见浮石下面有一片脑袋。黄一飞想，这一定是河河所说的水牢。

他向水里扔了一块石头，水里发出孩子的尖叫，又扔了一块，听见大人问："是河河吗？哦不，是河河的父母吗？"

黄一飞说："是，你们是谁？"

里面说："我们是红山镇的人，我是镇长李公中。"

黄一飞惊异不已，"什么，你是李公中？外面有一个李公中呀？"

"唉，他是假的，他换上了我的面皮，我才是真镇长，不信你问他们。"

水里"嗯嗯"声四起。

一个苍老的女人说："好心人，救救我们吧，至少救救这些孩子。"

又一个苍老的男人说："我们是不愿意入匪窝才被关进水牢的，人怎么能走邪路。"

黄一飞说："你们放心，我一定想办法救你们，再忍耐几天。"

水里"好好"声四起。

摸清水牢是一大收获，黄一飞赶紧折身爬回洞内，按原路返回。哑巴厨师即将醒来，眼睛闭着，肚子缩回去，放了一个悠长的青菜萝卜屁，而后抓住风箱盖上的一根木条站起来。他一起身看见黄一飞，红脸满是生气。黄一飞讪笑说："不要生气，我来找点吃的。"哑巴厨师打量他一番，眼神变幻莫测。他继续讪笑，"有没有吃的？"哑巴厨师转身从笼布底下抽出一块饼，扔给他，示意他出去。

他走出厨房，迅速闪入武穴，用刚才顺手牵来的干净笼布清理身上的水渍和尘土，饼倏忽落地，一只黄狗跑进来叼走。他又累又渴又饿，饼没了，想喝一口水充饥，但穴里连一个水碗也没有。他突然瞥见门边石壁的凹槽里有一只小木匣，里面耷拉着一株冻死的毛茛花，下面拐角的凹陷处也有一株。贾春江喜欢摆弄这玩意儿，从什么时候起，他与武师有了送花的交情？

"奇怪吧？"武师不知什么时候走进来，"花死啦，怪可惜的。"黄一飞迅速拭去眼角的泪水。"一个天才的杰作，他对这花进行了改良，可以活到初冬。"武师说。

"是贾春江吧？姚学礼和长臂猿都说起过他。"

"嗯，他能通过重重阻碍，把消息发送到南京，但他不会破译，红山缺少破译人才，所以二仙对你格外器重。"武师说的话总是很透彻，有些不必要说的，他也非要说出来。

黄一飞现在已经将清所有线索，并且按照进山与出山的连贯性记忆和武师提点的以及自己看到的，形成一整套逻辑思维体系，只是苦于失去吴海英和电台，不能把消息发出去。

山里也进行了改革，过去三百骁勇从马穴出来吃饭，现在则由小匪用加盖的桶把饭带回去，如此一来，黄一飞只能和三大师一起用餐。姚学礼伺候药王张吃过饭后，一个人蹲在外面吃。罗圈腿和缩脖除了给议事厅端饭，还打了满满一桶肉丸子进去。黄一飞分析是给水牢的人吃，不然他们活不到现在。长臂猿托盘里的三双筷子引起黄一飞的怀疑，如果说贾春江不在人世，那么长臂猿一组的另外两个人又是谁？

饭后进洞时，姚学礼撞了黄一飞一下，"哎呀对不起黄镇长，我急着给大仙煎药。"

容师听后说:"煎药不能急,煳了就是毒药。"

教师在远处咳嗽,似乎快要把肺吐出来啦。

"得,溃烂症没好,风寒又开始传染啦。"容师说完捂住口鼻回穴了。

武师让黄一飞睡在前穴的石炕上,他去后穴睡。"后面热闹,秀儿们都在那里唱曲呢,嘿嘿。"他又释放出一枚炸弹。

半夜,悉悉窣窣的声音由远及近,伴随着女人的哭声,四个人从后穴走出来,手里抬着一具软绵绵的尸体,黄一飞看见那是二秀。

第二天早晨,徐眉如在水池边洗脸刷牙,黄一飞过去警告她:"看好你的秀儿们,昨晚二秀死了。"徐眉如卸了妆的样子很恐怖,她已经知晓,不屑地说:"这是山里,不是你的地盘,镇长大人。"黄一飞真想踢她个狗吃屎。

似乎从前晚开始,武师后穴就不太平。一大早,二仙被武师叫去,很久没出来,直到哑巴厨师蒸出一锅开花大馒头,放在外面晾冷,又一个一个从笼上捡出来放入竹屉,二仙才手提肉肉,脚下翻滚着肉肉爸,从武穴咆哮而出。"都反天啦!我就说不能有女人,女人是祸水!瞅瞅,还想一家团聚,逃出去过太平日子,我捏死你们!"二仙声嘶力竭地喊。

肉肉爸鼻口鲜血,被二仙踩在脚下,他呼唤肉肉,但小家伙耷拉着头,小手小脚在二仙手里晃悠。"你这个挨千刀的,刮了我的皮,还要刮我老婆和孩子的,我跟你拼了!"他爬起来,扑上去,但似乎肋骨的疼痛又使他不堪忍受,跟跄倒地。

"都是受过训练的人,居然会因为女人和孩子想造反,老子灭了你!"二仙怒火中烧,双手举起肉肉。

这一幕令黄一飞想起二仙当年手提软塌塌的贾春江,时过境迁,境头又倒回来重演一遍,刺激着他的五脏六腑。他激愤地要扑过去,又被姚学礼一把按住,情形与当年一样。当年他太单薄,没有智慧和力量,现在他不能坐以待毙。他掰开姚学礼的手,以迅雷不及掩耳之势扑过去,在二仙做出摔的动作前,一把接过肉肉,"你不能这样，他们是我的镇民，肉肉是我们红山镇的孩子。"二仙用枪比着他的太阳穴，"哟呵，黄镇长，你不来我倒忘了，这都怪你，搞什么镇务改革，招来女人，生下孩子，瞧瞧，这些仙儿们都恋上老婆孩子热炕头啦，要不是同为汪先生做事，我真想毙了你！"黄一飞顺着二仙的话，蹬鼻子上脸，"你把我也杀了吧，看看汪先生会不会饶你！"

二仙嘴角微挑，强压怒火，左右摆一下头，关节吧吧作响。就在众人以为二仙此番较量会低头时，一声枪响，肉肉爸躺在血泊中，二仙手里的美国改进式手枪冒出一股青烟。

"你如此残忍杀害追随你的兄弟，怎么让人信服？"黄一飞怒骂。"哼！够给你面子啦，让这孩子活着也好，将来培养成小土匪，嘎嘎嘎。"二仙进洞去了。

姚学礼扑过去看肉肉，翻看肉肉的眼仁，将他平放在地上，为他做人工呼吸。肉肉小脸通红，抢救半天没反应，姚学礼跑进药穴拿出一副银针，在肉肉的人中、百会施针，几分钟后，肉肉醒来，痴痴地看人，不哭也不闹。

武师叫来两个小匪，据说他们曾经是双胞胎，容貌一样，行为一致，换过脸之后，一个成了国字脸，一个面瘦如刀。"去，把死人扔进水潭。"他命令。双胞胎一起说："是！"嗓音都略带沙哑，气息一样不足，同时迈开右腿，相互配合搬开三面环水的石台上面的石盖。国字脸看瘦脸，瘦脸看石缝间流淌的水，水中倒映的蓝天和云朵在他的眼球上流动。他俯身从水位线上面抽出一根木棒，对准水戳下去，一块石板倏忽缩回，露出一个深不见底的水潭。他们把肉肉爸抬过去，扔进水潭，国字脸动作娴熟地用木棒摆正浮尸，轻压头颅，肉肉爸便被水带走啦，石板归位，石盖归位，一切不着痕迹，像没发生过一样。

"干净得很，这叫水葬，死人都这么处理。"武师不知说给谁听。

"黄镇长快看！"他手中的肉肉又进入昏迷状态，白眼仁向上翻，黑眼仁向下沉，小手紧握，小腿绷成一张弓，小鸡鸡射出一股尿液。"你快救他呀！让你师傅救他呀！"黄一飞急喊。"师傅说七魂丢了三魄，活着也是个傻子。"姚学礼说。"傻子就傻子，活着就行，救！"他怒吼。

黄一飞内心一阵狂啸，觉得红山的人命如同草芥，当年贾春江一定也被执行了水葬，是这对双胞胎无情地把他摁入水穴，让他随水而去。

怪人长臂猿跑过来看热闹，武师晃着头对他说："别看了，你我有一天都是水里的货，你父亲容师凭借一把换脸刀受尽荣宠，到最后还不是一样。"

"那可不一样。"李公中不知从什么地方冒出来，"死在红山能留个全尸，他父亲入水前已经被烧煳啦。"

黄一飞见此情状，连忙插嘴："烧煳？还有这么个死法？"

武师接口说："被人放火烧了呗。"

黄一飞扭头看长臂猿，长臂猿扭头看武师。武师接着说："不晓得，反正是发生在你们红山镇的事。"

李公中自觉失言，及时调转风向，"晚上开会，你们都参加！"说完想赶快离开此地，回议事厅避避，不想，黄一飞趁机附耳对长臂猿说："现在可以确定，你父亲是被李公中、李一、赵二杀害的！"

长臂猿盯着李公中的背影，脸颊由于牙齿的交错而抽搐，就在李公中即将步入议事厅时，长臂猿呼嗒嗒跑过去，一手抓住李公中的腰带，一手握脖子，将他高高举起。与此同时，武师煞有介事地推开石盖，点开石板，用那根棒子拍水玩。他的动作对长臂猿有引导作用，长臂猿手举李公中向水潭奔去，远远地将人抛出。李公中的头在石头上磕出一朵血花，身子随即落入水中。没等众人看清怎么回事，李公中已经被水吸走。武师骂："晦气，溅了老子一身血水。"

事情瞬间发生，又瞬间结束，现场几位像约好了似的四散而去，谁也没注意到哑巴厨师站在厨房门口，手托一盘红辣椒，呆若木鸡的样子。

姚学礼把湿乎乎的肉肉带到药穴，请药王张继续诊治，药王张问："傻子也救？"姚学礼说："傻子也救。"于是，药王张在肉肉的委中穴、合谷穴和列缺穴上施了针，并配药让姚学礼去煎。等黄一飞处理完外面的事情，再进去看肉肉时，小家伙已经安静下来。

姚学礼坐在后穴煎药，黄一飞轻轻走过去，不知为什么，他痛怆的情绪需要在姚学礼面前释放一下。小时候贾春江不让他理姚学礼，他就不理，但忍不了几天又会一起玩。他们之间是那种"食之无味弃之可惜"的关系。他们望着跃动的火焰，谁也不先说话，药罐子突突作响。过了一会儿，姚学礼起身从岩壁上取下一个别致的小瓦罐，递给黄一飞。黄一飞打开，里面是白哗哗的盐土，他讶异地望着姚学礼，"你……全知道了？"姚学礼搅搅药，平静地说："猜也猜到了，只有一个人会那么在意贾春江。"停了停，又说："情报怎么送出去？"黄一飞说："你告诉我，我来想办法。"姚学礼沉重地说："没有人救我们吗？"黄一飞安抚他："你哥哥姚学忠会救我们。"说完，伸出手搂住姚学礼的肩膀。

药熬好后，姚学礼用水把火浇灭，同时压低声音说："大仙的溃烂症比贾春江当年还严重，已经危及心脏。昨天晚上武穴后面的平原上落下一架飞机，送来了蔬菜和肉，还有一名洋医生，说有把握治好大仙的病，治好他，又是祸害。"

黄一飞想，难怪红山衣食无忧，原来有飞机做后援，山里信号弱，雷达监测不到，有朝一日他们来个集体大逃亡也是有可能的。

姚学礼把药倒出一半，递给黄一飞，"这个孩子怎么办？"

黄一飞接过药，"我想办法交给李黛。"

姚学礼说："她和孩子们被囚禁在容穴。"

哦，容穴！黄一飞眼前出现一汪清凌凌的水，水中泡着一个脏污的少年。

"寿宴上那些男孩也是掳来的？"黄一飞想起这事。

"都是战争中无家可归的孤儿，正在新部门接受特训。听说容师已经为他们设计好了新面孔，不久红山又要崛起一批红脸人和烂脸人。"姚学礼气愤地说。

几小时后，长臂猿与李公中的内讧演绎为失足落水，李一、赵二不信，四处取证，要为李公中沉冤昭雪，但他们与红山的人交情不深，再加上李公中恃宠而骄，从不把别人放在眼里，所以他们还没找到向二仙禀明的机会，就被武师手下的人控制起来。

吃过晚饭，罗圈腿请黄一飞去议事厅开会，他在薄壁前被搜身后，跟随早就等候在那里的教师、武师、容师，一起沿隧洞来到一个整体平阔的大穴。穴中央的垫子上竖着一个女人的上半拉身子，他想起河河的描述，但那似乎是个全活儿人，各部位零件齐全，只不过女人本身个子小，酷似侏儒，因而被河河看作怪人。

侏儒女人左边有两个人，一个身着绿军装，无番无杠，看不出是哪支部队的，另一个军装上套着白大褂，应是姚学礼口中的洋医生。二仙和长臂猿站在右边，教师、武师、容师主动加入右边阵营，黄一飞觉得自己既不属于左边，又不属于右边，干脆站到侏儒女人对面。

"哦呵，这小子挺有性格。"侏儒女人迈着短粗腿从垫子上走下来。

黄一飞这回看清了，女人约有四十岁，头发稀疏，面容丑陋，一对镶金虎牙随着年纪的增长，外翻严重，它一翻，把嘴唇挤得没地方，也翻卷起来，整张脸都有些变形，眉毛一个上扬一个耷拉，眼睛一个大一个小，鼻孔更是翻翘得厉害，连里面的鼻屎鼻毛都看得一清二楚。

她仰头看黄一飞，黄一飞撇头看别处，他觉得侏儒女人的目光有毒。

"听说你为汪先生做事？"侏儒女人问。

"无可奉告！"黄一飞厉声说。

"我们可是一片坦诚，看看这位洋医生，他就是汪先生派来的。"

侏儒女人打了个响指，缩脖搬来一把金檀木太师椅，坐垫摞坐垫，一共三层。侏儒女人脚踩两层踏板，坐上去，"宋特，汪先生办公室可有回电？"

那位身着无番号军装的男子回说："禀大仙,办公室一直没人接。"

"怎么样黄镇长？老实交代吧！"侏儒女人目光胁迫。

"没什么可交代的,联系上汪先生你们就明白啦,不行你们就把我水葬了吧。"

"好,有种,来人,水葬黄镇长,让他去和李公中相聚。"侏儒女人下命令。

罗圈腿和缩脖上前按住黄一飞,迫使他弯腰、低头。黄一飞斜睨武师一眼,他知道武师不会替他求情,但武师会把死讯传递出去。

他被带到水潭边,三百骁勇出来看热闹,姚学礼躲在人群中。双胞胎已经到位,石盖石板先后开启,他们要把他打晕,他拒绝,要求自己往下跳。那一刻,他似乎看见贾春江在里面向他招手,对他说："跟我走就对了。"他闭上眼睛,伸开双臂,做出跳水的动作。

"等等,黄镇长,大仙有请。"长臂猿突然挡住他。

他被重新带回阔洞,侏儒女人直视他的脸,对宋特说："你不是说我们的电波受到一股强电波的干扰,怎么样黄镇长,你能做汪先生的线人,又拥有电台,想必有过人的本事,帮忙去看看吧。"

"当然,愿意效劳。"黄一飞轻描淡写地说。

宋特和长臂猿带黄一飞沿薄壁左边的石阶蜿蜒而上,朝上面高而挺峭的右壁走去。行进中,黄一飞不动声色地瞥一眼左边两个黑黢黢的大口,它们犹似吊在半空的兽口,里面幽深通达,暗藏着先进的武器。

在他们进入的一个洞内,悠长的遂洞以四十五度的坡度缓缓上升,走了很久,遂洞变成竖洞,人须攀爬而上,最后在一片星光的照射下,他们居然站在山顶,矗立在星空下。黑夜的红山像黑色的猪肝,此起彼伏,峰峦叠嶂,浩浩荡荡,无边无际。

距离他们不远的山顶有一座碉堡样的山峰,浑圆的堡身与下面的山长在一起,就像一个人的头,里面全是青一色欧美间谍进口机型,线线环绕,机机相连。

黄一飞竭力掩饰汹涌而来的诧异，用平淡的口吻说："这种尖端设备都有固定频率，安放的地理位置又好，不应该受到地面电波的干扰。"

宋特避开他的目光，"请你听完再做结论。"他说完递过耳机，收眼时看见黄一飞的侧脸胡子拉碴，眉头簇簇跳了几下。

黄一飞一听，立刻被刺得龇牙咧嘴。"嚯，他们有解码器，是……采用高密度跳频来干扰这里。"他说完，心里反倒一阵欣喜，觉得这一定是吴海英在捣鬼，原来她就在身边。

"能处理吗？"宋特远远站着。

黄一飞沉思说："这需要时间。"

"要是贾春江活着就好啦。"长臂猿突然冒出一句。

宋特瞪他一眼，"别他妈整天念叨那小子，他也是半路出家，不可能什么都会。"

"就比你强，等着吧，如果黄镇长也解决不了，大仙会向上面要人，到时候你就滚蛋！"长臂猿坐在一块扁圆的石头上，一边往嘴里扔豆子，一边说风凉话。

"别吵，现在开始工作，我先找出跳频的密钥规律。"黄一飞有大仙授命，并不把这两个小子放在眼里。

"我来监听！"宋特是个聪明人，抢先拿起耳机。

"不，你……去向大仙要我的密码母本，我要用我的电波斜插进去扰乱他，再进行甄别排查。"黄一飞也很聪明。

"你……好吧！"宋特晃着身子和头，不情愿地离开。

长臂猿还坐在石头上吃豆，见宋特离开，站起来，一副等待黄一飞下达任务的姿态。黄一飞想，容师的儿子天生异禀，四肢发达，头脑也发达，不容小觑。"长臂猿，你用那台无线电操控窃听红山镇的动静，我来做测试。"他只能这样安排，以消除这个怪人的疑心。

"是。"长臂猿嘎嘣嘣嚼碎一颗豆子，抹抹嘴坐到设备前。

黄一飞怎么也没想到，前一刻还面临生死，后一刻却出现转机，他要在宋特回来之前与吴海英取得联系。他反复发报，吴海英那头却始终没有反应,他不禁感到忧虑。

"不对,哎黄镇长,你的频率不对。"长臂猿在那头说。

黄一飞赶紧调频,转为测查频率,掩饰说:"不太熟悉你们的机型,好,开始试机!"

几经测试之后,宋特两手空空地回来了。"大仙防着你呢,密码母本没拿到。"他晃晃头,摊开双手说。

"我知道你要不回来。"

"那你还让我去。"

"你听我的就对啦。"他无意间冒出这句贾春江惯常说的话。

宋特愣了一下,眼中闪过一丝奇异的表情,不过他很快用摇晃甩掉这种不良情绪,"接下来我们做什么?"

"什么也不做,我已经把对方的跳频记下来,回去好好研究。"

"回去?回哪儿去?我看你还是乖乖在这儿待着比较稳妥。"宋特把头晃到左边说。

黄一飞不以为然,他准备离开碉堡,回去向大仙复命,但他偶然瞥见一台机器边的瓶子里插着一把干毛茛花,叶毛掉下一圈,细细碎碎地显示着忧伤的花语。武穴和这里有什么关联,竟然有同样的毛茛花?他记得武师说:"是一个天才的杰作,他对这花进行过改良。"天才不就是贾春江吗?他已经死了,为什么他生前侍弄的毛茛花还在?

阔洞内,正在议换脸的事。

容师说:"我的成绩有目共睹,宋特就是活生生的例子,你只是西医,我是中西结合。"

洋医生争辩:"洞里条件不好,一定会感染,留下后遗症,大仙就是活生生的例子。"

黄一飞、宋特、长臂猿出现在众人面前。

大仙问:"怎么样?"

黄一飞回话:"对方用解码器采用高密度跳频干扰这里,我想用我的电波斜插进去扰乱他,再进行甄别排查,但没有密码母本,那我只能找出跳频的密钥规律，反解他的码，这需要时间。"

侏儒女人问多久，黄一飞耸耸肩，"一夜，也许一天，也有可能是一周、一个月，这得看进展程度，不过在此之前，我想见见李黛，你知道，肉肉爸死了，肉肉傻了，我想让李黛照顾他。"

侏儒女人不解地说："一个傻子，黄镇长何苦？他们可都是我放在红山镇迷惑世人的棋子，不是你的镇民，对你的感情是假的。"

黄一飞苦笑一声，"我知道，可……孩子们是无辜的。"

侏儒女人给罗圈腿、缩脖使了个眼色，"好，你可以去见李黛，劝劝她，山里有什么不好，她可以继续做大小姐。"

容穴帘子上的"容"字依旧耀眼，洞内湿漉漉，光线稠重。他仿佛看见前穴的石炕上躺着鬓发及肩的容师，他们相互打量，现在他长大了，容穴变小了。

黄一飞向后穴走去，后面更加潮湿，头顶有冰凉的水珠轻轻落入脖颈。转过三个壁角，他看到一汪水清凌凌的，山峰的裂口正对着水池，几颗星星调皮地眨着眼睛，与几盏油灯相互呼应。

四、水牢·宋特

"是叔父。"我对妈妈说。

叔父这时候的眼神是担忧和问询。他走过来，妈妈走过去，他们不由自主将手握在一起。

"听我说，我时间不多，有人在前穴盯着。外面的李公中是假的，你爸爸在水牢里关着呢。肉肉病了，需要你照顾。让孩子们好好吃饭，你也是，保存体力，我会救你们出去。我曾经在这个洞穴生活过，你替我好好看看。"

我叔父说完，我妈妈冲外面喊："不就多添个孩子嘛，好，送来吧！"

我叔父旋即抱来肉肉，交给妈妈，从此我有了一个傻弟弟。

当天夜里，黄一飞奉大仙之命回到碉堡进行跳频规律的研究，宋特安排他睡贾春江的床，长臂猿不同意，"你不怕鬼吗？贾春江阴魂未散！"黄一飞现在对这个怪人充满双重情谊，第一，他是师傅的儿子，第二，他是贾春江的兄弟，尽管贾春江已死，但他还在祖护贾春江的亡魂，仅凭这一点，黄一飞觉得怪人有可爱之处，也许可以争取一下。

他对怪人说："你想不想知道容师死之前的细枝末节？"

一提到容师，长臂猿的超大个立刻矮下去半分，急问："你知道？快说！"

黄一飞瞟了一眼贾春江的床，很简单，没有床头，石头垫木板，木板上铺着干草，上面没有防潮的席子，只有一条厚毛毡，被子枕头整齐地摞在一起，已经布满灰尘。他鼻子一酸，眼睛泛起一层雾水。不能失态。他暗暗告诫自己，他坐在床上，说："人是李一、赵二杀的，火是李公中放的，放火的李公中已经被你水葬了，但……真正的凶手还活着。"

长臂猿听后变得焦躁不安，摩拳擦掌地要去报仇，被黄一飞按下，"君子报仇十年不晚，不急在一时。"

宋特不关心他们的事，早就去另一个洞睡了，并且很快灭了油灯。

黄一飞躺在贾春江曾经睡过的床上翻来覆去睡不着，他似乎闻到了贾春江的气味，侧卧时，紧贴枕头的耳朵似乎听见枕头里有贾春江留下的话，他仔细听，原来是被当作枕芯的柴草发出窸窸窣窣的挨挤声。

"贾春江……什么时候死的？"他小心翼翼地向怪人提出这个问题。

"三个月前吧！"长臂猿好像在哭，声音有些奇怪。黄一飞想起多年前容师对儿子的责怨，现在儿子为他落下眼泪，他也该安息了。

"三个月前，你没记错？"他哽咽地说。

"不会错。三个月前，他身上开始发出腐臭的味道，人也开始昏迷，缩脖和罗圈腿把他抬走了，几天后宣布死亡。执行水葬那天，我没看，听说已经烂得不成人形。"

三个月前，他已经来到红山镇，当上了镇长，如果能早一点进山，贾春江也许就不会死。"能说说贾春江的事吗？"他近乎祈求地说。

"那小子是个天才，可惜身上烂得厉害。他能记住好几套电波密码，但一直推说不会破译截获的电波，我知道他是装的，他说梦话，梦里全招啦。宋特那小子也说梦话，我一打呼噜，他准醒，就搬到那面去住了。"长臂猿一鼓作气地说。

"宋特是军人？"黄一飞明明知道宋特在偷听，但还是这么问。

"不是，他喜欢穿军装，是大仙向上面要的技术员，小子狂的，坐飞机来的。"

谈话戛然而止，长臂猿鼾声如雷，黄一飞睡不着，眼前浮现贾春江的烂脸。他伸手摸摸自己的脸，胡子拉碴，皮肤坚硬，显现着男子汉的沧桑。如果贾春江没换脸，那么世上就有两张同样的脸，只可惜造物弄人，现在独留他一个。

冬天的山洞有一种潮湿的温暖，戈壁滩则是永远缺水的清冷，一片地域，两种环境，哪一种都不是黄一飞喜欢的，他怀念河套平原明朗的四季和沟渠纵横的水系，只要用勤劳的双手撒下种、浇上水，就可以过上好光景。但他的人生已经脱轨，革命理想淬炼着他这个手艺人的儿子，使他误打误撞成为一个有信仰的人。他在黑暗中摩挲贾春江睡过的床单，默默地说："我会替你好好活着。"

次日，吃过罗圈腿送来的糜米稀饭、糖饼和蔓菁丝，三人开机调频，开始新一轮测查。

"很明显，敌人完全是按照我们的电子设备类型、工作频率和技术体制来发射干扰信号的。"宋特头戴耳机，说出新的判断。

"奇怪，敌方干扰器的电磁波箔条、反射器和电波吸收体好像都不存在。"黄一飞皱着眉头说。

宋特烦躁地站起来，"他们也许在用反射和吸收对方电波的高级设备，对我们的电波进行削弱和破坏。"

　　黄一飞摘下耳机，"看来我们只能以与有用信号相同的假信息来试一试了。"

　　"对，他们不能看见情报置之不理吧！"

　　"好，长臂猿准备，发第一条：从天而降，第二条：顽匪，第三条：黄雀行动。注意，预留小孔隙。宋特准备，接收，注意收、停，把握节奏。"黄一飞不疾不徐地命令，并趁宋特和长臂猿忙碌之际，迅速调频，在茫茫无线电海洋中寻找吴海英的踪影。

　　突然，宋特大喊："所有监测到的电台频率都变了！"

　　"仔细听，分析，对比，总有两片树叶是一样的。"黄一飞凝神静气。

　　吴海英的电波突然出现，内容是：剿匪小分队已抵达，指示收知，请配合！

　　"不好，有一股电波信号向我们袭来！"宋特再次大叫。

　　"破！"黄一飞边说边关闭吴海英的电波。

　　"我需要二十秒来进行特征分辨……嘿，晚啦，电波消失了。"宋特失望地扯下耳机。

　　"这里有消息！"长臂猿发出怪叫。

　　黄一飞急步过去，看见长臂猿的手指机警地落在频率旋钮上，变频的电波纷至沓来，各种对刚才三条信息的译文统统出现：顽匪从天而降，实施黄雀行动；黄雀从天而降剿灭顽匪；从天而降的顽匪在实施黄雀行动……有对的，有纯粹胡扯的，倏忽即逝的"滴"与"哒"音，一塌糊涂，都变成噪音。

　　这一天，通过对百部电台、千套频率的反干扰，黄一飞找到了跳频的密钥规律，与此同时，二十部电台、七十八套频率像狡猾的鱼一样隐藏起来。

　　"他妈的，都不要干，相互干扰吧！"宋特双手圈头，一副放松的样子。

　　"不出三天，会出现更难破译的新电波，而且还是加了密的，其实殊途同归，还是原来的机构。"黄一飞胸有成竹。

"是啊，当前局势混乱，派系众多，估计这天空的无线电波也和这局势一样，相互交织、缠绕，我们不好过，他们也不好过。"在这一点上，宋特和黄一飞达成了共识。

向大仙汇报完工作之后，黄一飞提出看看肉肉，罗圈腿和缩脖再次充当跟屁虫，好像自从他认识他们，他们就一直扮演这种角色。

走出议事厅，外面是难得的晴天，天蓝云白，天气虽然清冷，但无风。他看见红山镇的女人们在石台上晒太阳，肉肉妈痴痴地盯着水潭看，大肚子的女人此时小腹平平，干瘪的女人此时更加干瘪。

"是镇长。"一个女人说，所有女人围过来。

"你们怎么样？"黄一飞挤出一丝笑容。

女人们七嘴八舌，他一句也没听清。"你们的孩子呢？"他问进来之前怀孕的女人。

"没保住，流了，姚大夫给碎的胎。"女人说。

黄一飞难过地说："肉肉失去了一个兄弟。"

肉肉妈问："他们说肉肉爸被水带走了，肉肉呢？"

"肉肉……由李老师照顾，他很健康，你放心。"他撒谎。

"能不能把他交给我？"肉肉妈祈求。

"你的处境不如李老师，还是先由她照顾吧，什么时候安全了，我会向他们求情。土匪鸠占鹊巢，真镇民被关押在水牢，外面的一切都是假的，你们要保护好自己。"他附耳对肉肉妈说完，转身步入容穴。

现任容师又在睡觉，他躺在石炕上，双眼微闭，双手压腹，嘴巴一张一翕。他轻轻走向后穴，跟屁虫罗圈腿和缩脖一齐望着熟睡的容师，有一种想把容师吃下去的神情。

"是镇长。"河河耳朵灵敏，能听出好几个人的脚步声。

孩子们正在听李黛讲故事，肉肉在他们手上传来传去，他后来不固定找一个人，见人就伸手、流哈喇子，嘴里呜呜嘟嘟，表达着一个傻子无名的意愿。

"外面什么情况？"李黛轻轻问，并用手势暗示孩子们大声嚷嚷，孩子们听她的话，背起了《三字经》。

"已经和上级联络上，相信很快能获救！"他凝视着李黛的眼睛。

"这里我看了……除了这池水，什么也没有，不知道你当初是怎么过的？"李黛环视着洞内说。

"你能在我最难忘的地方住一阵，我想，今后我的这段回忆里也会有你。"他深情地说。

"我想，我已经把你和梁潮生的人生联系在一起了，不会有错，以后有机会讲给你听。"李黛羞涩地说。

他思忖一下，"管他是谁，是我这个人就行，黛儿。"

李黛捂住嘴巴，忽闪着大眼睛，轻轻地说："我们缘分不浅，出去后，你一定要用石子儿给我装扮闺房。"

"一定！"

两人紧紧拥抱，无所顾忌地将缺少水分的嘴巴吻合在一起。孩子们咯咯笑着，一个看一个，脸上浮动着羞涩的花朵。

"昨天晚上，河河看见三个和尚要暗算容师，他们手里有枪，但没开，容师的叫声惊动了外面的守卫。"李黛在他耳边轻说。

"红山镇才有和尚，这儿哪来的和尚，莫非……外面的也是假和尚？"他倒吸一口凉气。

"完全有可能，我爸爸他……好吗？"李黛问。

"只对了话，没见着人，放心，很快会真相大白。"他安慰她，并且再次低头噙住她冰凉的嘴唇。

"黄镇长真有闲情雅致，走吧？"不知什么时候，罗圈腿像一座瘟神似的杵在那儿。

两人手拉手回到水池边，黄一飞摸肉肉的脸，他伸手让黄一飞抱，李黛去抱他，他又不情愿地哭，并用两只小手揪李黛的头发。

回到碉堡，他哽咽不止，爱情的升温使他对目前的处境更加担忧，觉得心里沉甸甸，似有一座大山，使他喘不上气来，真镇民、真和尚、女人、李黛和烈士遗孤，都需要他保护，稍有疏漏就会酿成大祸，想必那个水潭已经白骨累累，不能再添无辜。

长臂猿不在，宋特那边寂静无声，他哭完又回想了一遍与李黛的亲吻过程，心头一阵战栗。

"贾春江的贾？"宋特的声音突然响起。

他四处寻找，看见宋特在头顶上面的一块石头上坐着，在怪石嶙峋的背景下，一张脸俊秀得叫人心疼。

"堂堂一镇之长，竟对一个烂人感兴趣，真是不可思议！"宋特边说边从上面走下来。

黄一飞恍然觉得宋特的走姿与贾春江有几分相似，但当他来到平地上，又摇头晃脑地没个正经样时，黄一飞便迅疾推翻没来由的狗屁感觉。"没办法，我的工作需要心思缜密。"他竭力用一种身份的东西拉开两个人的距离。

"呵呵，你的身份确实值得怀疑。"宋特逼视着他。

他故作愤怒，"去告诉你的主子吧！"

就在两人僵持不下的时候，罗圈腿在竖洞上方喊："宋特，大仙有请！"

宋特拍拍屁股上的土，拉正军装下摆，复杂地看黄一飞一眼，倒退向洞口，"不要高兴得太早，我的今天就是你的明天！"说完站在竖洞口，向上一跃，就好像被一束光带走了。

过了一会儿，他喜滋滋地回来，脸上浮动着捉弄人的喜气，并且由于激动屁股也坐不安稳。只听罗圈腿在竖洞喊："黄镇长，大仙有请！"宋特哈哈大笑，把军帽扔起来去逮，乐得一塌糊涂。

阔洞内，大仙精神抖擞，她身穿特制短款绿军装，无番无杠，没有军队归属，一双比河河的鞋子大不了多少的特制军靴，套在她既短又粗的腿上，显得滑稽可笑。她的腰带也是特制的，比一般的短，后面又打了好几个扣眼儿。她浑身上下只有枪套和枪是原装的，典型的日本炮盒子，是可以戴着手套进行射击的那种。

"宋特说，黄镇长的破译能力与发报水平远在他之上，为了褒奖你，我带你去看一出好戏。"侏儒女人不动声色地说。

"哪里哪里,雕虫小技而已,看戏?好哇!"黄一飞嘴上欢喜,心里却对宋特的阴谋充满愤慨。

他们一起走出阔洞,来到议事厅大殿,殿内人影绰绰,左边站着一枝独秀的姑娘们,右边站着几个和尚,不过都已经长出头发,杂乱地一边卧或两边倒,不成章法。他们的红色长袍破洞百出,一股常年不清洗的味道从袖管跌落出来,在地上摔成八瓣,扩展到更大的范围。容师正在将一双苍白坚硬的手放进盐水中消毒,他的术前表情与前任相似,是那种既兴奋又担忧的神情。

"你们三个先准备!"容师对三个和尚说。

"那天真该一枪毙了你!"一个和尚已经脱离了修行的慈悲,愤恨地说。

"呵呵,你们没机会啦!"容师甩甩手,一滴水珠溅在八秀脸上。

"我们已经很美啦,不用真换吧?"八秀拭去那滴水珠说。她下颚的痦子由于多日未做修饰,露出苍蝇屎样的斑点。

"你们是重点,少废话,今天先见识见识!"容师道。

三个和尚首先被守卫带过去,容师依次为他们消毒,嘴里嘟哝:"你们想杀我?我要让你们溃烂而死。"和尚们不知道溃烂症的严重性,还在与容师顶嘴。

这时一个守卫来报:"赵二不见啦,水潭是开着的。"

"说重点!"大仙慢条斯理。

"他们……有可能被水葬了。"守卫说。

"谁把他们水葬了?是你吗?"

"不是。"

"那为什么别人没看见,就你觉得可疑?来人,把这个多事的水葬了!"大仙的话轻飘飘,结果却令人胆寒。

从洞外走进来两个守卫,把这个守卫架走了,不一会儿回报说:"葬了!"

"嗯,别影响我看戏。"大仙漫不经心。

"好,现在开始——"容师乐悠悠的表情像极了他的前任。

这一幕令黄一飞再次觉得历史重演，他耳边响起一声凄厉的尖叫，那是贾春江倒在血泊中，这是一个和尚倒在血泊中。

"哎哟，别让他们叫，怪瘆人的。"大仙掏出鲜艳的手帕，捂在丑陋的嘴巴上。

和尚被重新扶正，血从下颚一直流到脖子里。"这人血盛，收不住，没法儿做。"容师举着血糊糊的手向大仙汇报。

只见大仙掏出炮盒子，砰砰两枪，和尚立时毙命。"那就索性让他的血流个够吧！"她对着冒烟的炮盒子说。

这场腥风血雨一直延续到晚上，白纱布包裹的头被聚集到一处，进行三至七天的观察。他们中会有人因为体质差而死去，还有人会得溃烂症，最后胜出的才是改造精良的作品。

"怎么样黄镇长，戏好看吗？"大仙斜眼看黄一飞。

黄一飞冷静地说："我在意的是我的镇民。"

"嘿嘿，过完年给那些秀儿们和李黛换，最后给孩子们换！"大仙又在挑战黄一飞的心理极限。

黄一飞干脆地问："我呢？什么时候给我换？"话一出口，他把自己也吓了一跳，居然有人主动要求换脸。

"哦？黄镇长此举是在向我证明你的忠心吗？"大仙威视他。

他头皮发麻，就像小时候听到"换脸"两个字时心发怵一样。"您这么想也行，我无所谓，配合您工作嘛！"他用冷漠回应她，以此掩饰自己内心的破裂声。

在第三天清晨的测查中，黄一飞找到一部老式的、破烂的电波声，他正要绕过去，又觉得十分可疑，经破译竟是吴海英的电波，内容是：腊月初八，炸毁弹药穴，迎接小分队。他对吴海英既古老又大胆的发报方式充满敬意，若不是他了解吴海英，恐怕就与这条密电擦肩而过了。

在红山，日子一天天流逝，距离腊月初八还有三天，距离换脸日还有二十五天，黄一飞顿感棘手。各方电台电波正在逐步恢复，与汪先生的联络指日可待，到那时，不仅他身份暴露，就连李黛和烈士遗孤都难逃厄运。他心事重重，不安地坐在碉堡外面吹冷风，试图让自己清醒一些，尽快想出办法。他觉得此役可分三步，步步相连，步步同步，缺一不可，但眼下他只有姚学礼一个帮手，虽然长臂猿与红山有深仇，也暗杀了李公中这个举足轻重的人物，但总归受大仙恩禄，不敢擅用。武师也一样，似乎唯恐天下不乱，却时时处处保护自己，不敢盲用。黄一飞突然想起河河，他小小年纪就已经在不知不觉中完成探究侏儒大仙和水牢的任务，他决定再去容穴和河河谈谈。

"不行，河河还小，你说什么？现在听得懂，一会儿又忘了。"李黛不同意黄一飞的安排。

"我忘不了，左边三个洞，点火，撤离。"河河在一边比画，说得有模有样。

"点火，往哪儿点？撤离，往哪儿撤？不行，还是我去吧！"李黛担忧地说。

"你？"黄一飞和河河一起笑了。

"我怎么了？想当初带孩子们来红山镇的时候，路上也遇到敌人的盘查、追击，我还不是把他们安全带来啦？"李黛重说往事。

黄一飞解释："不是你不行，是那壁洞就在人头顶上，大人目标大，容易暴露。"

"我的衣服正合适，和山一个颜色。"河河揪起衣襟一角说。

"不行！"李黛还是不同意。

黄一飞蹲下，与河河平行，抚着他的小胳膊，"实在没办法，小家伙，只能靠你，你也许会牺牲，但你是为这些弟弟妹妹和肉肉牺牲的，他们会永远记得你。记住，上去先观察好退路，看好哪是枪哪是弹哪是火药，一会儿李老师教你识别，要点火药，让火着的时间长一点，这样你才有足够的时间撤离。"

不知河河听懂没，黄一飞只能说到这里，余下的由李黛去教他。

他又装作咨询肉肉的病情，在药穴后面的炉火旁向姚学礼传达了命令。姚学礼也不同意河河去引爆，他推荐由当年一起被掳来的少年中的一个参与任务，但黄一飞不同意，理由是临门一脚，不能有任何闪失，谁愿意充当肉弹呢？只有可爱的河河在不知就里的情况下，出于对妈妈和叔父的热爱，才会去表现的。

一切安排妥当，他去阔洞找大仙，"腊月初八是个好日子，我决定在那天换脸，一来让大仙高兴，二来让弟兄们看场好戏，过个小年！"

大仙果然高兴，"我是说着玩儿的，都是汪先生的人，换什么脸。"

黄一飞笑说："连大仙你都换了，我哪有不换的道理，不换就不是一家人。"

"那就换？"大仙似笑非笑。

"换！"黄一飞斩钉截铁地说。

初七这天夜里，红山失眠啦，十几副石杵一字排开，哑巴厨师将蒸熟的糕倒进去，由武生选派的人帮忙捣糕，捣一阵翻一下，尝一口看有没有筋气。

这是一个放松的夜，不想睡觉的都可以出来闻炸油糕的香气或吃一片素糕。哑巴厨师正在加火烧油，他要在天亮前把素糕炸成油糕，中午的正席是粉条汤油糕，外加炖肉。长臂猿一边吃素糕一边揽到一桩生意，姑娘们央求他把徐眉如实行水葬，说事成后给他一笔钱。他答应下来，但没说什么时候进行。徐眉如预感到外面不安全，回议事厅寻找庇佑，一直没出来。

刺啦刺啦炸油糕的声音响了一夜。

腊月初八，黄一飞正在镜子前看自己的脸，宋特在外面叫："你们快来！我们更换的电波没有干扰啦，其他电波都在低调运行，这说明所有的电波都处在被人破译解码阶段，我们可以充分利用这个时段与汪先生办公室取得联系，主要是问清黄镇长的身份，呵呵。"

黄一飞突然反手捏住宋特的锁骨，想掐死他。宋特的脸憋成一只酱茄子，双眼充血，颈部青筋暴跳。长臂猿把他们分开，"咱们三个心知肚明就行了，黄镇长看见我水葬李公中，我知道宋特说梦话，宋特怀疑黄镇长是假的，咱们都有秘密，饿饿没用，团结最重要。"

宋特甩开黄一飞的手，"都他妈上线走一圈，别螳螂捕蝉黄雀在后，中了阴招。"

他的话一语双关，黄一飞和长臂猿立即回到座位上，戴上耳机，进行三方合作测查。宋特几次想拦截吴海英的古老电波，都被黄一飞干扰。后来他们三人默不作声，各干各的，最后汇总了一份报表上交大仙。

天气阴郁，偶尔有雪花落下，太阳隐藏起来，猜不出时间，武穴后面的平原荒草遍野，牛马羸弱，朦情不好，三百骁勇的心情比这天气还阴郁。在一定的时间，他们陆续穿过武穴后洞，集中在石台边，到议事厅看好戏。

议事厅内的火烧得正旺，热浪漫过每一个人的身体在高而阔的空间飘荡。说是过小年、看好戏、吃油糕，但厅内没有一张桌椅一片油糕，只有戏，已经上演，堂堂的红山镇镇长要做换脸手术。大仙、二仙和教师、武师、药王师坐在薄壁前的台子上，台子中央是今天的主角黄一飞和容师，他们对视良久，正在进行心灵沟通。

这时守卫来报："哑巴厨师不见啦，水潭的石盖石板是开着的。"

"你是什么意思？"大仙问。

"可能被人水葬啦。"守卫胆战心惊地说。

"被谁？"大仙逼问。

"不知道。"

大仙掏出炮盒子砰砰两枪，守卫毙命。"以后搞清楚再报！"大仙吹吹枪口，收回腰间。

"好，开始！"容师迫不及待。

"禀大仙，我要求让李黛和孩子们来观看一下，他们不是也要换脸吗？让他们有个心理接受过程。"黄一飞说。

"嘎嘎嘎……"大仙短手一挥，"可以！带来！"

不一会儿，李黛和孩子们被带到，李黛怀抱肉肉，四处环顾，当她看见左边的三个壁洞时，向河河使了个眼色。河河会意，慢慢挪到孩子们后面，做出随时隐没的准备。

169

若干年以后，黄一飞还是要面对这一刻，他悲哀地想，贾春江不仅失去他们相同的脸，连生命都不复存在，现在，他也将把这世上独一无二的脸改变。他闭上眼睛，不去看兴奋异常的三百骁勇，不去看李黛和孩子们，更不去看小小的河河是如何爬上那危险之地。他要做足表情，表演到位，把所有人的目光吸引在他身上。

　　容师的手术刀首先揭开他颔下的皮，他骤然疼出一身冷汗，而后刀开始划皮下的黏着物，使它们分离。在他成为无皮人的那一刻，三百骁勇连声叫好，孩子们吓得哇哇哭。接下来是锉骨改变脸型，也就是好戏的高潮部分。在昏迷之际，他感觉可爱的河河爬上了那面壁洞，正在观察逃生之路。

　　不知过了多久，他感觉手术就要进入尾声，容师正在缝合。为什么没有爆炸声？姚学礼和小分队为什么还没到？难道行动失败了？他痛苦地醒着，却无法睁开眼睛。他听见三百骁勇激越地嚣叫，孩子们在哭，大仙二仙粗鄙地笑。

　　"不许动！"

　　"不许动！"

　　"不许动！"

　　三面环声。

　　他睁开眼睛一看，三百骁勇嘴巴半张，来不及摸枪，手已举过头顶。哑巴厨师出人意料地站在他们头顶的壁洞上，用一挺德国造重机枪对着他们。他挺着大肚子，腿略微弯曲，做随时开枪状。

　　从天而降的姚学忠则站在通往碉堡的石阶上，手握捷克式轻机枪，头发乱糟糟，胡须也乱糟糟，衣着邋遢。

　　吴海英和杨荣枝与一众战士，从议事厅正门插在三百骁勇背后，一个用驳壳枪，一个用勃朗宁手枪，将整个议事厅包成一锅饺子。

　　二仙悄悄将手伸入腰间，姚学忠眼急手快按动扳机，教师不幸中弹，四周弹片横飞。三百骁勇中有人意欲反抗，被哑巴厨师看到，他扣动机枪，一圈人应声倒地。

　　杨荣枝站在石头上喊："你们都是被逼成匪，放下枪才有活路，死扛对你们没有好处，我们是来救你们的！"

"哎四秀，我在这里。"徐眉如冲吴海英招手。

大仙恨恨地用炮盒子给了她一枪，反手正要清除石阶上的姚学忠，姚学礼突然闯进来，看见大仙的动作对姚学忠不利，急呼："哥，小心！"姚学忠一愣神，肩膀挨了一枪，应声倒地。大仙趁机向石阶跑去，二仙尾随其后，高而瘦的容师紧紧跟上。武师和药王张始终坐在椅子上没动，他们表情默然，似乎一直在等待这一天的到来。

这时，宋特从石阶顶部慢慢走下来，他手握微型手枪，眼神犀利。"快走！"大仙冲他吼，并向他跑去，但宋特举枪指着她的畸形头，她惊呆了，节节后退，下面的二仙和容师也在节节后退。

"宋特，这是我送你的枪，你居然用它指着我？"大仙质问。

"这是你毁完我的脸之后送我的，现在，我要用它打烂你的脸！"宋特咬牙切齿地说。

大仙嘶喊："你不能这样，你的命是我救的，你忘啦，你的溃烂症波及心脏，是我用飞机把你送到南京医治的。"

宋特眼含泪水，仰天大笑，"你这个疯婆子！你救我是想把我培养成你的人，死心踏地为你卖命！告诉你，我早就知道红山是汪某人的后方弹药库，所以我破坏了他的频率，让你们失去联系，哈哈哈……"他坚定地扣动扳机，啪啪啪连开三枪，大仙的小身子掉下深渊。

姚学礼扑过来扶姚学忠，接过他手里的机枪，将二仙和容师逼回原地。

李黛扑过去看黄一飞，急用纱布为他包扎，他们看见哑巴厨师在高高的壁洞上抱着河河，河河在向他们招手。

"怎么样？还好吗？"杨荣枝英姿飒爽地走过来。

"你们怎么才来？早来一步我就不用换脸啦。"黄一飞有气无力地说。

"黄一飞同志，我们可没闲着，还在外面收拾了那些假和尚。"

吴海英说。

石门被炸开,水牢里的真镇长和镇民被解救出来,他们在水牢待的时间太长,全部得了浮肿病和关节病,黄一飞的医护所很快人满为患,姚学礼和药王张忙得不亦乐乎。肉肉终于和妈妈团聚,可惜还不能说话,见人就让抱抱。一枝独秀的一三五六秀接受完教育,就地解散。九个女人向杨荣枝求情,把各自的男人领回,各个所又战战兢兢地开起来。

困顿的红山重新张开眼睛。

在医护所,吴海英对满脸纱布的黄一飞说:"宋特就是贾春江,贾春江本来已经病入膏肓,是大仙救了他,对外宣称他已死亡,把他培养成了一名特种通讯人员。这次就是他通过电波给我传递消息,说庙里有一条直通红山的密道,我们才得已顺利进山,圆满拿下这窝匪寇!"

吴海英的话令黄一飞想起与李黛进庙拜祭母亲时的情景,当时他看见大雄宝殿被封,观音堂旁侧的长廊也被堵死,是一个大古怪,原来竟是进山的密道!"贾春江是这次剿匪战役的大功臣,他人呢?"他急坐起来。

吴海英耸耸肩,"我找过了,不见踪影,他不辞而别了。"

黄一飞后悔不已,怪自己太粗心,姚学礼都能认出自己,他却没有把宋特和贾春江联系在一起。那些出现在武穴和碉堡的毛茛花,明明预示着什么,他却听信"贾春江已死"的谣言,放弃了追查,再次失去贾春江。如果说第一次的失去是不得已,那么这一次则是他的无能,他不能原谅自己。

几天后,三百骁勇被收编为第二小分队,武师任队长,长臂猿任副队长。吴海英和杨荣枝各骑一匹良马,在镇所前等黄一飞。

"嘿,当年的板凳狗长成了男子汉,你后悔不?"杨荣枝歪头问吴海英。

吴海英摇头,"他和李黛是前世的缘分。"

"缘分这种事只有天知道。"杨荣枝神秘地说。

第 六 章

一、吉林·贾太太

一支小分队经过一天一夜的艰苦跋涉，终于跳出日军的包围圈，隐蔽在五原西边的一个小村落。彼时，日军和王兴为首的伪军以五原为中心，侵占了丰济渠以东的半个河套平原，丰济渠成为一道临时防线。

丰济渠的前身是刚目河上的一道小渠，长十二里，一八九二年，王同春集巨资挖成丰济渠。丰济渠西面的山羊滩与杨家圪旦毗邻，但它们还是一片未经开垦的处女地，境内有住毡包的蒙古人，也有住土房的汉人，因地处穷乡僻壤，枳机、哈茂、红柳等野生植物长得比房还高，每到冬天，荒草漫漫，很容易躲过日军的视线。

一九三九年冬天，在一座沙丘附近，有一排低矮的土坷垃房，大的一进两开，小的一进一开，一队战士身背老式步枪列队走向不远处的练兵场。在居中一间的小土房内，架设着一台无线电侦听机和一台发报机，两名同志正在日夜监听敌方的无线电波，滴滴答答声不断。一位身着土布衣服的高个子军官在院子里来回走动，双眼烁烁，不知在想什么，又或者在等什么。

突然，警卫员廖虎跑进来，"报告温团长，付主席派的人到了！"只见土坷垃墙外走来一个修长挺阔的男人，眼神锐利，神情孤冷，五官俊秀，浑身散发着一股神秘的阳刚之气。

"你好温团长，黄一飞奉命前来报到！"

温团长快步上前，"伤好了吗？有没有留下后遗症？"

黄一飞立正，"多谢温团长关心，已经好了，只是……"

"哦，有什么问题？"

"男人嘛……太漂亮啦。"黄一飞不好意思地说。

温团长歪头看看他的脸，朗声大笑，说："漂亮好哇！"

他们一起回到简陋的大屋，廖虎为二位倒水。黄一飞看见桌子上平摊着一张五原地形图，上面用红笔勾画一些箭头和圆圈。"请问我此行的任务……莫非与这些箭头有关？"黄一飞机智地问。

"正是！我听说你出生在挖井世家，曾经和水利专家学过勘水，还会发报破译，又做了将近一年的潜伏工作，是个多面手，我迫切需要一位你这样的人，助我们夺回五原！"温团长坚毅地挥挥手。

黄一飞郑重地说："当前，付恩达部与中共后套特委合力宣传抗日，此举人人称颂，既然后套特委委派我来这里，我必鞠躬尽瘁！"

"好，你来看，因黄河在三盛公先东后西，形成套子状的平原地带，临河、五原，这里和这里，套子里渠系发达，我的意思是能不能利用三月冰雪消融、水位上涨之势，来他个关门打狗？"温团长指着地图说，

"水淹狗日的！"

"对，因地制宜作战，怎么样？"温团长扔下笔，喝了一口水。

"好是好，可是这张地形图对渠系的标注不是很明显，如果有一张完整的渠系图就好啦！"黄一飞左手插在右臂弯，右手轻抚下巴，做沉思状。

"你的思路完全正确，我曾经派人到天德元商号、致远堂商号以及私商侯毛驴、高和娃、成顺长等处打听过，但他们只有自己开挖的渠的粗略图纸，没有整体渠系图。"

黄一飞猛然想起在五原做春江少爷时，贾大人和安协理常抱着一张图看来看去，他猜测有可能是渠系图。

"这么说真有此图？"温团长大喜。

"嗯，如果有了它，我们就可以科学合理地规划战斗，减少伤亡。"

"你知道图在哪里吗？"

"如果我没猜错，应该在吉林，不过得先问问姚学忠，他正在临河抗日后援会参加特训。"

"事不宜迟，赶快联系！"

"是！"

在小土房设备间，廖虎对二位同志说明情况，他们起身敬礼，黄一飞还礼，"你们先出去休息吧，我自己来操作。"

他摸摸那些设备，觉得它们有一种辨知的熟识感，因为它们发出的东西他知道，他还知道它们的内部构造，如编码序列、瓦数和长短波。情报之路的第一课，就是训练人与机器的融合度，也就是所谓的感情。"我们开始吧。"他戴上耳机，把修长的手指放在按钮上。滴滴答答的声音透过设备天线、天线上的房梁、房梁上红柳笆和红泥，传向广阔的天空。

晚上，温团长在大屋研究地图，廖虎端饭进来，"团长，饭热了两回，吃吧，不然吃冷饭胃疼。"

温团长继续低头看图，"等黄一飞一起吃！"

廖虎为难地站着，这时黄一飞急火火地跑进来，差点撞翻廖虎手里的饭盆，"吴海成已经和姚学忠谈过了，他说确有那张图，但是在贾太太那儿，他准备明天回吉林！"

黄一飞说完，温团长搓搓手，哈哈气，喜滋滋地说："开饭！"

廖虎赶紧盛一碗给温团长，黄一飞一把抢过去，"面片子，好哇。"

廖虎不满地瞪他，"哎，那是……"

温团长按住他的手，示意吃下一碗。

饭间，温团长温和地望着黄一飞，"我觉得此事非同小可，你亲自去吉林比较妥当。"

黄一飞把头埋在碗上，沉重地想起贾太太临别时说："找到他告诉我一声。"黄一飞是找到了他，还与他并肩消灭了山里的顽匪，但是又把他丢了。两年来，他通过各种渠道寻找贾春江，但都一无所获。黄一飞有时恨他，觉得他太注重个人感受，完全不管他人，最起码应该给贾太太报个平安。"这……好吧！我立刻通知姚学忠，跟他一起去！"黄一飞说。

当日夜，黄一飞赶到临河与姚学忠会合。在杨荣枝的帮助下，两人于次日凌晨搭乘一辆军需车抵达绥远，又乘火车一路东行，来到以冰雪著称的吉林。

眼下的东北三省是日本人的天下，满大街都是梳日式发髻、穿和服的日本娘儿们，他们的通行证一出绥远就成了一张废纸，多亏姚学忠会说几句蒙古语，日本人听不明白，又厌弃他身上的羊膻味，才顺利放行。

从火车站出来，迎面碰见几个日本兵调戏中国妇女，姚学忠怒从心起，陡然忘记不冲动的誓言，正要冲上去救人，被黄一飞拦住，"老姚，不要冲动，看我的！"他从一个小贩手里买了一挂鞭炮，在僻静的地方点燃，鞭炮噼里啪啦像放枪，日本兵顾不得女人，举枪四处睃巡一番，缩头缩脑地跑了。

两人沿着青石板路往城市深处走，雪在脚下咯吱咯吱响，就像没有节律的音乐，搅得人心既急迫又忐忑。穿过一条石板巷，又越过一条冻河，在几幢萧条的民居聚拢处，姚学忠瓮声瓮气地说："到了。"

来到贾春江的老家，我叔父立刻想起他那句"跟我走就对了"的蛊语。多年来，黄一飞一直没偏离贾春江的轨迹，甚至越俎代庖地充当了他。如今容貌大变，他不知道自己应该是贾春江还是梁潮生，或许他只能永远是虚构的黄一飞。

一个女人从一幢外观看起来还算齐整的青砖瓦房里走出来，她身穿棉袍、头捂棉帽、手戴棉手套，看不清面貌。姚学忠轻问："是贾太太吗？"女人愣愣神，似乎正在从一种过往的记忆里过滤和打捞眼前这个人的影像。在他们以为辨认和确认还需要几分钟时，女人却突然惊呼："老姚？你回来啦？"

老姚忙说："是的太太，我和少爷一起回来看你！"

女人顿了顿，而后透过姚学忠的肩膀向后看，当看见黄一飞时，又透过他的肩膀向后看，寻找自己认知的那张脸，但她只看到一片惨白。

"太太，进去再说。"姚学忠挑起棉帘，同时与黄一飞交换了一下眼色。

屋内陈设残缺不全，桌缺一角，凳缺一个，书桌缺一条腿，书架缺书，窗户缺玻璃，用白麻纸糊起来。贾太太摘去手套，她缺一根手指。

"你怎么了太太？我走的时候你还好好的？"姚学忠扑过去看太太的手。

贾太太面无表情，背过身子捅炉火，"可恶的日本人整天私闯民宅，搜不到东西就杀人、伤人泄愤，在咱家什么也没搜到，就割断了我的手指。你……以后不要叫我太太，这里没有太太，只有中国妇女！"

一片寂然。

"那个，太太，噢不，春江少爷他回来了。"姚学忠试图打破尴尬，但他似乎越说越乱。

黄一飞制止他："老姚，我来说吧，贾太太，事情经过是这样的……"

吉林的夜来得早，房子坚固地嵌在雪里，无论雪怎么下，还是淹没不了它。远处，日本人的太阳旗高高悬挂在广场上，僵滞不动，但它丝毫不影响整片青砖瓦房区的烟火，小孩子们在放爆竹，哇哇欢叫，震彻天空。

姚学忠做好猪肉炖粉条子，摘下围裙，等二人出来吃。贾太太在内屋胡乱翻找，嘴里嘟哝："回到吉林我还见过一次，一个手臂长的轴，已经泛黄。"

"不急，您再好好想想，会不会在哪个柜子或抽屉里。"黄一飞启发她。

贾太太想想翻翻，无果，气得坐下哭，"这孩子，出了匪窝该回来看看呀！"她的心思还在儿子贾春江身上，翻找东西只是掩饰。

黄一飞走过去按按她的肩，"妈妈，请允许我继续叫您妈妈，当年您明知道我不是少爷，为什么还认我呀？"

贾太太拂去眼角的泪水，"我是一个自私的女人，我想万一江儿回不来，至少我身边还有一个一模一样的孩子。虽然江儿不回来看我，但你履行了对我的承诺，把他救出了匪窝，妈妈谢谢你，你们都是妈妈的好孩子。"

"妈妈！"黄一飞扑倒在贾太太怀里。

贾太太抬头止泪，猛然看见房梁上挂着一只竹篮。"孩子，上去，取下它！"她指着竹篮说。

黄一飞挪过去一张破桌，又把一只缺腿的椅子放上去，退后，提臂，竟凌空而起，轻轻落在三条腿的凳子上。他取下竹篮递给贾太太，贾太太看得目瞪口呆，高兴得眉眼都挤在一处，"江儿会武功吗？"

黄一飞站在椅子上不下来，炫耀自己的本领，"妈妈，春江是文，我是武，我们俩一文一武，互补呢。"

"啊，好好，兄弟俩走的都是正道。"贾太太颤巍巍地说，并随手掀去竹篮上的蓝花布，"孩子，轴！在这儿！"她大声喊。

黄一飞一急，身子一晃，从上面掉下来，贾太太笑弯了腰，鼻涕眼泪一起流下来，姚学忠在外屋老泪纵横。

黄一飞打开图轴，见上面题字：河套渠系图，名字落款已经模糊，绘制日期是一九二四年。"就是它！"他兴奋地喊。

三个人坐下来吃饭，一盆猪肉炖粉条子转眼吃空。"我再去给你们烙几张玉米饼。"贾太太欲起身。

"不用了，妈妈坐下来听我说，眼下是艰苦些，但您一定好好照顾自己，等着春江回来看您，他一定会回来的！"黄一飞蹲在贾太太身前说。贾太太努力控制住眼泪，点了点头。

黄一飞又说："您得帮我们搞两张通行证，不然上不了火车。"

贾太太想了想，"没问题，你们帮我把那个柜子挪开！"

　　贾太太所说的柜子位于内屋东墙下，红松木的，结构有点像古代的瓷器架，又不完全是，上下有对开门儿，便于置放杂物。

　　黄一飞和姚学忠一左一右，一起发力，将柜子搬离东墙，墙上赫然出现一道矮门。贾太太摁了一下按钮，门缩回墙里，里面一米见方，青砖铺就，秘密不在墙上，在地下，地下有一个四四方方的窟窿，用铁皮扣着，贾太太撩起眼皮看黄一飞，"你跟我进密室，如果我等不到江儿回来，你把里面的情形告诉他。"

　　"妈妈，您别这么说，你们母子一定会团聚的！"

　　贾太太手举蜡烛，先走下去，黄一飞紧随其后，姚学忠知趣地离开这边，去给炉子加煤。

　　内屋一片沉寂，姚学忠痴痴地盯着贾大人的画像发呆，这时，院外一阵骚动，日本人的刺刀在院墙上方若隐若现。姚学忠生怕日本人闯进来，紧张地咳嗽一声，向密室里的人传达情况。好在是过路的日本人，很快就隐没了，姚学忠才松了口气。

　　过了大约一刻钟，密室口闪过一丝细碎的光亮，紧接着黄一飞脸色苍白地走上来，他似乎跟人争论过，也哭过，眼角眉梢还留有余怒。不过，他还是转身把贾太太拉上来，但两人的亲热程度明显比入密室前稍逊些。

　　"来，拿着，现在流通大洋，出去办事只能靠这些。"贾太太抱着几件铜器和古玩字画。

　　黄一飞没沾手，姚学忠赶紧接过来。"你毕竟不是他，你看见这些东西会生气，他是子承父产，说破大天，他决计不会怨恨老子。"贾太太一边恢复原状，一边言不由衷地说话。贾太太的话是说给黄一飞听的，也是让黄一飞捎给贾春江的。姚学忠大致猜到一些内容，但假装听不懂，瓮声瓮气地喊黄一飞过来搬柜子。

　　柜子又矗立在东墙下，看不出一点搬动过的痕迹，相反，它似乎历经岁月的磨砺，与墙长在了一起。

　　"你生气也没用，因为它能换来车票。"贾太太捂上棉帽、戴上棉手套,把那些宝贝装在一个长方形的箱子里,提着出去了。

"你是怎么回事?亏得贾太太还把你当儿子,看看你什么态度!"贾太太走后,姚学忠不满地指责黄一飞。

黄一飞烦躁地踢翻一只三角凳,"你不懂!"

"我不是不懂,是不想懂,你想我在贾家待了多少年,能不知道?但很多时候,我们小人物管不了那么多。"姚学忠推心置腹地说。

黄一飞调整了一下情绪,然后去内屋翻出几把竹锹,把渠系图捆在其中一把竹锹上,外面再裹一层烂草席,伪装成劳动工具。

"你这个……搞这么大,容易暴露。"姚学忠有点担心。

黄一飞说:"目标越大越容易迷惑敌人,走的时候你来背!"

姚学忠说:"为什么是我?"

黄一飞双手插兜,严肃地望着他,"有我这么英俊的农民吗?"

姚学忠挠挠头,"噢,你是少爷,我是长工,事实本来就是如此。"

贾太太很晚才回来,身上沾着雪花。"两张通行证,两张火车票,今晚夜里三点的,真想多留你们几天。"贾太太办事利落,说话却有几分迟疑。

黄一飞接过通行证,"妈妈,对不起,刚才我态度不好。我们不能久待,目标太大,对您不安全,还是越早离开越好。"然后回头对老姚说:"上车后你要听我指挥,不管发生什么事都不能插手,记住了吗?"

姚学忠立正站好,瓮声瓮气地说:"是!"

"拉灭灯吧,雪天,灯亮,招人,我摸黑给你们烙几张玉米饼,带在路上吃。"贾太太的眼睛在炉火的照耀下闪烁着泪花。

午夜,黄一飞身穿贾太太用一幅字画为他换的羊毛大氅,头发被头油整理成燕雀的脊背,光滑闪亮,脚蹬大马靴,一副纨绔子弟的样。姚学忠则身穿破烂棉衣棉裤,头戴吉林盛行的黑狐狸毛棉帽,怀抱几把烂竹锹,傻乎乎地跟在黄一飞身后,来到火车站。

检票口,两名日本兵一左一右守在通道口,黄一飞从窗口递上通行证和车票,冲女工作人员挑一下眉,晃着脑袋不正经地笑。女工作人员看看他，对对票，又看看姚学忠，挥手放行。

候车室，有数名日本兵来回转悠，问旅客要通行证，进行检验对比。黄一飞故意大声嚷嚷，要水喝，要烟抽。姚学忠少爷长少爷短地讨好他，围着他转，把烂竹锹扔在一边。

"这是谁的东西？"一名伪军转过来，用腿踢烂竹锹，颐指气使地问。

"哎军爷，我的，哎不，是我们家少爷的。"姚学忠卑微地弯下腰。

"通行证！"伪军挺着大肚子说。

黄一飞走过去，上下打量这名伪军，伪军想骂人，见他那么嚣张又不敢，憋着。黄一飞扒拉开他的小身板，坐在排凳上，翘起二郎腿，吐出一口细细密密的烟圈，这才从上衣口袋里掏出通行证。伪军接过去看，试图找出破绽收拾一下这小子，但他很快把腰弯成一只虾，"得罪，得罪！"黄一飞傲慢地四下张望。

突然哨声大作，一队日本兵涌进来，姚学忠紧张地要先挤过去，被黄一飞按住。日本兵向检票口扑来，嘴里呜哩哇啦，不停地"嗨嗨"，两个上去替下工作人员，两个检查通行证，黄一飞依旧一副吊儿郎当的样。

"你，票，证！"日本兵喝。

黄一飞递上，还把脸凑过去。日本兵警惕地后退两步，准备掏枪，但看到通行证立刻软下来，恢复本国呜哩哇啦的语言。

两人走出检票口，慢吞吞地往车厢走，周围的人像疯了一样往前冲，他们听见身后的伪军喊："站住！"黄一飞心想完了，正准备摸靴子里的枪，却见旁边的一个人拼命往嘴里塞纸条，日本兵跑过去，用枪托子将他打倒，他还在嚼，嘴被打得一片血污。

上车后，他们看见那人被拉走，拉出一条血糊糊的血印，就像红山换脸时惨不忍睹的场景，黄一飞感觉幻影重重，脸部刺挠般疼痛。他闭上眼睛，尽量不去想那一幕，在火车的摇摆中沉沉睡去。不知过了多久，他被一阵粗暴的呵斥惊醒，"你的，证件！"他睁开眼睛，看见四周全是坐着的、站着的、蹲着的旅客，他们惊恐地、忧郁地、疲惫地相互望着。

两个日本兵站在他面前，姚学忠不知去向，他掏出证件，一个日本兵看看证件，又看看他的脸，最后把目光落在他的靴子上，指了指。他心想坏了，这家伙大概看出他靴子里藏了枪。他假装听不懂，一动也不动，以不变应万变。日本兵不死心，竟蹲下看他的靴子，还伸手去摸。他吓得后退几步，正欲拔枪结果了他，一个正宗的绥远话传来："他看上了你的靴子，问哪儿买的？"他赶紧说："吉林，是吉林。"绥远人翻译给日本兵听，日本兵撇撇嘴，点点头，一步三回头地离开车厢。

过了一会儿，姚学忠怀抱烂竹锹从反方向挤过来，黄一飞用眼神问他去哪儿了，他翻翻白眼，看看车厢顶。黄一飞看见他头发结冰，双手僵直，膝盖不知被什么东西钩破，露出一团缠结在一起的旧棉絮。

黄一飞在绥远用羊毛大氅换了一身中产阶级的棉袍，把那双质地良好的靴子送给街边的乞丐，故意弄乱头发，让姚学忠买了两头土驴，把烂竹锹捆在驴肚子侧面，装成走西口的商人，沿黄河堤岸一路西行。

这时节，黄河相比较每年三月的开河奇景来说，展现出不同凡响的一面，整个河面被雾气笼罩，一夜之间完全凝结，顿然失去一泻千里的气势。为了避开守卫五原的日本人，姚学忠提议踩冰过河，从河右岸走，到三盛公再折返回来。冰面已经被黄土覆盖得不那么晃眼，人踩在上面并没有想象中那么滑，驴子也走得轻快，仅半个小时就到了对岸。上了岸，他们翻身上驴，向"天下黄河九十九道湾"的又一湾三盛公奔去。

行至近处，姚学忠拉住驴子，手搭凉棚放眼望去，"当年贾大人实施垦务改革，其实是看上了这里的水和土地。"

提起贾大人，贾春江和宋特的面容交替出现在黄一飞眼前，但始终不能相合。他现在也有两个身份，一个是落魄的少爷，一个是国民党情报人员，他在角色转换时会不会也有撕裂般的痛苦呢？

"不好，有情况！"姚学忠指着远处的一队人马说。

黄一飞翻身下驴，两人隐藏在驴肚子后面，驴隐藏在一丛枳机后面。人马越来越近，可以看清是一队伪军，军服、装备都是新的，马是适合长途奔袭的枣红色高头大马。两头驴不合时宜地叫起来，哇呜哇呜呼唤它们的朋友。

"枳机后面有人！"一名伪军喊，子弹紧跟着飞过来。

"唉，不要开枪，我们是走西口的生意人。"黄一飞抛出一句。

"出来！"所有伪军坐在马上，猫着腰，齐刷刷举着长枪。

两人站起来，走出去，毛驴扭着屁股，甩着尾巴，咯噔咯噔地跑了。

"黄一飞？"一名伪军突然喊。

黄一飞一看，心里乐开了花，原来是杨荣枝。"你怎么穿这身皮？"他笑呵呵地走过去。

"嗨，执行任务，你呢？"

"我也是执行任务，要赶到山羊滩去，可否送我们一程？"

"当然可以，反正你们的驴也跑了。"杨荣枝笑。

从临河斜插下去，快到山羊滩时，他们勒马慢行，黄一飞问杨荣枝："我托你的事有没有消息？"

杨荣枝摇头，"从红山出来后，我又派人回去找过，宋特发报技术不错，我怕他误入歧途，被敌人所用，那样我们岂不又多一个敌人，但是这个人像从地球上消失了，毫无影踪。"

"吴海英呢？"黄一飞问。

"红山剿匪胜利后，她受到嘉奖，被送往上海进行综合培训，至于回没回来，或者什么时候回来，我就不知道啦。"杨荣枝大大咧咧地回应。

黄一飞见杨荣枝左挎刀右挎枪，英姿飒爽的模样，心里很高兴，"长大成熟啦，记得你十二三岁时，你妈妈还给你逮头上的虱子呢。"

"哎呀你这个人，哪壶不开提哪壶，你也不咋的，那时候个子矮得像只板凳狗。"杨荣枝一边说，一边不自觉地挠挠头发，仿佛黄一飞说的虱子又回到头上来了。

黄一飞很享受这种拌嘴，并不介意杨荣枝说他是板凳狗。"我很庆幸小时候的伙伴现在都是革命战友，你，我，海英，其实从红山一战来看，贾春江也是。"黄一飞每次一说到贾春江，口气总有一些凝重。

从朋友的角度来说，杨荣枝是个让人开心的朋友，但她绝不是一个善解人意的朋友，比如这时候，黄一飞心绪不佳，她却话锋一转，问了他一个更加难堪的问题："嘿，我问你，你到底喜欢吴海英，还是李黛？"

黄一飞没说话，抿嘴笑。

"吴海英说你和李黛是前世的缘分，为什么？"杨荣枝歪头看黄一飞。

"她说得对，我先认识李黛，后认识她，她晚来一步。"黄一飞干脆给她解开疑团。

杨荣枝眼中闪过一丝狡黠，"人生很奇妙，说不定会有反转哦。"

山羊滩到了，黄一飞跃下马，把缰绳交给一位同志，与杨荣枝挥手告别。远处，一排土坷垃房前，温团长和廖虎正在向他招手。

二、山羊滩·廖虎

河套渠系图挂在大屋的后墙上，温团长和黄一飞站在下面看，只见图上纵横交错，五原境内的黄河全长六十公里，从黄河上开口引水的干渠有通济渠、义和渠、沙河渠、丰济渠、皂火渠和川惠渠，六大干渠又开支斗渠一百多道，支斗渠再开农毛渠一千余道，简直是一张密集的水网。

"您看，说黄河有九十九道湾，五原境内就有四道湾，羊场地圪旦、韩五河头、苏坡吴盖和土城子。"黄一飞手指地图说。

"你的意思是……"温团长沉吟。

"由于湾多,靠凹岸有深沟,汛期洪水漫滩,枯水期却只有主流,因此暴露出许多夹心滩,夹心滩的形状位置变化无常,水的多少按主流的流程而定,按照河套'水张一湾'的说话,关门打狗的做法完全正确!"黄一飞皱着眉头说。

"好,现在的问题是如何既能打狗,又能保住老百姓辛辛苦苦置办下的房屋、商铺?河套平原是移民区,百姓大多走西口而来,经过一代或者两代人的努力才站住脚,不易呀!"温团长给自己出了一道难题。

"这……"黄一飞也犯难了。

练兵场上,百余名小战士正在练习摔跤和刺杀,廖虎卧在沙子上,手端步枪,眼盯瞄准器,嘴里念叨"啪",算是打出一颗子弹,再瞄准,瞄准器内出现一个小黑点,他抬头看,远处是一片枳机林。"来吧小白兔,是你自己找上门的,正好给温团长补补身子。"廖虎嘟哝,再次瞄准,这回给枪上膛,并把右手放在扳机上。小黑点更近了,他耐心等待,小黑点遮挡了整个视线,他放下枪,一个身穿黑色棉袍的人来到面前。

"嘿,差点当兔子崩了,你是什么人?"廖虎起身,满脸的沙子,整个人看起来黑黢黢的,眼珠滴溜溜转。

"我叫姚学礼,是派驻你团的医生。"

"哦,我还以为是女的,医生?护士吧?"廖虎说,他觉得此人把"医生"两个字强调得有点过分。

"医生!"姚学礼执拗地坚持。

"好好,你说医生就医生,不管是医生还是护士,能给温团长和战士们治好病就行。"他收起枪,带姚学礼去大屋。

温团长和黄一飞还在研究渠系图,把研究出的方案写在纸上,但都打着叉,没有一个可行。这时,廖虎报告说医生到,温团长做了个"请"的手势。

"报告,姚学礼奉命前来报到!"

黄一飞听到"姚学礼"三个字，以为是做梦，抬头一瞧，震惊不已，"是你，姚学礼？"

"梁潮生？哦不，贾春江？也不对，黄一飞……同志！"他一连改了三个称呼，最后才确定了朋友的身份。

温团长问："二位是旧相识？"

黄一飞解释："两年前的剿匪战役中，他是我们的内应。"

"哦，关系非同寻常，你们好好聊聊吧！"温团长说完披上棉衣出去了。

黄一飞和姚学礼手拉手坐下，一个看一个的脸。"我们都不是少年时的模样啦！"姚学礼说完这句话，突然来了个一百八十度大转弯，"你有宋特，噢不，贾春江的消息吗？"黄一飞正要问，结果姚学礼先问了。

"他是一个腼腆的人，容貌改变，为大仙卖命，对他来说都是耻辱，他可能需要时间疗愈。"

姚学礼不自觉地摸了一下立刀眉，"他可真傻，他给吴海英发报，引导他们进入密道，使剿匪小分队占据有利地形，早已将功补过，怎么那么想不开呢？"

黄一飞转移话题："好了，说说你吧，这两年的经历。"

姚学礼悠悠地说："你是想问李黛老师吧？你们离开红山镇以后，我留下为镇民诊病，他们的关节病很严重，有的已经失去自理能力。李老师一边代理镇长事务，一边给孩子们上课。记得河河吗？他的父母是大顺城惨案的受害者，一年前，吴海成把他接走了，说送他去苏联读书。你兴办的那些所和客栈，现在由肉肉妈管理。李黛秉承你的改革理念，每年通六个月商，用戈壁滩的特产仙草、牛鞭、马宝换粮食和日用品。镇里又添了几个孩子，他们的脸不红。庙里的和尚正在广结善缘，准备扩建庙宇，初步设想是拆去侧门，打通穴道，把过去的议事厅改造成天然佛洞。几天前我被调到战地服务队，奉命到山羊滩做驻军医生，没想到遇见了你。"姚学礼一鼓作气，把黄一飞想知道的都说了一遍。

我叔父听完姚学礼的讲述，感到无比欣慰，那个曾经面目狰狞的镇子，此刻竟在他心里高大可爱起来，不仅因为那里有李黛和烈士遗孤，还因为他的改革成果被继续延用。在他人生的几个阶段里，他总是感怀过往，充满自责与愧疚，即使现在身在军营，举枪抗日，他仍然觉得走西口的小子思想单薄，不足以承担大任。

　　"你先给温团长看病吧，他最近比较焦虑，夜里只睡两小时。我去告诉老姚，他看见你一定高兴，说不定晚上有兔子肉吃。"黄一飞拍拍姚学礼的肩膀说。

　　结果老姚和廖虎都不在宿舍，也不在训练场，战士说一大早两人打赌，看谁有本事为温团长搞到吃的。说话间，几个老百姓推搡着廖虎走过来，嚷嚷着要见温团长。黄一飞问怎么回事，一位长者说："这小子放火烧红柳，往外熏兔子，你们知不知道红柳烧得只剩下根，来年春天水一泡就沤烂啦，羊吃什么，我们烧什么？"

　　廖虎委屈地说："红柳多的是，我才烧了两株，他们就不饶我。"

　　黄一飞想息事宁人，"听我说老乡，这位小兄弟也是一片好心，想为我们温团长弄只兔子补身体，没想到给大伙招来麻烦，这次放过他，我保证，绝不会有下次！"

　　众人说："不行，你们的部队纪律太松散，我们信不过！"

　　"谁说我们纪律松散？"温团长不知何时走过来，他握住长者的手，语重心长地说，"对不起呀大爷，都怪我不好，我一定还您公道，来人……把廖虎吊在训练场，没我命令不准放下来！"

　　两名战士过来把廖虎带走了。

　　晚上，姚学礼给温团长把脉，他的动作与药王张有几分相似，眼睛微闭，右手按弹经脉，左手轻抚下巴，一副深思的样。

　　"怎么样？"黄一飞轻问。

　　姚学礼不作声，翻开温团长眼皮看看，摇摇头说："思虑过度，脾虚肝热，气凝聚在一处散不开，药是一方面，心情是一方面，须心情开解才好。"他写好一张药方，交给黄一飞。

黄一飞说:"我明天一早去临河抓药。"

"不,你去五原抓药!"温团长突然说,"这山羊滩虽属临河辖内,但与五原接壤,离五原城近,我想让你化装成农户去五原抓药,顺便侦察一下日军的防守情况。"

"对呀,这主意好,行,我明天去五原!"黄一飞把药方装好。

温团长又转向姚学礼,"姚医生能否同往?一旦发生意外,你是医生好说话。"温团长心思缜密,姚学礼高兴地连连点头。

这时姚学忠在外面大喊:"哈哈,我抓到鱼啦,两条,给温团长熬汤喝。"

温团长蹭一下站起来,冲屋外喊:"把鱼给老乡送去,从今往后,谁要是再给老子弄吃弄喝违反纪律,老子就崩了他!"

姚学忠吓得半张着嘴,一手提一条鱼,愣在原地。

"大哥,大哥,我是学礼。"姚学礼跑出去,碰碰他手里的鱼。

他惊愕地问:"你怎么来了?这是怎么啦?"

姚学礼对他附耳一番,他听了,赶紧提上鱼走了。

当天晚上,黄一飞、姚学礼住一个房间,为第二天的行动设计了很多应对细节,统一了口径,并且换上当地人惯常穿的衣服,临明才沉沉睡去,鸡叫二遍又醒来。

两人经过训练场,看见廖虎被吊在一根简易双杠上,脑袋歪斜,嘴唇干裂,眼神无助而可怜。姚学忠坐在沙子上,睡得正香。

"你怎么样,廖虎?"黄一飞凑过去问。

廖虎强挤出一抹笑,"没事,谁让咱犯纪律呢,有老姚陪我呢,放心!"

两人穿过山羊滩旺盛的红柳林,踩荒先向北行,行至乌加河再向南折,沿梅令庙进五原城。路上有一道哨卡,铁丝网挡道,日本兵和伪军把守,两边垒放工事麻包,架一挺重型机关枪。

"你的,站住,什么的干活?"还未走近,空气就紧张起来。

"啊哈,太君,我是山羊滩的农户,去五原给我爹抓药。"黄一飞双手筒在袖管里,吸着鼻涕说。

"他的，是什么人？"

姚学礼怪声怪气地说："噢嗨，我呀，我是给他爹看病的医生，这些人大字不识一个，连门也不敢出，说是怕皇军哩，我说皇军倡导大东亚共荣，怎么会欺负我们呢，嘿嘿嘿。"

日本兵听得一头雾水，伪军翻译给他听，他边听边点头，"你的，聪明，皇军爱护老百姓，去抓药吧！"

两人欢乐地走过哨卡，正待快速离去，突然日本兵又喊一句："等一等。"两人吓了一跳，以为哪儿露出破绽，站在原地静等日本兵过来。不料一个日本兵走过来，不检查，不盘问，而是趴在姚学礼胳膊上闻，闻至手腕处，大叫："要洗，有中国人的中药味。"

姚学礼回话："要洗，要洗，回去就洗。"

日本兵看着他的脸，"你说什么？"一个伪军跑过来附耳对日本兵云云，日本兵说："不可以学皇军说话。"

姚学礼忙鞠躬，"嗨、嗨！"

黄一飞杵他一下，"快走！"

五原城沦陷的惨景随处可见，五金行的零配件、粮食加工设备、烟卷水果被洗劫一空，商铺、民居、货栈被烧毁，一些商铺经理和百姓被敌人杀害。斜街里两年前受到敌军的空袭，元气大伤，几乎失去副街的功能，许多小铺关张，小商逃往乡下，留下来的人费尽力气刨开横陈的瓦砾，也只为过日子方便。

二十里寿材铺仍顽强地立着，不仅立着，瘦小的高掌柜还用破砖烂檩建起一栋矮屋，紧挨二十里寿材铺，名曰纸火铺，铺子里那些用葵花秆和红柳条做结构，用彩色纸粘出来的亭台楼阁、童男童女，甚至院落器皿和金银财宝，像一个个微缩的冥界世界，把高掌柜衬托得愈加神秘。不安分的年月，任何一间铺子消失都是正常的，唯独寿材铺和纸火铺不能消失，因为它们的存在，能让人的心有安放之处。

吴海成他们后来很少启用二十里寿材铺，因为有临河光化药房的前车之鉴，他们觉得寿材铺的传递情报功能弥足珍贵，应该保护起来，留到关键时刻发挥作用，所以就算他陪同上级辞去禁烟专员的职务，去临河女校任职时，也没过来与高掌柜辞行。

这天，高掌柜点了一遍货，无所事事地在门口捻他的山羊胡子，突然看见一个熟悉的身影在街上跃动。他看了看前面，一批日本兵和伪军正在搭建一道临时工事，百姓的脸上弥漫着不安的情绪。"哎——后生，你过来，你印堂发黑，要出事情，我给你解破解破！"他冲那个身影喊。

黄一飞和姚学礼也看到了前面的工事，正要低头躲进斜街里，却看见高掌柜的山羊胡子在风中晃动，山羊胡子下面的两片唇在向他们发出邀请。黄一飞假装不满地回敬："我家顺得很，不需要解破！"

高掌柜继续招手，"你来你来，要不然你出不了五原城！"

黄一飞觉得高掌柜话里有话，正考虑要不要过去，却见姚学礼举起充满匪气的拳头，冲高掌柜的影子狠狠打下去。黄一飞按住他的手，"好好好，我看你能说成什么花来！"说完走过去。

"老高，我是黄雀！"黄一飞轻声说完前半句，又高声说后半句，"我要去前面药房抓药。"

高掌柜很激动，"组织终于启用我啦？"他稳稳神，也把声音压低，"药房已经关了，你不要去冒险，城里现在盘踞着日军的一个联队，城外围的新公中、蛮克素、梅令庙、晏安和桥等村落有据点十余处，城里的主力主要集中在隆兴长桥东，指挥部设在南街的皮毛店，小兵分住在五原垦务办事处、平市官钱局、学校，宪兵队、特务队和汽车队住在前面的日圣盐店和教堂。目前，日军已把所有驻地的院落都打通了，构筑了碉堡、工事，用铁丝网联结成据点，可谓铜墙铁壁。"

姚学礼也跟进来，黄一飞连忙改口："没有没有，病着呢，过来抓点药，看情况是过不去了。"黄一飞假意瞟一眼外面。

高掌柜抬起眼皮看了姚学礼一眼，"想活命就不要过去惹事，日本兵的子弹可不长眼！"

"好好好，不去啦，给我买一棵金银树吧！"黄一飞说。

姚学礼拉他一把，"我们是来买药的！你买金银树干什么？"

高掌柜摇摇头，把一株金光闪闪的金银树放在他们面前，对黄一飞说："你哪像个农民，身板挺直，两腿不自觉地并拢，一看就是受过训练的人。"

姚学礼挤过去，"我呢我呢？"

高掌柜吸吸鼻子，"你身上药味十足，身份闻就闻出来了。"

姚学礼闻闻自己衣裳上药味儿，嘟哝："难怪让我也来呢。"

黄一飞给了高掌柜两块钱，买下这棵金钱树，一路举着，一直举到梅令庙日军据点。还是那两个日本兵和伪军值守，日本兵呜哩哇啦，伪军翻译，皇军问："这是什么玩意儿？"

黄一飞瘪着嘴，快哭了，"药铺关了，没买到药，我爹指定没救啦，干脆买棵金银树回去表表孝心。"

伪军翻译给日本兵听，日本兵点点头，"要洗，节哀顺变。"

姚学礼附和："这个不能洗，是纸做的，一洗就没啦。"

日本兵听得云里雾里，干脆放行，两人金光闪闪地回到山羊滩。

在大屋，四个人围住金银树看。黄一飞轻轻扯下缠绕的金纸片，把包裹树干的绿纸拨开，又拆开白纸糊的底座，一张日军防守图从里面掉了出来。他给温团长复述了一遍高掌柜的话，又将眉头皱在一处说："我们用它来对照五原地形图和河套渠系图来看，这儿、这儿……都有漏洞！"

温团长顺着他的手指看完，沉吟了一会儿说："这些漏洞就是我们的机会，好啊！廖虎，给他们弄点吃的！"

一个小战士端饭进来，"报告温团长，我叫小耿，廖虎哥还在训练场吊着呢，已经两天两夜了。"

温团长搓搓手，"哦，吃饭吃饭，你们辛苦了，看，还有鱼，小耿哪儿来的鱼？"

姚学忠在后面瓮声瓮气地插嘴："我凿开乌加河的冰窟窿钓的，温团长，这回你得吃，上次便宜了那些老乡。"

温团长坐下，"老乡太穷，争个长短高低的不要放在心上，我们军人要有胸襟。今天的鱼咱们吃，就算为黄一飞和姚学礼庆功，这个防守图来得太及时啦，来，鱼肚子一边是黄一飞的，一边是姚学礼的，姚学忠吃鱼尾，我来吃鱼头！"

姚学忠抢说："不不，我爱吃鱼头。"

姚学礼笑着说："这倒是真的，小时候他嫌我妈不给他吃鱼头，经常闹别扭。"

姚学忠一甩筷子，"那时小不懂事，我现在知道了，对你好的人才不想让你吃鱼头。"

众人哈哈大笑。

笑声冲破黑夜，在山羊滩上空摇曳，天更加寒冷，吊在双杠上的廖虎冻得就要失去知觉。几个百姓藏在哈茂林后面看，"温团长真没哄我们，还吊着呢，天这么冷，会出人命的，走，回去告诉三爷爷！"哈茂林晃了晃，陷入一片黑暗。

第二天一大早，战士小耿来报："廖虎不见了！"

"居然敢逃跑，来人，四处搜查，一定要抓回来！"温团长勃然大怒。

姚学忠自语："都怪我，说好去陪他的，结果学礼一来把他忘啦。"

黄一飞牵出一匹枣红马，飞身上马，"老姚跟我来，我们必须在战士们之前找到廖虎，劝他回来服罪，要不然他的前途就毁啦！"

"哎。"姚学忠也牵出一匹马，两人策马并行，朝乌加河方向奔去。路上，一个百姓见他们是温团长的人，告知廖虎在三爷爷那儿。

他们来到三爷爷家，看见廖虎正躺在火炕上睡得香，炉火正旺，灶上煮着土豆汤。"来啦？"三爷爷从外面走进来。

"是的，三爷爷。"黄一飞脱帽、敬礼。

"因为两棵野红柳，把人吊了两天两夜，他姓温的也太狠心了！"三爷爷说完上炕推醒廖虎。

廖虎看见黄一飞，急说："我不是逃跑，是被他们强行抬来的，我现在就回去。"

三爷爷怒斥："不去！退兵！我认你当干儿子！"

"哈哈哈，告他烧红柳的是你们，让他退兵的也是你们，以为我们部队是吃素的，想来就来，想走就走？"温团长应声进门。

三爷爷连忙下地，趿拉着鞋说："是我们错了，一点小事儿，不该把个娃娃惩罚成这样。"

温团长上前握住三爷爷的手，"老百姓已经受够日本人的气，我们不能再让你们雪上加霜，您老人家宽宏大量原谅我们才行。"

一提起日本人，三爷爷立刻老泪纵横，"活了一把岁数，见过从乌拉山跑过来的狼，没想到越洋来的日本人比狼还歹毒。"

又谈了一会儿，温团长让廖虎留在三爷爷家养冻疮，"等养好伤，和黄一飞一起做老百姓的思想工作，鼓励大家共同加入抗日队伍中来。"

廖虎坐在炕上温暖地笑了。

三、四间房·三爷爷

黄一飞、廖虎和三爷爷每天一道驾毛驴车出门，他们先在红柳地转几圈，然后装成收头发的小贩，从冰面走到乌加河对岸的村子去。那年月，头发产量比羊毛多，头发的可控力也比羊毛强，因为百姓家的羊都被土匪和伪军霸占了，只有头发属于他们自己，剪下藏起来逮着机会就能换钱。

冬天的野外一片萧索，距离山羊滩不远的四牛头村眼下的风景是头颅悬树，那一颗颗冻成冰坨的人头在树干上来回摆动，几只乌鸦在空中呱噪、盘旋，几次想落在树干上品尝颅血，又因风或什么大自然的杂音被惊起。它们不甘心离去，围着头颅发出凄惨的哀鸣。远处的房子灰塌塌地矗立在沙梁上，房子周围的植物黑黢黢的，像放火烧过。

他们一边喊"收头发来"，一边往村子里走，但村子一片死寂，连猫狗也似乎隐藏了。黄一飞把手放在腰间的枪套上，"三爷爷，这里被屠过村，百姓吓得躲起来了。我和廖虎去那边的红柳地看看，您留在这里，注意隐蔽！"三爷爷就势蹲下，黄一飞快步蹿到红柳地，"有人吗？我是收头发的！"没声音，他又喊了一遍，才见密林深处走出一个人，慢吞吞、颤巍巍地问："头发咋收？"他和廖虎连忙迎上去，"老乡，价钱好说，这年月都不容易。"那人摸摸自己茅草样的头发，用手捋捋说："我的头发干枯开叉又不顺，贱卖，换口吃的就行。"那人就地坐下，三爷爷走过来，拿出剪刀和推子，准备给他剪头发。

　　黄一飞趁机踩上一个土丘，往密林深林眺望，发现里面扎着十几座窝棚，每一座窝棚里都有几双惊滞的眼睛。他对那人说："不要怕，我这儿有点糜米，来几个女人，给大伙儿熬点粥驱驱寒！"他这么一说，那人立即睁大眼睛，绕开三爷爷伸出来的剪刀，站起来吹了一声口哨。与此同时，廖虎从毛驴车底板抽出一只补丁重重的口袋，摊在地上，露出黄澄澄的糜米。

　　窝棚里的女人们首先围上来，看见米就像看见黄金，眼神闪烁，喉咙和肚子咕咕作响。她们的手和脚不由自主劳作起来，就地挖炉，撇红柳条，生火。

　　男人们打来水，架起一口大锅，烟火四溢。不一会儿，水嗡嗡嘤嘤叫起来，女人顾不得淘米，又怕生水把米上的米油刮走，就那么下进锅里。

　　每个人不知从哪儿踅摸来一只碗，眼巴巴望着锅，等守锅的女人说"粥好了"或"可以吃了"。黄一飞事先申明："排队打粥，不能抢。"他怕众人不听，让村长出来说句话，被告知这个村的村长因阻拦日本鬼子强奸自己的女儿，被活活剖尸啦。廖虎说："不怕，有我哩。"于是他和三爷爷手持大勺，站在锅边，为大伙儿分粥。

　　吃粥间隙，黄一飞问怎么回事，百姓眼含热泪、口含米粒，悲愤不已。一个说："前几天日军大扫荡，我们村三百来口人本来已经藏进挖好的地窖,却被一个叫李二甲的老汉出卖,所有人在刺刀的淫威下成为日军的奴隶,遛马、铡草、做饭,奉献财物和粮食,日军吃不完粮食就拿去喂马,百姓看在眼里恨在心上。日军酒足饭饱就去轮奸年轻妇女,不少妇女寻了短见。后来,日军安排全村人到各处异尸体,在一个大坑里进行火化,几天时间竟火化伪蒙古军和百姓六百人。我们村的百姓稍不注意,就会被推入大坑活埋。日军临走时把我们的财物抢掠一空,放火烧了我们的房子。"

另外一个村的村长说:"当时,我们本来已经躲到村东二羊圪旦牧羊海子的芦苇丛了,藏在那儿的还有东茅庵、北沙畔、张鹏林村的百姓,大约三百六十人。我们在冰层上用芦苇、毛毡、羊皮搭成帐篷住宿,结果还是被日军发现,他们架起机枪,放火烧芦苇,我们只好走出苇滩。"

这时,一名女子不知从什么地方钻出来,大脚板上套了一双男人的毛嘎登,棉衣松松垮垮,头发没有章法左右倒伏,有几缕还贴在脸上,跟鼻涕眼泪搅和在一起,冻得乱七八糟。她自己跟自己对话:"二叔二叔,我是妮儿。""妮儿,我是二叔。""你死吧,你不死就我死。""你死你死。"

三爷爷小心翼翼地唤:"闺女,你是哪家的?来,吃点粥。"疯女子睁大一双乌眼,惊惧地望着一群人,突然尖叫一声:"鬼子,跑哇——"转身向村里跑去。

村长说:"好好一个闺女被日本鬼子糟践了,他们让她二叔奸污她,她二叔不干,撞死在汽车上,结果她也疯了。"

几个男青年不忍和女人孩子抢粥喝,结伴去断壁残垣中走了一圈,回来脸面和熏黑的橡檩一样黑,只有眼睛和牙齿闪着愤恨的光芒。

黄一飞悲愤地说:"家园被外国侵略者如此践踏,太气人了,不如去当兵吧!"青年们不说话,老人、女人和小孩埋头喝粥。他又说:"驻扎在山羊滩的部队准备反攻五原,正在招兵,你们去不去?"

众人吃完粥,表情麻木地拍拍屁股,准备回窝棚静坐,以使吃下去的食物尽量多停留一会儿。

黄一飞看三爷爷，三爷爷年纪大威望高，或许会有办法。只见三爷爷咳嗽一声，慢悠悠地站起来走了一圈，"不把日本人打跑，就没好日子过，部队才是咱的靠山呀！"

一个青年停下脚步，"让回家不？"

黄一飞说："那咋不让回？军人也是人，也有父母兄弟。"

另一个人说："听说当兵就意味着死亡，是一条不归路。"

廖虎接着说："如果是为保家卫国而死，是光荣，如果不反抗被日本鬼子活埋，那才冤呢。"

"我去当！"一个青年走过来。他双肩瘦削，面无血色，明显营养不足，"与其在这儿饿死、冻死，不如上战场来得痛快！"他紧握拳头，眼冒怒火。

又有几个青年挣脱家人的拖拽，站在他们面前，"我们也要当兵！"

黄一飞捏捏他们结实的肌肉，"等把日本鬼子赶出河套平原，再回来与亲人团聚！"

青年们坚毅地点点头，眼里噙着泪水。

一路上，他们招的兵越来越多，黄一飞担心暴露，决定先送这些新兵回山羊滩训练，再轻装上阵，没想到姚学忠已经在前面的乃马召村等他们了。

"辛苦了，看样子成果显著啊！"姚学忠望一眼黄一飞身后的队伍，上前用力握住他的手。

黄一飞明白这一握的情谊，除了战友情，多半是姚学忠对他这个冒牌少爷的担忧之情。他说："百姓深受其害，巴不得赶快把日本鬼子消灭，所以兵招得顺利，你们怎么样？"

"我们没问题，温团长考虑到你这边的情况，让我先把新兵带回去，还捎来一些米，让你分发给沿途的百姓。"姚学忠指了指马背上的米袋。

"啊呀，真是雪中送炭，米是征兵的敲门砖啊！"黄一飞乐呵呵地说。

两人又说了一些别的,姚学忠重点讲了温团长的担心,黄一飞说:"是啊,青壮年去当兵,村里老小的肚子更没保障,我会遵照温团长的意思,合理接受兵源,会给每个村留下足以保护百姓的青壮年。"

两人告辞,一个回山羊滩复命,一个留在乃马召村继续征兵。

乃马召村在大年三十晚上变成人间地狱。当时,人们正忙着过节,家家户户蒸馍馍、炸油糕、贴对联,突然来了两百辆汽车、二十辆坦克、两百名日伪军骑兵,他们一进村就大肆行凶,把不少人家的房梁拆了烧火取暖,把满村跑的鸡鸭鹅全宰杀,粮食全抢光,把没来得及逃走的妇女集中在一个车马店,轮流奸污。一天时间,乃马召村七零八落,他们还到附近的蔺家圪旦、刘有旺圪旦折腾,前后奸污了两百多名妇女。

所以未等黄一飞开口,被日本人打残一条腿的王楞虎第一个响应:"日本兵要强奸我好兄弟王来生的姐姐,他奋起反抗,被绑到沙窝里捅死了,我要为他报仇!"

"我也要报仇!"

"还有我!"

"我!"

不少青年发出压抑的怒吼,失去亲人的家庭更是悲从心起,哭声一片。

生火熬粥的时候,黄一飞看见一个拉风箱的妇女在偷偷地哭泣,他悄悄问:"大姐你怎么了?"

妇女躲闪着,"没啥,被烟呛了。"

黄一飞开导她:"大敌当前,一切小情小爱都是次要的。"

妇女一把拉住他,"兄弟,我是被小鬼子奸污的人,脏,他不冷不热也是应该的,当兵我也不反对,可是……我怕他硬拼,他得好好活着回来,娃娃不能没有爹啊!"

黄一飞听明白了,他豁然想到方圆几个村有两百名妇女有此遭遇,她们没死就意味着受罪,受心灵的煎熬。他决定开一个思想会,让大家把拳头对准日本鬼子,而不是自己的亲人!

在会上,四牛头村的七十一老汉说:"我给他们做饭时不小心多撇了一片菜叶,他们就捅了我一刀,还砍掉我一只手。我老啦,我让儿子去当兵,好好打这些狗日的!"

鲍建喜说:"他们把我闺女抢到包头去啦,我要当兵,把闺女找回来!"

张四小说:"我妻子也下落不明,我也要当兵!"

黄一飞说:"我们有责任保护那些受过创伤的女人,她们是无辜的。"

现场一片呜咽。拉风箱的女人被丈夫搂在怀里,两人默默哭泣,传递着仇恨的悲情。

黄一飞把三十几名新兵分成小组,在乌加河两岸的芦苇丛里穿行,走到与山羊滩平行的地方,才下到冰面上走。可是不远处的冰面上站着一些人,他们以为是日军,连忙退回来。黄一飞细看,发现那些人也是一副惊慌失措的样,模样怪异,衣着破烂。他轻喊:"你们是什么人?"

那些人在冰中间迟疑,不知道该前进还是像他们一样退回芦苇丛。过了一会儿,那些人中有人回问:"你们是什么人?"声音虚弱,没有力量和信心。

黄一飞说:"我部就在前面的山羊滩,你们报上名来!"

那个声音略有变化,充满喜悦与迫切,"我们……我们……"

这时又一个声音插进来:"我们是从五原城逃出来的。"原来此地竟汇合了三股人。

黄一飞看一眼三爷爷,三爷爷示意他不要动,自己拨开枯黄的芦苇,走到乌加河岸边,一脚踏上被野风吹得粗粝的冰面。老人将将胡须大声说:"对面的现个身,该不会是日本人伪装的吧?我老汉不相信你们能从戒备森严的五原城里逃出来。"

只见对面的芦苇丛左右分开,唰唰作响,而后从里面跳出一个黑人，身穿黑色棉服，头戴黑色棉帽，脸捂黑色围巾，只露一双白眼仁，"老人家是真的，五原城没法儿住了，日本人欺男霸女，嘴上说大东亚共荣，一转脸为所欲为。我们三十号人是被逼着去修工事的，昨天晚上他们给什么上将过生日，喝得烂醉，我们趁机跑出来，不敢回家，就想干脆当兵去消灭狗日的！"

冰面上的人也走过来，"我们是新公中、刘蛇村，还有四牛头村的，我们想好了，也要去当兵打鬼子。"

三爷爷向这边招招手，先带那些人上岸，隐入芦苇丛。几分钟后，黄一飞和廖虎带的人也越过冰面。三队人马集合后，廖虎清点人数，总共七十二人。黄一飞说："大家注意，这里虽然没有鬼子的防线，但人多容易引起敌机注意，一会儿出了芦苇丛，兵分两路，一路跟三爷爷踩荒走，一路跟我顺渠背走。"人们一齐说："好。"

果然，敌机像饥渴的乌鸦，呜呜哇哇地飞过来，它只比芦苇高一点，可以看见几张日本人的脸。黄一飞急喊："趴下——隐蔽——"没有经验的新兵就地卧倒，令一大片芦苇突然倒伏，引起了敌人的注意，一梭子弹打下来，几个人受伤，发出低而沉重的哀鸣。廖虎指挥新兵散开，但他们在散开时又压倒更大一片芦苇，这回敌机不客气，炮弹不断在周围爆炸。黄一飞觉得已经暴露，隐蔽只会造成更大的伤亡，他让三爷爷前面带路，新兵走中间，他自己断后，并且举枪向敌机还击。炮声轰鸣，芦苇丛被炸成一片火海，敌人大有四面开炮将他们围困烧死之势。危急时刻，一阵密集的枪炮声从山羊滩方向传来，黄一飞一看，原来是姚学忠率领一队人马赶来援救。敌机见有大炮，晃头晃脑地飞高，又虚张声势地扫射一番，飞走了。

敌机飞走后，黄一飞和廖虎不见了，援兵一部分护理伤员，一部分四处寻找。突然有人大叫："他们在这里！"姚学忠扑过来，和战士们刨开黄土，发现廖虎和黄一飞摞在一起，身下一片血污。

"少爷！黄一飞！"姚学忠疯了似的使劲摇晃。

廖虎已经牺牲，黄一飞悠悠醒来，"快，看廖虎，他怎么样？"

姚学礼过来检查，悲怆地摇摇头，并且很快稳定情绪要为黄一飞止血。

黄一飞打开他的手,翻身扑向廖虎,"你不该救我。"

人们还没缓过神来,又听见山羊滩方向炮声隆隆。"不好!日本鬼子又开始扫乡了,我们赶快回去!"姚学忠喊。

三爷爷说:"新兵还是继续隐藏在芦苇丛吧,这里暂时安全。新兵没有经验,手无缚鸡之力,回去也是白白送死!"

黄一飞、姚学忠赶回山羊滩,山羊滩的战斗已经结束,敌机几分钟之内投弹三十多枚,温团长和战士们奋力还击。敌机不敢恋战,在空中转了几圈,朝五原方向飞去。

姚学忠去交接新兵,黄一飞和温团长察看驻地伤亡情况,看见战士们正在修补四间房后墙的缺口,"对不起温团长,廖虎为救我牺牲了。"

温团长看着远处的天空,"他是个孤儿,从来不知道家在哪里,姓甚名谁,十四岁时遇见我,我见他可怜,便交由一位姓廖的老兵照料。老兵无子,为他起名廖虎,成为名义上的父子。后来老兵战死,廖虎就拿起老兵的枪杆子,正式成为我的通讯员。"温团长收回目光,落在黄一飞脸上,"今天的事是我的责任,我没保护好他。"

"不,是我的错!"黄一飞哽咽起来。

"你们都没错,是我的错,是我为老不尊、贪生怕死,没照顾好我孙子。"三爷爷不知什么时候来到他们身边。

此后,三爷爷突然病倒在床,气息虚弱,脉象湿滑。姚学礼诊断为原气大放,寿数将尽。

"你胡说!看不了就是看不了,说什么丧气话!我另请名医!"黄一飞精神涣散,言语失常。

三爷爷的女儿相信了姚学礼的话,因为老人一生刚硬,从未得过大病,这一病恐怕凶多吉少。她们偷偷请村里的匠人打了一口薄棺,把糊窗户纸找出来做好引魂幡。

几天后,三爷爷在睡梦中离世,面相安祥,一脸慈悲。

出殡那天,黄一飞抱一只瓷盆赶来,"您说廖虎是您孙子,他是为救我牺牲的，现在，我来做您孙子。"说罢高高举起瓷盆，重重摔在地上。两个女儿的哭声随之轻轻响起，不敢动用鼓乐吹手，只有风声相伴。

温团长也来为三爷爷送行，他脱帽鞠躬，向三爷爷的两个女儿致敬，"老人家征兵有功，是山羊滩的英雄。"女儿们默默啜泣。

在众人的帮助下，黄一飞把三爷爷和廖虎埋在一起，坟茔面向五原，让他们能够看到五原胜利的那一天。

从那时起，黄一飞十三岁时只求几亩土地的心被岁月和战争锤炼得更加坚强，他觉得，当一个人心里只有敌人，所有言语都显得苍白，最好的办法就是把敌人彻底消灭，还内心一片清静。

四、情报室·水川

一个午后，情报科的同志截获了一条神秘电波，电波隐藏在一个说书频道，二十五分钟内仅发一次，并且很快消失。电文内容诡异，手法远在苏联破译大师之上。黄一飞研究数日，觉得以他所学不能胜任破译工作，遂向温团长提出请派高人。

没想到几天后，吴海英前来报到，她做用人时鬓角的绒毛已经在十八岁时被黑亮的头发覆盖，如今更加成熟妩媚，周身充满神秘与孤冷的气息。她目不斜视，先向温团长报到，然后才上前拥抱黄一飞，对他轻说："好久不见。"黄一飞想把十八岁时没说出口的那句"你比小时候更美丽"送给她，但话到嘴边变成"好久不见"。

吴海英从上海带来一台美国进口侦听机，各方面性能比这里的侦听机先进百倍。两人在情报室深研两天一夜，用当前三十几种破译法进行解密，译文写出一百多条，但仍然不是正确的译文。情报人员继续监听，希望在多如鱼虾的波海找出一条类似的电波进行比对、研判，然而这就好比在大海里捞针，难度可想而知。

黄一飞意识到,电波越想要瞒天过海就越有大秘密,需要顶级的破译专家来解密,他将情况汇报给温团长,温团长沉思一阵,独自去情报室打电话,回来后什么也没说,闷头吸烟到天亮。

这种灰色情绪一传十、十传百,把百余名战士传染得疑窦重重,好像那条电波是一枚定时炸弹,说不定什么时候突然开花,令全世界灰飞烟灭。然后有一天,就在山羊滩的老百姓切酸菜、捣糕面,为穷年做准备的时候,有几匹黑色的骏马来到山羊滩。骏马上的人一律荷枪实弹,其中一个人身穿黑呢子大衣,脚蹬黑色马靴,戴黑色羊皮手套,显得与周围人、周围景格格不入。

他们在训练场停下,一齐下马,一齐拴马,一齐向战士们走来,走近了才分出主次,为首的略微前进一步,"请问温团长在哪儿?我们是董部的,请通报!"

温团长即刻赶来。来人递上信笺,恭敬地说:"付主席着我董部为你团找到了这位破译专家,他还会说日语,今护送到此,希望能为团长分忧。"

温团长喜出望外,"请转告付主席和你们董团长,大恩不言谢。"

军人跨马离去。

温团长宝贝似的上下打量黑呢子专家,好像那条电波的密钥就在他身上。专家不以为然,左顾右盼,抻着脖子看远处。他的眼神变化多端,时而冷漠,时而犹疑。温团长带他来到情报科,屋子很小,感觉所有东西都在门口立着。当温团长介绍"他是黄一飞,她是吴海英"时,黑呢子专家的目光立刻变得悠长而深邃,一道突然产生的鸿沟横亘在三个人之间。

"宋特!"黄一飞惊呼。

"什么宋特,他是新来的破译专家贾春江先生,你们先给他介绍一下那条神秘电波的情况。"温团长严肃地命令。

三人暂时压下疑虑开始工作。黄一飞先说初期截获情况,吴海英补充后期解密情况。

贾春江听完,打开自动录音机仔细聆听,电波出现在第二十一分零三秒，声音短促轻柔，没有规律。他听了三十二遍，然后出去牵出一匹马，翻身跃上，扯缰远去。

"哎，有些缘分拆不开、扯不断。"吴海英对黄一飞说。

"妈妈，他终于回来啦！"黄一飞喃喃自语。

晚饭过后，马蹄声渐近，几个人跑出去看，只见贾春江满身灰尘地跑进情报室，在一张纸上写下"保护水川上将"六个字，交给温团长。

"水川上将？"温团长既惊又喜。

"水川是谁？"黄一飞问。

温团长点燃一支烟，一边思索一边说："水川伊夫，日本冈山县人，皇族子弟，毕业于日本东京大学政治系，曾在日本地方警察系统任职，一九三六年来到中国，现任绥西警备司令官，曾多次扫荡大青山地区，疯狂推行三光政策，对中国人民犯下了血腥罪行。"

"这么说，水川有可能在五原？"黄一飞有些兴奋。

温团长冷静地思考后说："以水川近年的活动轨迹来看，很有可能。"

"一条大鱼！"吴海英插嘴。

"对，一条皇族大鱼！"温团长强调。

不知何时飘起雪花，空气潮润，静谧无风，红柳地哈茂林的兔子出来觅食，在沙丘上爬爬嗅嗅，留下一串迟疑胆怯的印迹。贾春江手插裤兜在沙丘上行走，无心观赏作案的兔子，即使一只误撞在他脚下，也被他跺跺脚或吹出的口哨声，惊得四下而逃。

"贾……春江。"黄一飞突然在他身后唤。

贾春江听了正准备像兔子一样逃走，被黄一飞一把拽住，"不要再躲了，我都知道啦，春江。"

贾春江双肩颤抖，双膝发软，一个趔趄栽倒在地，"装作不认识不好吗？为什么非要相认？"

"我们身在战场，随时都有可能战死，我不想留下遗憾。"黄一飞也跪在沙子上。

贾春江嘤嘤哭泣，刚来时的骄傲和威武散落一地，"你认识的贾春江已经死了。"

　　"梁潮生实际也死了，因为他后来没有自己，只为春江那小子活了，就像一对老鼠，一个在山里打洞，一个在山外打洞，只为那句'跟我走就对了'。"黄一飞悲怆地说。

　　贾春江久久未动，过一会儿说："是我在大仙面前扇阴风点鬼火，催促你换脸的，当时那种情形，你完全可以控制局面，可你为什么？"

　　黄一飞与贾春江并排站立，"我们的缘分源于那张脸，自从你换脸后，我对它加倍珍惜，不想让仅存的一张脸从世上消失，可我越想保护它，痛苦和失望越多，也许只有彻底改变它，我才能做真正的自己。"

　　"真正的自己？"贾春江重复。

　　"对，那张脸是你我一生的痛，也许失去它我们才能重生！"黄一飞坚定地说。

　　在第二天的晨会上，贾春江向温团长提出留在山羊滩继续做侦听工作，直到抓住水川上将为止。温团长十分高兴，命令灶上加菜，以庆贺情报科破译出水川上将这条大鱼。厨师很为难，敌机不时在天上巡逻，烟火太密集容易暴露。姚学忠现在已经和老百姓打成一片，随便一张口，老百姓立刻把吃的拿回家做，将烟火分散在家家户户。

　　吃过午饭，黄一飞对贾春江说："跟我来。"贾春江问去哪儿，黄一飞说："跟我走就对了。"两人相视而笑，一种久别重逢的情愫在空气中流转。

　　他们走出山羊滩，一路西行，来到几里外的杨家圪旦。杨荣枝家的黄泥房仍然与土地长在一起，但屋顶空荡荡的，红灯笼只剩下两个圆架子，院落几乎倒塌，屋内七零八落。据说当年土匪王兴抢劫杨家时，杨荣枝的傻弟弟既慌又怒没控制好表情，把傻笑当嘲笑释放了出来，被王兴抓住短辫子，生生当了垫背的。因为这事，杨荣枝每次上战场都要问有没有王兴那孙子，她立誓要为杨家唯一的男丁报仇。

他们来到当年贾春江家建窝棚的地方，它后来是梁潮生放羊的窝棚，现在都不复存在，四周全是荒草。"记得这里吗？"黄一飞轻轻问。

"嗯，记忆正在一点点恢复。"贾春江忽闪着眼睛说。

"我从红山逃回来后，给杨荣枝他们家放羊，窝棚就建在这儿！"黄一飞浅笑。

贾春江的眼中充满泪水，"既然逃出来，为什么不走远点，还回来这里？"

"不知道为什么，鬼使神差吧，因为在这里能梦见你。"黄一飞陷入对往事的回忆中。过了一会儿，等情绪稍微平复些，他指着东边对贾春江说："从这里往东是五原，你父母后来就住在五原城，喏，北面直走就是红山。"

贾春江东南西北各看一眼，然后收回目光，"我一直对你发号施令，可是有一天我换了脸，你还是那张我们相同的脸，我觉得生活在戏弄我，你也在嘲笑我，我就想逃进山洞，永远不要出来！后来你逃了，我更恨你，觉得从此你过的是我的人生，享受荣华富贵，前程似锦，没想到你却跑回来救我、救红山镇的镇民，而我也看到，即使你走的是我的轨迹，但这条路充满荆棘与险阻，你在替我承担、为我尽责，我呢，像乌龟一样缩在黑洞里，揣测你、诅咒你，我真是个混蛋呀！"贾春江敲打自己的头。

黄一飞按住他的手，"当年我们在黄河边相遇，注定要走这么一遭，好在都过去了，我们永远是好兄弟！"

直到此刻，我叔父才真实地感觉到十六年前的凤愿落了地，尽管此前他是为救贾春江才走上这条革命之路，但他内心萌动的火焰又怎能说不是一种革命呢？他按下连日来的喜悦，重新回到战前规划上，因为他看到温团长每天去野处散步，两眼炯炯地望着五原方向。

一天早晨,贾春江和战士把两张破桌子抬进大屋,摆在地中央,边缘用半拃高的木条固定,然后倒进几簸箕沙子,按照五原地形图和后套渠系图的比例,做了一个沙盘地图,地图上五原境内的渠沟湖海,一律用后套人家盖房用的红泥糊就。

"我们本来不缺这些个东西,可现在是隐蔽时期,设备都滞后啊。"温团长说。

贾春江为黄一飞演示,从南边红泥糊的黄河倒进水,水一部分顺流而下,一部分流入北面的乌加河、东面的乌梁素海、西面的丰济渠,可以直观地看到,五原境内直通黄河的小干渠就有十五条之多,阡陌相望,引人遐思。

"好了好了,我只懂给你做模型,接下来就看你的了!"贾春江放下盆,拭去头上的汗水。

黄一飞拍贾春江一下,"你还和小时候一样聪明,有你在,基本不用动我的猪脑子。"

话间,姚学忠走进来,看见这阵仗说:"听人说,村里的杜三伯年轻时跟王同春挖过渠。"

黄一飞急问:"能不能请过来?"

姚学忠立刻跑出去叫,半炷香工夫,他搀着杜三伯回来。老人家已经九十二岁,体力明显不支,未说话先咳嗽,"怎么?说水的事?老姚没说清楚,把我急的。"杜三伯说。

温团长把情况简单说了一下,老人喝了半茶缸水压住咳嗽,悠悠地说:"我是王同春的长用渠工,他的渠我大都参与过开挖。"

黄一飞指着沙盘问:"杜三伯,你看看眼前这些渠熟悉吗?"

杜三伯老眼昏花,躬身看了一阵,"呀!咋把渠水引家里啦?"

黄一飞解释:"这是沙盘,也就是微缩的渠图,你挖的那些渠都在这儿。杜三伯,如果我们既保全百姓财产,又掘口子御敌,你看是否可行?"

"淹日本鬼子?古时候关老爷这么打过仗。"老人沉思一会儿,"你们看丰济渠,它从黄河下来一直通到山边的乌加河,一路支支叉叉生出十大几条支渠,干渠与干渠之间、支渠与支渠之间都是套子啊,后生,河套都是套子,你怕什么?"

黄一飞听了杜三伯的话,尤如醍醐灌顶,眼前出现一幅日军在他设计的水套里挣扎的图景,他开心地对温团长说:"我明白啦!"

吃过晚饭,黄一飞背上铺盖,去了杜三伯家,与老人促膝长谈。此时,天冷得出奇,兔子也不轻易出窝,大地阒寂无声。

在训练场的枳机林里,出现了一个黑影,静静潜伏,一动不动,脸冻得发红。四间房外面有三处岗哨,每个岗两个人,在暗影里轻轻走动。鬼影似乎被冻得够呛,慢慢向四间房左侧移动,那里刚才换防只剩下一个人,他悄悄靠上去。哨兵为了不被冻僵,来回行走,当他走到屋后准备调转回来时,鬼影扑上去,双手一扭脖子,只听咔嚓一声,哨兵悄无声息地倒在沙子上。他缴枪、拖尸,前后用了十几秒钟。占据有利地形后,他往枳机林弹了一粒石子儿,惊起一群斑鸠,哇呱哇呱地飞上天空。另外几个哨兵警惕地端起枪,过去察看,鬼影趁机翻墙入室。

"什么人?"

屋内火光大作,鬼影用枪比着里面的人,从大屋慢慢退出来。

外面的哨兵涌过去,宿舍的战士也出来一半,与鬼影形成三方对峙之态。

姚学忠对温团长说:"情报无误,突然出现一个陌生人,果然是冲您来的。"

温团长质问:"你是谁派来的?水川伊夫吗?"

鬼影骂:"什么他妈的夫,老子是来找黄一飞算账的!"

"我就是黄一飞,好汉露出真容吧!"黄一飞站出来。

那人扯掉蒙面罩。"李一?"黄一飞惊讶地喊出名字,"你不是被收编到剿匪小分队了吗?"

李一愤恨地说:"谁能困得住我,我半路就跑了,一直打探你的行踪。你他妈的借他人之手杀了李公中,剿灭了我红山的弟兄,我要与你同归于尽!"

黄一飞哈哈一笑，"识事务者为俊杰，你奉为神明的李公中是假的，他一直在利用你们为主张不抗日的汪某人卖命，醒醒吧，我们的队伍欢迎你！"

　　"受死吧！"李一移动手指，扣动扳机。说时迟那时快，黄一飞一个健步腾空而起，从李一头顶落下，一脚踢中太阳穴，他被踢得脸部变形，身体踉跄，最后人倒枪落，无数支枪对准他的脑门。

　　腊月十八，一条微弱的电波落入贾春江的圈定范围，它狡猾地在波海游弋，历时好几个小时，仿佛在玩耍，又好像不愿暴露接收方的确切地址。贾春江不急不徐地与对方耗，连中饭都错过了。

　　"大家辛苦了，我来给你们送饭。"黄一飞和吴海英走进情报科。

　　贾春江把耳机递给吴海英，"你来听听！"

　　吴海英仔细聆听，一开始没觉得有什么特殊，后来眼睛闪闪发光，兴奋地喊："又是一条大鱼！"

　　这条信息折腾了一天一夜，这期间，贾春江和吴海英轮流监听，实在扛不住的时候，黄一飞盯一会儿。黄一飞开玩笑说："我从李察尔神父那儿学来的这点三脚猫功夫，在两位老师面前真是小巫见大巫，这么重要的线索，还是你们亲自监听比较好，我只管伺候好你们。"

　　贾春江回敬："你是黄镇长呀，堂堂的剿匪英雄。"

　　"是呀是呀，不敢当！"吴海英附和。

　　贾春江突然嘘了一声，随之摆手，三人一起趴到侦听机前。电波终于落地，动作之快让人难以想象，不过聪明的贾春江早就预设了好几个地点，时刻准备做定位，它一落，贾春江就判断出接收方的地址。

　　译文很快摆在温团长的桌面上，内容是：日本科学团不日抵达。

　　"地址呢？"温团长问。

　　"应该是五原没错。"贾春江答。

　　温团长陷入了沉思，过了一会儿，下令道："发报沿线军团，严密注意日本科学团的行踪，给我来个半道截，我要唱一出假赴会！"

"假赴会？团长的意思是……我们的人扮成科学团深入五原？"黄一飞揣测。

"对，贾春江不是会日语吗？由他带头，我要你们把五原的防守再摸一遍！还有，秘密发动城中群众，能撤的悄悄撤，不能撤的做好接应工作。最重要的是实地勘测渠情，虽然我们有渠系图，也做过模拟，但哪条渠现在畅通，哪条渠发生淤堵，我们都要搞清楚，要做到万无一失！"

"我要求加入日本科学团，亲自去摸渠情。"黄一飞朗声说。

"好，你顺便做一下城中群众的思想工作，听说很多人相信日本人提出的中日亲善、大东亚共荣，简直荒谬至极，必须尽快扭转这种局面！"温团长迫切地说。

几天后，沿线军团来电，说日本科学团一行六人已被秘密逮捕。在相应的时间，贾春江、黄一飞、姚学忠以及三名有经验的侦察员出现在包头，进入日本人的视野。他们在出发前跟贾春江学了一些简单口语，一般不用开口说话，由贾春江去沟通。因为是名正言顺的科学团，他们理所当然不走大路，专拣小道，在黄一飞的授意下，还刻意沿河走，把观察到的渠情记在脑子里。

在五原郝进桥，时任伪绥西联军头子的王兴奉命等候在那里。黄一飞看见王兴，不由想起他当年离开红山镇时说的"老子会有大作为"，他的大作为就是投靠日本人，当汉奸。他又想，再过几天，王兴的父亲王同春修的渠将成为痛打日本人的利器，他们家无形中将为抗日做出贡献，而王兴偏要为家族添一把灰，实在悲哀至极！

"请各位到客栈休息，咪西。"王兴一脸讨好地行四十五度鞠躬礼，在每一位科学家面前弯一次腰，一共弯了六次。

五原街满目疮痍，民居有的倾斜有的卧伏，侥幸存在的也都弹痕累累。街上的铺子没几间开的，匾歪歪斜斜，旗子早已褪色，往日精干的掌柜和伙计不见踪影。做生意的日本人和身穿和服的女人多起来，他们无休止地鞠躬，在五原街上不知疲倦地行走，好像要把这街走回他们家去。太阳旗随处可见，大旗挂在教堂高高的楼顶上,中旗插在街角的廊柱上,小旗则握在他们手中,一种秘而不宣的优越感在五原上空飘荡。现在,满大街就只有一种语言,那就是日语,因为行走的老百姓都不敢说话,怕摊上事。

主街不繁华,副街自然冷清,二十里寿材铺却仍旧透露着生意兴隆的气息,寿材铺有新刷油漆的味道,纸火铺的亭台楼阁依旧鲜艳。喜欢捻山羊胡子的高掌柜犯了严重的气管炎,一个冬天鼻子咻咻抽搐不停,气息也不顺畅,所以他不敢接触外面的冷空气,即使在铺子里也戴着自己缝制的白纱口罩。他有时坐在两口棺材之间,有时坐在一对童男童女中间,怔怔地思念传递消息时的辉煌岁月,又为上级突然中止他这条线而惴惴不安。

以贾春江为首的日本科学团踏上五原街,他们内心的愤怒只能用趿拉板的啪嗒声来掩盖。日本人向他们鞠躬,他们一一还礼。在日本人开的客栈吃过午饭,王兴将他们送入客房。

"请问这位先生,我好像在哪儿见过您?"王兴对黄一飞说。

黄一飞心想:你个狗汉奸,鼻子可真灵,多亏我换了脸。他装出知识分子固有的傲慢,没理他。

王兴纵有一万个不满意也不敢造次,压着火气传达:"请各位休息,明天早上大桥联队长有要事与各位协商。"

贾春江应了一声,目送王兴离去。

"大桥又是谁?一个水川就够有诱惑力的。"姚学忠不耐烦地脱下趿拉板,赤脚站在地上。

"大桥彦四郎,侵华日军第三师团步兵第十八联队联队长,日本的功臣。"贾春江脱口而出。

"看来五原的日本驻军中还有大鱼,不急,慢慢来。今天大家好好休息,梳理一下思路,估计明天与这位大桥有一场较量。"黄一飞说。

傍黑时分,黄一飞换了一件藏青色和服,并且按照日本正宗穿法,穿上外边有白色襦袢的兜裆布,据说这个东西是为了避免身体与和服接触,减低弄污的机会。襦袢外头的那层藏青色衣物比较休闲，袖筒宽大，便于行走坐卧。他对身着黑色和服的贾春江说："跟我走。"贾春江这回什么也没问，默默跟在他后面。

他们啪嗒啪嗒地走过半条街，来到千疮百孔的斜街里，二十里寿材铺侧门紧闭，门框上留有棺材出入划下的印子。斜街里的青石板被倒塌的民居挤成一条线，大部分铺子消失不见，铺子后面残存的民居七零八落，因为大多数人逃往乡下，日子显得一片苍白。战争不仅毁了人的家，战争也毁了蜘蛛和鸟的家，整个斜街里看不到一张蜘蛛网、听不到一声鸟鸣。

黄一飞在一处废墟停下，对贾春江说："这里是你妈妈为你安排的地方，我在这里住了好几年。"他仿佛看见自己把手从角门上方伸进去，轻轻拨一下，角门便吱吱呀呀地开了。

"妈妈。"贾春江轻轻呢喃。

"是的，妈妈。你记得回家的路吗？"黄一飞轻轻问，又像是对自己说。

贾春江眼含泪水，"当然记得，战争一结束我就回去看她！"

为免引起不必要的怀疑，两个人在废墟上捡了两块破砖，装出科学家的好奇心，叽里咕噜地对着砖说话，一转身，看见对面义和渠畔站着两个人，虎背熊腰的身着蒙古袍，高而瘦的身穿汉族服装，他们也在叽里咕噜说话，细听，说的蒙古语。待他们转过身来，黄一飞仿佛闻到了手扒肉的味道，原来他们就是当年在杨荣枝家做客的坎布仁王爷和随从巴特儿。

另一边，一男一女在散步，女的偶尔用土坷垃打冰滑。黄一飞细看，竟是吴海成、杨荣枝夫妇。这就好比是数年前的春天，同样的地点，他们在这里等他的情景，不过这次他们等的是坎布仁王爷和巴特儿。

很多事情都和过去有了联系，看似断了线，实则暗里筋骨相连。看到这些老面孔，又有贾春江陪伴身边，黄一飞突然想起纳兰容若的一句词：人生若只如初见。

一经沾染到义和渠的灵，它的魂就像影子一样甩不脱，黄一飞和贾春江又转了几个地方,始终觉得义和渠就在左右、前后。渠沟里的冰打湿了五原的空气,一转头,潮润润的,浇灭了人的戾气和躁火,更多柔软的东西漫上心田,把人的灵魂也搅得活泛起来啦。

五、兵营·长臂猿

联队长大桥彦四郎如约到来,他身穿印染碎花小纹和服,腰挎洋刀,头发盘成髻,高高束在头顶,极具武士道精神。他对科学家充满敬畏,自始至终点头哈腰,为他们提供了很多科学研究方面的线索。贾春江装作寡言的人,日语说得很少,但字字铿锵有力,富有哲理。他提出要自由考察,联队长点头应允。离开时,联队长突然越过贾春江的肩问黄一飞:"阁下是搞哪方面研究的?"

黄一飞听不懂,愣了几秒钟,但他很快拿起前一天在斜街里捡的破砖,晃了晃。

贾春江随即用日语说:"他是考古专家,怪得很。"

联队长笑笑,又说了一些溢美之词,然后与他们一一握手道别。

联队长一走出客栈,姚学忠便坐在榻榻米上长吁短叹:"哎哟妈呀,差点露馅。"

黄一飞问贾春江:"那家伙说什么?我应答的过关吗?"

贾春江笑说:"他问你做什么研究,你举起砖头,我只好说做考古的,你可真行!"

在日本科学团头衔的掩护下,黄一飞一行六人走遍五原的渠沟湖海,同时通过高掌柜,与吴海成做了不少群众动员工作,表面看似安静的五原城,实则暗流涌动。

数天后,贾春江向大桥联队长报备说回太原整理近一时期的资料,不日将再度返回。联队长信以为真,派军车送他们去绥远,但车一出五原就被杨荣枝率领的地下小分队劫持,黄一飞等人顺利回到山羊滩。接着吴海英向敌方发报说"军车返回途中遭遇阻击",彻底消除五原驻军对假科学团的怀疑。

黄一飞把实地考察的渠情,重新在沙盘上做了记号,通渠、淤堵渠、不畅渠了然于心,通过再次做实验,水战的雏形在他脑中构建起来。贾春江也有收获,五原方面的粮食供给电波越来越频繁,他分析城里缺粮,说可在外围断其粮草。温团长立刻着三十五军沿线去办,结果外面的粮食进不来,日军就打老百姓的主意,他们挨家挨户收粮、抢牲畜,顺带还戕害大闺女,一时间城内大乱。

又一波城内群众通过各种方式涌向乡下,山羊滩的红柳地扎满逃难的窝棚,姚学忠带人去看,回来说:"老人娃娃都在城里,逃出来的都是青壮年和女人,缺吃少穿的怎么办?"黄一飞心生一计,"何不就地招兵?"他的话点醒了温团长,温团长让姚学忠去办,没半天工夫,竟招到四十五名男青年。一些荣枝样的女青年,过去没有机会抛头露面,现在家被日本人侵占,一腔怒火,也想上阵杀敌。她们围着姚学忠,说打鬼子不分男女。姚学忠跑回来汇报,温团长考虑后,同意少招几个做护士。天黑的时候,八名经过严格挑选的女青年来到兵营。

次日,新兵分到各个连队、科室,黄一飞还是光杆司令,专门负责研究水战布局,温团长这次给他派来一名助手。

当时,他正往沙盘的渠沟里舀水,看淤堵渠有多大承受力,突然一个清脆的女声喊报告,他不敢分神,说完"请进"后继续观察。女声说:"我是派来给您当助手的。"黄一飞心想:怎是个女的,一转身,人先变成一只呆鹅。"一秀?"他大惊失色。

女人就是一枝独秀的一秀。她不施粉黛,不着旗袍,不扭捏作态的形象与杨荣枝没什么两样。

"你不是宣化人吗?怎还在此地?"黄一飞摊着两只泥手问。

"回不去,仗打得家都没啦,想在五原落脚,没想到五原也沦陷了。"一秀忧愁地说。

"我不需要什么助手,你走吧!"黄一飞说。

"国家有难，匹夫有责，凭什么我就不能上阵杀敌？"一秀气乎乎地还口。

突然，姚学礼急急跑来，附耳对黄一飞说，温团长给他派的护士居然是五秀。黄一飞望出去，只见惯常穿黛青色旗袍的五秀，此时身着荣枝样的进步女青年服装，一脸严肃地跟进来。

一秀和五秀手拉手站在一起，一秀泪眼滂沱地说："黄镇长，一枝独秀的一至八秀，二秀被水葬，七秀、八秀寻了短见，听说三秀、六秀也被日本人杀害，我和五秀流落在五原，给有钱人做女红、洗衣服，我们早已告别过去，收下我们吧！"

"怎么就没提我四秀？"吴海英不知何时走进来。

一秀、五秀快乐地和吴海英拥抱，三个人喜极而泣。一秀对吴海英说："我们知道你是来一枝独秀卧底的，在红山时你英勇剿匪，我们佩服极了，想成为像你一样的人。"五秀接着说："可现在，好不容易被招来，黄镇长却不给我们机会。"

黄一飞解释："你们娇生惯养，吃不了这个苦。"

吴海英求情："试试不就知道了，以一周为限怎么样？"

黄一飞看姚学礼，姚学礼一副无所谓的态度，他只好拿主意说："好吧，一周内，一秀搞清渠系图，五秀背会汤头歌，做不到就主动离开！"他给她们出了一道难题，她们却不知情地接受了。

一周后，中共后套特委召开紧急会议，研究如何帮助付恩达部共同抗日，会上，吴海成等人提出组建一支抗日战地服务队，以保卫临河县政府的安全。付恩达积极响应，从军团选出一百名思想进步的青年加入服务队。在进步青年宣誓仪式上，黄一飞与吴海成终于再次相见。

"好久不见！"吴海成说。

黄一飞用力握住吴海成的手，千言万语只化作一句："你还认识我吗？"

吴海成说："红山一役，你受苦了，也长大了，我很高兴。现在，你和姚学忠、姚学礼，还有我妹妹吴海英，作为中共后套特委派驻付部的抗日人员，要搞好团结，争取早日把鬼子赶出五原！"

黄一飞惊问："那……贾春江呢？"

"他的身份需要你自己去确认。"

黄一飞想了想，"我知道了，期待早日回到你身边！"

所有战前工作进展顺利，时机成熟，付主席决定召开第三十五军团以上会议，会议从筹划到选址一直秘密进行。在温团长的授意下，贾春江用加了双重密钥的电报向各军团发布指令，五原的大桥联队长以及包头、绥远的特务组织，企图破译这款故意透露给他们的信息，但无论他们的情报人员怎么解密，都不能完整地知晓内容，付部各军团军官得以顺利抵达山羊滩。

会议地址最终选在山羊滩小树林，为防日机发现，会期仅一夜。那天劲风凛冽，天上乌云笼罩，没有星星，各军团军官牵马而入。会议总结了包头战役和绥西战役的得失，讨论了收复五原的部署。付主席说："各军团兵分若干路，先充当架桥队、炸桥队、突击队，然后一举向五原城推进，把敌人装成套子后再放水淹，痛打落水狗！"军官们兴奋地跺脚，战马也响应主人，不住地跺蹄、打响鼻，使整个树林白气袅袅，一派火热景象。

付主席宣布，三月二十日向五原发起进攻，又提出成立一支掏心窝突击队，专门负责夜战、巷战，旨在近距离偷袭敌人。

天亮后，会议结束，各军团军官悄悄离去，小树林被战马啃光树皮，地上留下无数人的脚印和无数马的脚印，还有一些烟头，一场反攻号角从这里吹响。

数日后，武师和长臂猿前来报到，他们是掏心窝突击队的一号种子选手。武师仍旧穿竹片防箭服，腰挎弯刀，一副万事诸知却沉默不语的样。长臂猿的身高丝毫未减，臂长一点没短，头尖而狭小，像只消瘦的猩猩。当他们看到黄一飞、姚学礼、吴海英三人并排站在温团长身边，惊异地失口怪叫。而后，他们看到宋特从三人背后缓缓走出，双手插兜，一副桀骜不驯的样子。

当红山的人一个个站在我叔父面前，他想起我妈妈李黛，他不知道她此刻在干什么，有没有思念和牵挂他。他闭上眼睛，脑海里全是水，那水浑浑黄黄，从黄河流入干渠，又从干渠流入支渠，最后流入围拢着田地的小水渠，从上至下，从宽到窄，渠越来越苗条，水越来越浑黄，人的心由于水流向禾苗而变得异常兴奋。水，禾苗，粮食，是一个植物链，水是万物之源，现在，他们要把它变成一个隐形战士。

集训工作开始前，一秀、五秀通过了黄一飞和姚学礼的考核。实际上，一秀的渠系讲解一团糟，五秀的汤头歌也背得不完整，但他们听从吴海英的话，给两位敢于上阵杀敌的女子一个机会。八位女战士被编成一个护理班，在姚学礼的带领下，学习紧急救护常识。在学习中，她们那展现女性之美的长发总是耽误事，不是被什么东西勾住，就是在已经消好毒的皮肤上扫一下。姚学礼喜欢长发，尤其是吴海英那头乌黑浓密的长发，但他不想让它们给护理工作带来烦恼，他要求一律剪成短发。

她们选了一个好天气实施告别长发活动，在借住农民家的火炕上，一秀让她们并排坐在炕沿边，由她们随机指定剪发次序。轮到五秀时，训练场突然响起轻而短促的集结号，号声压抑着嘶叫，又嘶叫着压抑，怕惊动五原方向的日军。"哎呀，怎么办，剪了一半！"一个女子叫。"先剪短，回来再说！"一秀说。于是剪刀翻飞，一些长头发下雨般落下，她们一边抖落头发，一边跑出去集合。

集训正式开始，战士们以在战场上的角色分工为小组，进行高强度体能训练。黄一飞、姚学礼也抽空参加，黄一飞在红山练就的骑马射箭功夫已然生疏，倒是小时候总是被武师骂的姚学礼有几分英姿，却也因长年行医疏懒，变得只知要领不懂变通。

掏心窝突击队已经成立，各师团派来具有近距离搏杀技能的战士三十人，长臂猿亲自回临河从三百骁勇中选出五十人，八十名威风凛凛的战士跟随武师到红柳林进行训练。

"这个人，哪儿窄憋去哪儿。"姚学忠嘲笑说。

"你不懂，这是在训练战士巷道作战能力，在敌人心窝子上活动得有真本事。"温团长反倒很欣慰。

几天后，临河县政府的支援物资送到山羊滩，一批在红山缴获的枪支弹药隐藏在哈茂覆盖的马车上，马车在战士们的注目下走进四间房大院，当赶车人掀去车上的哈茂，露出一张明媚的脸。

她就是我妈妈李黛。

她看到我叔父心无旁骛地检验车上的物资，显得庄严肃穆，她轻轻走过去，考虑叫梁潮生还是黄一飞，我叔父突然回头看见她。实际上叫什么都无所谓，刹那间，四周的一切全变成点缀。他们向对方走去，眼神交织在一起，世界似乎只剩下他们俩，天地万物化为乌有。

吴海英在情报科门口看到这一幕，回身戴上耳机，把注意力集中在仪器上。姚学礼端一只煎药罐，看一眼走两步，见吴海英憔悴的样，心生怜惜。

"哎，今天晚上咱们去村里听故事好不好？"他逗吴海英开心。

"不行，我得监视敌方电波。"

"我陪你。"

"同志，你的工作在战士们身边，情报科是机密部门，请你出去！"吴海英的态度来了个一百八十度大转弯。

姚学礼走出去，茫然不知要去哪儿，罐子里的药已经没了温度，他又端进厨房。

在训练场旁边的红柳地，黄一飞和李黛一起看落日，晚霞余晖照在他们脸上，他们幸福地闭上眼睛。

"他们好吗？"黄一飞问。

李黛知道他问的是谁，"都很好，红山镇现在是一个正常的镇子，如今男女比例平衡，戈壁特产卖得好，每年通商几个月，就可以丰衣足食过一年。只是那些坐过水牢的镇民,包括我爸爸,身体都不好,加上那些烈士遗孤,我实在走不开,不能和你并肩上战场。河河,哦不,黄河那孩子经常给我写信,他认准了你这个叔父,你可不要辜负他。"

黄一飞听李黛细细碎碎地念叨,他的思绪在她的话里悠悠飘荡,仿佛被温情抚摸了一下,整个心湿哒哒、柔蜜蜜的。他第一次在回首过去的时候,心生留恋,以前他认为那些过往都是贾春江的,自从与贾春江破除芥蒂,重修旧好,他突然把自己和贾春江掰开了,对自己之所以受困于阴影有了一个理性思考,这时候的黄一飞是成熟的梁潮生。

"黄河……他将来比我们优秀。"黄一飞温情地说。

"将来,你会回红山镇吧?我还等你给我的闺房贴石子儿呢。"李黛娇羞地说。

"我一定补上。"黄一飞深情地说。

"红山的枪支弹药送来我就放心了……时间不多啦,我们天黑就得离开。"

说话间,不知谁吹了一声口哨。"我得走了,你保重,不许生病,不许受伤,不许……记得我在等你!"李黛怕自己哭,一阵风似的跑出红柳地。等黄一飞追过去,她已经坐上马车,在黑暗中摆手,又在黑暗中隐去。

次日一早,黄一飞把整理好的水战笔记放好,正要出去训练,温团长一脸凝重地走进来,"你……要挺住,昨天晚上回程的物资车遭遇了埋伏,所有人……无一幸免。"

黄一飞感觉一阵眩晕,勉强支撑站好,颤颤地问:"李黛她……"

温团长扶他坐下,"临河方面已经确认清楚,是伪军头子王兴做的案。"

"王兴!王兴!"黄一飞号叫,一拳打在桌角上,溅起一摊血。他无法自抑地跑出去,却与贾春江撞了个满怀。

"快,跟上他,千万不要出事!"温团长喊。

黄一飞也不知道自己要去哪儿,反正他跑过的地方东西全倒,人全趴下,天地失色。

下起雪来,晶莹的雪花带着黛儿的笑脸到处飘,黄一飞去抓,到手里就化了,黛儿没了,他又去抓另一片,许多个黛儿化了。他的手湿漉漉的,他捧着水坐在沙丘上,傻傻地笑,水慢慢结冰,他一动不动地看着。

贾春江找到他,打飞他手里的冰,使劲搓他冻僵的手,他瑟瑟发抖。他病了,一直打摆子,无休止地说胡话。姚学礼煎的所有中药都对他不起作用,他仿佛被人下了魔咒,皮肤上的每一个毛孔都有可能隐藏那枚魔针,或者在皮肤表层下游走,毁坏所有器官,令他梦魇连连。

"我去请杜三伯。"吴海英说。

姚学礼非常生气,"你不相信我的医术?"

"不……不是,有些病非医道所能医。"吴海英艰涩地解释。

少顷,杜三伯在吴海英的搀扶下来到四间房,他听完贾春江的讲述,又看看姚学礼的药,摇头。

"娃娃们听我说,他在极度的打击下有一些精神错乱,无妨,急病好治,来来来,把他扶起来,脱掉鞋。"

众人照办。杜三伯趁人不备,掏出一把鞋锥,猛得插入黄一飞脚心,只听哇一声,黄一飞晕死过去,脚心鲜血直流。

"您……他现在哪受得了这个?"贾春江嗔怒。

杜三伯呵呵笑,并不生气,装好鞋锥,准备回去。

这时,黄一飞弱弱地喊了一声,悠悠地醒过来,见大伙围着他,惊奇地问:"发生了什么事?"

贾春江按住他的肩,"你不记得了吗?李黛她……"

"哦对,我想起来了,是伪军头子王兴干的,我和他势不两立!"黄一飞愤恨地说。

傍黑时分,黄一飞、贾春江、姚学礼、吴海英为李黛立了一块碑,黄一飞捡了很多小石子放在碑下。"你不该来看我。"他沉痛地说。

吴海英说:"李老师最放心不下那些遗孤,你放心,临河县委已经派人去了,镇子和孩子都会毫发无损。"

黄一飞点头。他让他们回去,他对着李黛的墓碑说了很多心里话,包括他坐她的洋车逃走,他利用她钳制李公中,等等。他再次被冻僵,贾春江再次把他背回去,不过这回他没病,而是要了一瓶酒,一直喝到天亮。后来,他把精力全放在水战布局上,为了应付将来可能出现的突发状况,他请来山羊滩所有挖过大渠的老人,与他们倾心交谈,捕捉他们言语中的蛛丝马迹,期待布局水战的灵感爆裂。

吴海英开始学习用野菜熬汤,野菜是他们用布匹和老百姓交换的干菜,秋天采摘,在秋老虎天晒干,迅速脱水,储存在箩筐里,盖好,冬天食用。没有水分的干菜反而更不容易煮烂,吴海英往往要耗费几个小时,才能做出一小锅野菜汤。黄一飞喝汤的时候,心思还在案头上,大不了说一句"咸了""比昨天咸""再搁一点盐恰好",吴海英什么也不说,笑着看他喝完,第二天再进行改良。

几天后,吴海英脸色潮红地回到情报科,贾春江正在监听一则密电,看到她的样子有点担心。"他一时半会儿不可能转移情感,你不要陷得太深。"贾春江对着电台说。

吴海英别过脸,不看他的表情,"我是看他整天研究水很辛苦,给他补一补罢了。"

贾春江仍旧盯着电台,"其实你可以考虑一下姚学礼,他喜欢你。"

吴海英没搭腔,沉浸在贾春江刚才监听的那则密电中。

外面突然吵声大作,好像是姚学礼的声音,"你这个伪君子!"

"不可理喻!"是黄一飞的声音。

两人跑出去,看见姚学礼和黄一飞正在揪扯,小战士拉不开,也跟着转圈圈。贾春江跑过去拦在他们中间,"你们俩干什么?像话吗?忘记咱们在山里的情谊啦?"

姚学礼怒气冲冲,"呸,山里?他逃的时候,我对他说有好事别忘兄弟,他说不会忘记,结果呢,自己一拍屁股走了,还摇身变成春江少爷，呵呵，变成你，你还替他说话？"

贾春江说："事情不是你想的那样，你能和哥哥相见，还是他的功劳。"

"是呀是呀，我该感谢他，把我喜欢的女人拱手相让。"姚学礼信口开河。

"姚学礼！"吴海英弄清楚怎么回事，突然嘶叫一声，无地自容地跑进屋内。

"咳咳咳……"温团长散步回来，众人立刻噤声。

第 七 章

一、皮毛店·武师

在黄河观察水情的姚学忠突然跑回来瓮声瓮气地描述，冰面像被刀子切开一样，偶尔发出嘣嘣的声音。黄一飞立刻去观测，因为离山羊滩最近的马七渡口被日军占领，他只好沿临河段的黄河直上三盛公，沿途看到流凌开始崩裂，浑黄的河水汹涌咆哮。经过走访周边百姓，黄一飞确定二十日可全面开河。

温团长听到这个消息，立刻报告付主席，付主席通令各部开拔到五原与临河交界地，做好反攻五原的准备。

战前的夜无比黑暗。河套平原进入倒春寒天气，从西伯利亚吹来的劲风经过稀释，变成沁人骨髓的寒流，春天其实还远远没有到来。

姚学礼把剩余的中药分给老百姓，大战在即，他只能随身携带西药，在炮火中为受伤的战士紧急治疗。一秀、五秀的护理水平基本过关，她们开始失眠啦，既盼望接受战争的考验，又害怕子弹不长眼，不过，两人在五原时经历过敌机大轰炸，对血肉模糊、手脚横飞的场面见惯不怪，好几次她们身上溅满红的鲜血、白的脑浆，还看见碎骨、皮肉和一缕缕烂布条，见一位怀有四个月身孕的妇女被炸开肚皮，已经成形的胎儿连着母亲的脐带在血泊中蠕动。从那时起，她们心里的一枝独秀成为耻辱的过往，取而代之的是仇恨和炮火。除此之外，五秀还怀有一个秘密，那就是对姚医生的钟爱，但姚医生似乎只喜欢四秀吴海英。自从那次他和黄一飞吵完架，便不再接近吴海英，吴海英也很少出去，黄一飞更是躲得远远的，他们三个人成了一条平行线上的陌生人。

五秀去找贾春江，让他从中调和，使三个人和好如初，但贾春江并未帮忙，只是说"战争可以调停一切"。她又将此事告诉姚学忠，没想到姚学忠也说"打起仗来就好啦"。这是什么道理，难道战争能洗涤她们自身的罪恶，战争还能平息男人之间的怒火？

一天夜里，姚学忠抓了几条开河鱼，让一秀、五秀做了几样小菜，把贾春江和吴海英请来，又把黄一飞从渠系图边拽过来。姚学礼开始赌气不来，中场突然到来，不说话，一个劲儿吃鱼。姚学忠提议喝一杯酒，几人无异议，不承想几杯下肚，黄一飞、姚学礼全醉啦。恍惚中，他们手拉手，面对面，彼此致歉，把吴海英让来让去。吴海英生气地说："我不是物件！"

当屋里只剩四个男人时，贾春江把话引到红山，四人的心联结在一起，那时的愿望多渺小，姚学礼只求老姚能认他，黄一飞一心要救贾春江，而今，小愿望实现了又生出大愿望，大愿望的矛盾体就是美丽的吴海英。

贾春江对大家说："当初我们没死在红山，今天的爱情就是奢侈，珍惜爱情，更要珍惜眼前人。"

黄一飞对姚学礼说："我不是你的假想敌，你的敌人是吴海英的心。"

姚学礼喝了一口酒，"从今天开始，让我们放下一切投入战斗吧！"

四人举杯。

三月十八日，黄河全面解冻，反攻五原的时机成熟。付主席发布最高指令，要求各部夜行军向五原推进，于次日抵达指定位置。

武师和长臂猿的掏心窝小队提前出发，他们身着便装，胳膊上挽着红布条，潜伏在距离五原十五公里的黄合元村。黄合元村不远处就是义和渠，渠上的郝进桥已经被鬼子破坏，掏心窝小队只能渡过义和渠到达五原。在指定的时间，黄一飞指挥水军挑开一小段黄河口，加大义和渠的水量，鬼子见水溢满渠道，放松了对这边的警戒，掏心窝小分队立刻用橡檩绳索架好一座浮桥，利用夜色向四大股庙村挺进。

村里有一支伪军守备队，在没有日军监视的春夜，他们也似乎比较放松，一个个耷拉着脑袋，无精打采。除了换防时出来一队伪军，其余时间他们一直在屋里喝酒。武师让大家先隐蔽，他和长臂猿慢慢靠近守卫住所。过了一会儿，门拉开一条缝儿，一个伪军歪戴大沿帽，嘴叼白棒纸烟，探头往外看，然后缩回头。"长官，外面冷，就在门缝尿吧。"里面哄堂大笑，接着门吱呀一声开了，窜出一股烟酒之气，并且从武师的角度来看，整个房间烟雾笼罩，人影绰绰，大约有二十个人。

武师向长臂猿发出了一个特殊手势，这是红山的作战密语，只见长臂猿退后两米，从另一侧隐去。武师和长臂猿刚刚摆好防守，被称作长官的伪军走出来，他先站在门前的台子上打了一个长长的饱嗝，然后醉意十足地走下台阶，穿过一条青砖铺就的小路，到守防的地点探视，值夜兵向他报告无异常，他心满意足地转身回屋。武师看着他的背影，心说尿呀，长官果然在进门的瞬间想起这件事，撤腿跨过一截矮墙尿起来。

时间短促，武师迅速向长臂猿打了个手势，长臂猿正在矮墙下，得令一把拘住伪军长官，用一把尖刀抵住下颚，他吓得又不尿啦，眼睁睁地看着值夜兵而不能叫唤。

武师轻踮脚尖，快步来到长官面前，将他调转身子。这样一来，伪军长官就相当于面向值夜兵，身后却受到尖刀的威逼。"说，你们的口令！"武师轻喝。

"啊……这个。"长官支支吾吾，拖延时间。

"快说，不说我一刀灭了你！"武师把刀顶在他喉管上。

"嗯，那个……对方问一二三队，回答第三队。"他颤抖地说。

武师又把尖刀靠近一些，一股鲜血奔涌而出，"算了别说啦，老子干脆结果了你。"

"我说的是实话，你不信……一二三队！"他冲值夜兵喊。

两个值夜兵立正，稍息，一齐回答："第三队！长官有事吗？用不用我们扶你？"

"混蛋，小看老子，直视前方，好好站岗，老子刚才是考考你们。"长官出了一身汗。

长臂猿看武师一眼，武师刀一转，长官随即尿了一裤子。他们将人抬进一篷杂草中，回去与小队汇合。

掏心窝小队在五原南门将纵深队改成横队形，踏荒急进来到城门下。守城门的是两个日本兵和四个伪军，正在寒夜里打瞌睡，武师在下面喊："包头的粮食到了，放行！"

六个人连忙打起精神，从城门上往下看，两个日本兵呜哩哇啦，一个伪军翻译问："粮食呢？"

武师回答："藏起来了，和水川上将对接后才能交给你们。"

日本兵又呜哩哇啦一气，大概是在商量怎么办。

武师怒喝："八格！耽误了军情唯你是问！"

六人又商量了一会儿，伪军问口令："一二三队？"

武师叉腰、仰脖答："第三队！"

门倏忽打开，战士一拥而上，先将两个日本兵杀掉。伪军见城门失守，抖如筛糠，当即投降。掏心窝小队把城门留给后面的大部队，急速隐没在五原城的大街小巷。

十九日夜，城中百姓似乎预感到一场战争即将到来，都守着炉火，听风吹动窗棂的声音。往前推几十年，这里还是一片草原，草是单纯的，有了人，草就变成田，田又变成城。人总以为城能抵挡一切，如今看来人是万事万物的始作俑者，可生可灭，可造可毁。现在，城中老人和未成年人居多，青壮年都当兵去了，很多人将会在今夜返回城中，来拯救他们的父母兄弟和妻儿。那些长者开始回忆往事，给孩子们讲述第一个租地的人，第一个挖渠的人和第一个开商铺的人，当一切建立起来，就形成一座五原城。如今它成为敌我争夺之地，原因就在于河套水草丰美，是个天然的大粮仓。说这些的时候，老人用的也许是河南话、陕西话，也许是大同话、太原话，最后，所有语言经过融合、再造，演变成具有河套特色的河套话。

人们等待天亮，但今夜漫长。突然响起枪声，家家户户的油灯瞬间熄灭。在黑暗中，人们听到细碎的脚步贴墙而过，一处响，处处响。有的老人听到儿子的脚步声，仿佛在门口略微停顿，那心便妥贴地与家人在一起啦。或者是谁家的狗听到了主人的呼吸，汪汪狂吠，发出撒娇样的哀鸣。小孩一直不肯入睡，紧攥拳头，望着门口，似乎在等一张熟悉的脸出现。一切不同寻常，亲人的心灵感应形成一张庞大而密集的网，笼罩在五原城上空。

掏心窝小队充分发挥近距离搏击的优势，虽然大部队的炮火已经开始，但他们仍旧走街串巷，依据地图查找日军的盘踞地点。吴海成、杨荣枝等地下党隐藏在二十里寿材铺，待武师和长臂猿的红布条标志一出现，立即过去与之汇合，并且为他们引路。

听说伪军头目王兴就在五原城，荣枝阿姨坚持要来参战，吴海成拦不住，只好让她跟在自己身边。我未来的战友山山此时才三岁，寄养在临河县乡下一户农家，虽然吃糠咽菜，但长得虎头虎脑，喜欢无休止地流口水。他的模样让荣枝阿姨想起被王兴害死的傻兄弟，她有些担心傻兄弟的口水会遗传给山山。

在谭统领公馆据点与日军交手时，杨荣枝看到仓皇逃窜的人群中有一个熟面孔，她就是当年频繁从角门出入的另外一类荣枝，她们属于富有铺主的女儿，念过洋学或在包头厮混过两年，当年加入进步青年行列只是追逐潮流，真正走上社会，她们的意志已经随家庭环境而改变，一心想步入上流社会。即使是逃亡，她们的步伐也丝毫不慌乱，她们头上的发髻光亮黝黑，仿佛抹了蜡；她们的裙裾闪烁着富有的亮片，蕾丝飘动，肤白如雪。

"靳佑佳！"杨荣枝喊。

一个女子停住脚,四处打量。杨荣枝跑过去,"靳佑佳,你在这里干什么?"

"你是……杨荣枝?是你们的队伍吗?快救救我!"靳佑佳拉住杨荣枝的手。

"你先去居民家躲起来。"杨荣枝说。

靳佑佳提着百褶裙,"我这样的没人敢收留,我还是跟你走吧,没想到你最终还是走上了革命道路。"

杨荣枝说:"开什么玩笑,我打仗带上你,你一看就不是正经人,你快逃吧!"

靳佑佳去追赶前面的人,几个日军从斜侧窜出来,用他们几个做人墙向这面开火,火光迸发,靳佑佳后背中了一枪。"靳佑佳!"杨荣枝喊。

靳佑佳口鼻喷血,倒在日军怀里,日军又拖着她后退几步,在安全地带把她推开。杨荣枝奔过去俯身察看,发现靳佑佳失血过多。"靳佑佳……对不起,我……"杨荣枝悲怆不已。

靳佑佳咧开鲜红的嘴唇,"当年我们是一路的,后来我越走越远,沦落为日本人的玩物,对不起的应该……是我。"靳佑佳头一歪,闭上眼睛。

杨荣枝来不及哭泣,队伍又向前推进到实验小学,那里离皮毛店日军司令部不远,他们要活捉大桥彦四郎和水川伊夫。

盘踞在实验小学的日军不知去向,只有几名学生躲在一间教室,武师冲进去,"小孩,鬼子呢?"一个男生答:"往皮毛店司令部去啦。"武师问:"你们怎么没跑?"一个女生说:"我们没有家,父母被日本人杀了,房子被日本人烧了,日本人开始说要与学校共荣,培养下一代,可是……"

杨荣枝搜查完别处,过来这边了解情况,听完那位女生的话,愤然说:"你们是否遭到猥亵?"她顿了顿,决定收回没有同情心的腔调,"你们为什么不反抗?"

"我们……"女生低下头,"当时就不想活了,但我们想报仇,所以忍辱负重活到现在。"

杨荣枝一听火冒三丈，"现在？日本人逃了，你们找谁去报仇？"

女生的头快低到地下去了，羞愧使她们寒毛直竖，身体簌簌发抖。她们在众人的注目下，手拉手站在院子当中的水井边，她们对其他同学说："你们好好学习，将来做有骨气的人。"说完互看一眼，准备跳井自尽。

"等一等。"黄一飞突然出现。

"你怎么在这里？你不是应该和大部队在一起吗？"杨荣枝潦草地问。

"我们进城后就分成若干小组了，我们这组暂时负责掩护武师和掏心窝小队，结果看到了这一幕。"黄一飞态度不太好，显然对杨荣枝处理事情的方式不满，"荣枝，你知道吗？开战前我们去征兵，一些受辱妇女告诉我，她们不怕死，怕活，这些女学生也一样，我们没有保护好她们，是我们失职！"

黄一飞的话让杨荣枝想起靳佑佳，倘若当时她有一点同情心，靳佑佳就不会死。她突然觉得自己是一个冷血的革命者，对所有游离在革命之外的女性有一种莫名唾弃，觉得她们缺乏信仰，至少缺乏保护自己的能力。

"哦，是我错了吗？"她这么问自己。

黄一飞见她态度有所转变，语气也缓和下来，"你少年时就受到吴老师的影响，并且一直追随他，在革命的道路上没走弯路，她们所处的环境和你不一样。"

杨荣枝本来是以一个老革命者的身份自居，被黄一飞一说，觉得在队员面前失了面子，但又不能不认错，只好说："那么好吧，来几个人，把学生们送到安全地带！"

这时，长臂猿带领掏心窝小队的另一组人马从粮库赶过来，报告说："五原基本成了空壳子，粮库里的粮食少得可怜。"吴海成说："包头的粮草也不足，他们没有后援，全凭伪军头目王兴转村子抢粮。"武师恍然大悟，"怪不得一说包头的粮草，他们立刻就打开城门,原来是饥不择食。"

皮毛店日军司令部枪声大作,武师知道大部队和日军交上了火,便从一个巷道插到屯垦合作社和平市官钱局,想把那里的日军一并赶到皮毛店,来个一窝端。但这两处的日军相当狡猾,躲在坚不可摧的工事后面不出来,用几挺机枪疯狂扫射。

"怎么办?"长臂猿请示。

武师思考了一会儿,"等!"

十几分钟后,他拉来一辆炸坏的坦克,坦克上面的旋转壳子掉了一大半,但车轮没有受损。他对长臂猿说:"我推坦克往前走,你们躲在后面,等走近后跳入工事进行肉搏战!"

长臂猿突然说了声:"我来!"就见坦克飞快地转动起来。

武师和战士只好就势跟在坦克后面,向敌人一点点靠近,吴海成等人则用强火力进行掩护。

日军的子弹在坦克上飞溅,几名战士中弹倒下,坦克继续前行。快到工事时,长臂猿颤抖了一下,坦克稍微停了停,但马上又转动起来,比先前更快、更有力。当坦克的前轮顶在工事包上,长臂猿用力一转,用身体挡住一挺机关枪,武师和战士们趁机跳进工事,与鬼子近距离搏杀。鬼子见势不妙,从屯垦合作社和平市官钱局中间的一条巷道向后退去。武师命令:"长臂猿,快占领这个有利位置!"听不到回声,他突然想起什么,转头去看,却见长臂猿还挂在那挺机关枪上,一只长手臂揪着一个日本兵的腿,另一只卡着一个日本兵的头,三个人倒在血泊中,均已死亡。

"长臂猿兄弟!"武师扑过去,把长臂猿从枪口上拉下来。

长臂猿呵呵地笑,"我想水葬,那样干净,能和我爹在一起。"

武师痛哭,"好,我一定送你回去!"

"我是不是贱?"长臂猿虚弱地问。

"不是贱,是很贱!"

长臂猿又呵呵笑了,笑容突然凝固,眼泪倏忽落下,长长的手臂重重摊在地上。武师把他紧紧抱在怀里,用自己的脏脸蹭他的脏脸，眼泪排山倒海。

　　吴海成把长臂猿夺过去，压在一只麻包下，"我做了记号，战斗结束过来找，快走，天快亮啦！"

　　武师看一眼麻包，不放心，又垛上去一个，"我一定带你回红山！"

二、乌加河·水军

　　当战士兵分多路，从临河向万和长、郭碾房、广圣西、前补红、新公中，沿黄河向蛮克素、黄合元村、头份村全面进发时，另两路则直扑包五公路和马七渡口，以防敌人逃回包头或乘船渡过黄河，加上波澜壮阔的乌梁素海，这种态势基本已经将敌人装进套子里。

　　城内，掏心窝小队和先遣部队已经占领皮毛店司令部、实验小学、粮库、屯垦合作社、谭统领公馆、直鲁豫公馆、耶稣堂、天主教堂，日军从各个据点退下来集结在屯垦办事处和平市官钱局。

　　天亮了，日机在城市上空盘旋，因全城通讯中断，先遣部队尚未来得及扯下太阳旗，日机以为城内防护安全，反而把炸弹投向前来增援的伪军守备队。伪军头目王兴躲在一处坚固的防御工事内指挥战斗，看到日机炸自己人，指着飞机怒骂，不想又一颗炸弹落下来，险些将他炸成肉泥。他派人去向日军求援，得到的答复是让他顶住，以保证日军总指挥水川伊夫的安全。

　　"妈的小日本子，用人时朝前，不用人时朝后，这不是让我白白送死吗？弟兄们，给我往安全地方撤！"王兴的帽子早就被炸弹气流卷走，此刻他光着脑袋，缩肩佝背，在伪军的保护下向另一处工事转移。

　　王兴一退出屯垦办事处和平市官钱局前面的工事，付部的战士立刻扑上去，但他们很快被打下来。

　　"姚大哥，你受伤啦？"五秀躲过一个弹片，冲姚学忠喊。

姚学忠看看身上，"没有啊！"

五秀低头弓腰，从麻包下面穿过来，"你头上受了伤，看身上做什么？"

"啊？"姚学忠摸摸头，染了一手鲜血。

五秀打开护理箱，用镊子沾酒精消毒，"哎呀，额头上溅进去一粒石子儿。"

"别管啦，我们要突围，你赶快出去！"姚学忠说。

"不行，石子儿取不出来血止不住，你会死的！听我的，退到安全地带，我快速给你处理。"五秀倔强地说。

"不去！出去！死不了！"姚学忠比她还犟。

"你不听话，我告温团长去！"五秀有的是办法。

"那好吧。"姚学忠一边瞪五秀，一边往安全地带爬。

远处，护士们各忙各的。在护理方面，女人无师自通，运用的是女人与生俱来的细心与温柔。很多战士受了伤，一秀顾不上请教，按自己的想法为伤员包扎。于是在又一轮冲锋中，战场上出现了不少包子头、血头。包子头是一点小伤裹太多纱布，把头包成了包子；血头是受伤严重却蜻蜓点水包一下，结果战士一用力血模糊了双眼。但战士们一点也不生气，并未责怪她们。

冲锋号响了，姚学忠头上的石子儿还是取不出来，五秀急出一头汗，多亏姚学礼过来帮忙。"记住，做护理不能顾及伤者，想多了什么也做不成。"他用镊子夹住石子儿的角，一咬牙，石子儿就出来啦，同时姚学忠痛叫一声："啊呀，过瘾！"他又对五秀说："我疼不疼跟你没关系，你犹豫个啥？来，上药！"姚学礼把这摊儿交给五秀，沿工事向一秀那边奔去。

五秀在伤口撒上姚医生特制的止血药，用一小块纱布摁在患处，然后用胶布粘住。"姓姚的，这回你可以去拼命了！"五秀对姚学忠说。姚学忠摸摸额头，结果碰到患处，疼得龇牙咧嘴。

与此同时，黄一飞、贾春江的水军也在发挥作用，他们在前夜挑开黄河注满义和渠，战士们过渠后，又立刻指挥开通退水渠，使上游的水快速流入各支渠。这一点是他通过杜三伯的讲述,从王同春的治水方略上学来的,因为渠口的水力与上游有直接关系,除此之外,杜三伯给他介绍的退水渠,也将在这场战役中起决定性作用。

天亮以后,五原城的炮声更加密集,在规定的时间,黄一飞让贾春江跟随炸桥队去乌加河以北炸桥梁,他自己和另一路人马去乌拉壕放水。

"完成任务迅速集合!"他对贾春江说完,便向空中放了几枚信号弹,一长两短,是水军的特殊讯号。

"你别小瞧人,我有战斗经验。"贾春江不服气。

"得了吧,我让你留在情报科,你非要参加战斗,来了听我的就对啦!"黄一飞说。

"从你换脸那刻起,咱俩以后的人生就不一样啦,各自安好吧!"贾春江说完策马而去。

黄一飞望着他的背影,突然心生落寞,觉得他们两个人除了曾经容貌相同外,思想从来不曾交融,不是你想征服他,就是他想征服你,那句蛊语只是责任和诺言。他晃晃头,不敢想以后,也许战争会给出答案。

乌加河桥是日军侵占五原后修建的一座木质桥,可通行坦克、汽车,是包头经大余太抵达五原的要道,常年有日军防守。炸桥部队悄悄隐藏在乌加河桥附近的芦苇丛,看见两个哨兵在桥上来回走动。他们慢慢接近敌人,在某一刻突然开枪射击,敌人跑出来一片,仓皇应战。一阵猛攻中,守桥的六十个敌人被战士击毙,剩余几人纷纷上桥,想爬上汽车逃走。一个伪军头目率先登上汽车,不等其他人上车,车开始启动,残兵边追赶汽车边还击。一个伪军扒住车门,被伪军头目踢了下去。又一个伪军攀住车后架,撅起屁股想爬上去,被后面的追兵射中屁股。大部分伪军被汽车丢下,跪地求饶。

由于黄河冰解河开,凌水夹着冰块汹涌而下,给爆破带来一定难度。贾春江根据各个桥墩的用药量,计算好炸药包重量和导火索长度,然后由炸桥队内水性好的战士下水固定。春寒水冷,水面的残冰把好几个战士的脚划破,鲜血与黄水混在一起。装药完毕后,战士出水撤离。

几分钟后,贾春江拉动炸药绳,安装在桥梁下的炸药陆续爆炸,顿时整座大桥变成一片火海。石块腾空而起,水面裂开一道口子,两岸不再联结,乌加河北岸一片汪洋。

炸桥任务完成后,炸桥队立即构筑工事,准备阻击前来增援的日军。贾春江则调转马头向乌拉壕方向奔去。

在乌拉壕附近的老杨圪旦,黄一飞看到乌加河和乌拉河像两条黄色的玉带,虔诚地匍匐在山脚下,它们从黄河蜿蜒而下,与乌梁素海形成一个套子状的循环水系。现在,他们要实施区间决口,挖开从三盛公方向进入乌加壕干渠的水,淹没万和长公路,阻断从大佘太来的援军。

战士们隐藏在芦苇丛中等待命令,黄一飞盯着水流,一动不动。战士们议论怎么还不开挖,一个说不清楚,另一个说上游在放水,等水流加大。过了一会儿,水面果然出现异常,远处的黄色波浪比近处高出半米,它们盖在水面上,快速滑行,涛声如雷。黄一飞命令:"拿工具!上!"战士跳起来,仅用二十分钟就挑开一道口子,水倾泄而出,追着战士们跑,战士们赶紧用黄一飞事先教的压倒芦苇防滑法,跑至安全地带。

"好,地形是套子,水系是套子,小日本不好好在自己家待着,跑这儿来受死,活该!"战士们解气地骂。

"好什么好,我家是老杨圪旦的,这一淹,今年的地咋种?"一个战士说。

黄一飞思忖一下说:"谁是贾粉房圪旦和老杨圪旦的?"六名战士举手。

黄一飞重新安排任务,"你们六个留下,隐藏在芦苇丛,观察敌人援军动态,只要我们放的水起到阻援目的,你们立刻找机会堵上乌加河和乌拉壕的口子。"

六名战士喜出望外。

黄一飞说："你们去执行吧，我要赶回去助城里战士一臂之力！"

五原城战斗打得激烈，掏心窝小队、先遣部队还在与屯垦办事处和平市官钱局里面的敌人对峙，敌军凭借坚固的防御工事顽强抵抗，好几次冲锋都被打下来。

临近中午，战士们疲惫不堪，敌人也不主动炮轰，想必也在伺机补充体能。这时，一个身穿粗布衣裳的女人从远处走来，她肩挑一副嫩红柳扁担，身体和扁担同时颤颤而起，悠悠落下，一连跳过四个麻包，来到战士们面前，"抓紧时间吃饭吧，担子里有汤和烙饼。"

女人四十多岁，缠着小脚，头上扎着蒙古纱巾。武师问："你是那支爱国的蒙古族部队中的一员吗？""对，我叫高桂英，从伊盟逃荒到五原的，我丈夫是从老一团退下来的军人。"小脚女人揩了一把汗。武师又问："老一团？那可是军阀割据时期，深受共产党影响的一支部队，我以为早就不存在了呢。"小脚女人递给他一块烙饼，爽快地说："战斗一打响我们就来了，在动委会的配合下组织了不少人，这饭就是老百姓给大家做的。"武师恭敬地握住小脚女人的手，命令道："立刻开饭，十分钟吃完，各就各位！"他一回头，小脚女人又跑去和姚学礼他们抬担架去了。

午后，天气突变，风急云低。

第三十二师九十四团九连的任务是秘密通过补红村，向旧城县委靠近。另一路九十五团一营也奉命攻击盘踞在旧城内的敌军。应付主席要求，所有部队严守军事秘密，所以九连与一营的战士事先并不知道攻击路线和自己部队所在的方位，只知道他们攻克的目标是一座白色大院。

九连行至补红村时，驻村日伪军的一个骑兵连刚刚撤走，他们进一户人家要水喝，发现一个十五岁的女孩刚被日伪军轮奸，神情恍惚，眼睛呆滞，看到他们进门如惊弓之鸟般尖叫。随行医生把小女孩带进房间，轻轻安抚，并为她处理伤口。战士们义愤填膺，纷纷指责日军惨绝人寰的兽行，发誓一定要为小女孩报仇。

进入旧城，白色大院清晰可见。在商定的时间，一颗红色信号弹腾空而起，立时枪声大作。原来一营经过数次冲击也攻入旧城，枪声就是从他们那边传过来的。大院里有伪蒙古军司令部驻扎，工事坚固，炮火猛烈，一副拼死抵抗的架势，一营组织了数次冲锋都被打了下来。部队靠近大院，发现门两侧有两个小碉堡，碉堡内，敌人用步枪和轻机枪向战士扫射，战士因无遮挡物，十几人瞬间倒下，其他战士撤入一百五十米处的渠壕内。在又一次进攻中，一百七十名战士向敌人猛烈射击，以保护携带云梯、炸药接近大院和碉堡的战士，但敌军火力威猛，根本不能接近，一营伤亡惨重，仅剩十一人。

一名战士见攻城任务一拖再拖，高喊一声："让我来！"像离弦之箭向敌阵冲去。敌人正在休息，听到喊声连忙举枪，但战士已经冲进去，手榴弹溅起一片火海，敌人应声倒地。另一名战士摸到敌人的机枪射击处，轻点双脚跃上墙头，向敌群扔了一颗手榴弹，在敌人慌乱中，他又敏捷地夺了敌人的机枪，调转枪头，向敌人猛烈射击。与此同时，赶来的九十五团和宋海潮部也加入战斗，敌人无力还击，只好弃院逃跑，部队顺利占领旧城。

此刻，五原城区东西南北四面都被炮火笼罩，山炮营正在与县城西关及郝头圪堵的敌人对峙，新三十二师在攻击旧城的敌人，一○一师移动布防在乌加河沿线，三○二团奉命攻击梅令庙的守敌，骑六军攻击新公中等地的伪蒙古军，李作栋攻击郝进桥方面的伪蒙古军，安华亭旅突然挺进西山咀、马七渡口，石玉山师先是攻击守敌，后转为追击部队，组织发动群众进行近距离作战。战争看似散乱，其实是一个又一个相互交集的网。

黄一飞和贾春江会合后，迅速返回城里。此时，武师因为得到第三十一师和炮兵第三营的援助，运用山炮平射炸毁碉堡，顺利端掉屯垦办事处和平市官钱局两处据点，将日伪军全部歼灭。这时，存在日军高官水川伊夫撤离的问题，付主席要求立刻灌放丰济渠、皂火渠、沙河渠、义和渠和通济渠，淹没各主要道路，使日军无法逃出去，彻底困在套子里。

有一辆运载日军伤员的汽车先行逃出五原城，窜到四大股庙附近，被等候在那里的战士截获，车上的日军死得死、逃得逃。小脚女人高桂英见车上有许多机枪弹药和粮食，主动要求带领爱国蒙军守护战利品。

高桂英的丈夫康留民此时正和另一队爱国蒙古军在城内组织群众疏散，他已经接到通知，马上要放水阻敌，百姓必须轻装撤离。说是轻装，不少老百姓还是舍不下贵重东西，拖瓶拉锅，揪毛驴扯大马，速度十分缓慢。康留民用半蒙半汉的语言高喊："大爷大娘们，把东西丢下，赶快撤离，水马上要来啦！"

人群动起来，但在一条巷道被一辆马车堵住。康留民一个健步奔过去，三下五除二拆了马套，先把马拽出来，又几脚踢烂马车，让老百姓先过去。马车主人不情愿，一把揪住康留民让他赔车。康留民憨实地笑笑，"这些东西都是身外之物，先撤离要紧，你不走，后面的人都走不了，出了危险你担待不起。"

马车主人放声大哭，"马车没了我活着也没意思，我不撤离，就不撤离！"

康留民本想丢下他不管，但想到动委会的规定，只得好言相劝："我叫康留民，等仗打完我赔你一辆马车。"

"真的？"

"真的！"

马车主人破涕为笑，牵着马追赶百姓去啦。

又一个人身背大板箱，里面叮当作响，他左摇右摆，走得艰难。他女人焦急地催促，被他一顿呵斥："急什么，咱们不撤，他们不敢放水，这些兵好说话着呢。"女人捣他一拳，"良心坏啦，都是儿子那么大的孩子，替咱硬顶着日本人呢。"

康留民走过去，"求求你扔了吧，抓紧时间撤离，不然小日本就跑了，他们杀了我们那么多人，欺负了我们五原城那么多好女人，我们不能轻易放过他们。"

那人反驳："撤离是为活命，如果我活着回来，结果什么都没啦，还是活不成，你还是让我带着吧！"

康留民一个人应付不过来，又叫来两个人帮忙，他们就是坎布仁王爷和巴特儿，他们按照康留民的办法劝说群众："丢掉吧！丢掉！打完仗我如数赔你！"

"你娃娃说的是真的？"

"真的，去找康留民要。"

吭当一声，板箱落地。"我认识你这个虎背熊腰的蒙古族，也认识他姓康的，他老婆是高桂英，你们都是爱国蒙古军的人，我会去找你们的，呵呵！"他拉起女人跑了。

一位白发苍苍的老人被孙子背出来，他号啕大哭，"我不走，他小日本欺男霸女，能把我咋的？"孙子哄说："走吧，出去耍一会儿再回来。"老人趴在背上说："要淹城了，你别骗我，咱这是里外让人欺负啊！"孙子看看四周，"难道您老愿意活在日军的铁蹄下，他们的怀柔政策都是假的，每家每户都有冤情呢。"老人扳住门框就不走，他不动，孙子也动不了，炮火此起彼伏。

杨荣枝不知从什么地方钻出来，她口干舌燥，已经没有说话的气力。她去掰老人的手，老人骨瘦如柴，手上关节变形、青筋暴起，但力气大得很。孙子冲她笑笑，"别，别硬来，他是打马掌的，咱们两个也不是他的对手。"老人接着说："对，我十五岁从山东来河套开了马掌铺，力气大得很！"

杨荣枝说："哎哟，我们正要请人打马掌呢，您能帮我们吗？"

老人看看天，又看看地，闭上眼睛想了想，"好吧，大敌当前，匹夫有责，孙子背我去！"他孙子健步如飞，熟悉地形，一转眼就消失在巷道尽头。

杨荣枝找到吴海成，和地下党组织成员一起加入动委会，一起宣传抗日，劝说群众支前、参战，不支前、不参战的尽快撤离。在此之前，为了扫清障碍，动委员已经和群众偷偷拆除旧城的一段城墙，使敌人无处藏身。现在，他们要挨家挨户动员百姓从敌我对峙的夹缝中撤离。

在斜街里侧面的巷道，杨荣枝忽然看见王兴混在百姓当中，他身穿百姓服装，衣领口却大意地露出伪军的黄肩章。"王兴，你站住！"她大喝一声扑过去。

王兴停下脚步，从呼唤的声音力度以及声音所夹带的感情，判断出遇见的不是贵人而是仇家。他眼睛滴溜溜转，喘气声加重，脑中迅速做出反应。他并没转过身，而是佯装提鞋子，不动声色地随人流往前走。

杨荣枝在人群中左冲右突，越过无数焦急的脑袋，死盯住一个肉乎乎、圆鼓鼓、脑袋和脖颈即成一体的家伙，但她不是被哪个小孩子绊住脚，就是踩住谁家的鸡。人们不满地抱怨："都在撤离，你急什么？"杨荣枝扒拉开几个人，没跑几步又被另外几个人挡住，她眼前出现傻兄弟流口水的模样。兄弟一直是快乐的，就连死那天也是，他不知道什么是危险和痛苦，他只来世上快乐地走了一遭。倏忽，兄弟的脸、王兴的后脑勺变成黄一飞的胸脯，他比她高一头半，她若平视他，只能看见他的胸脯。

"你疯了？都是老百姓，你不能动手！"他阻止她。

杨荣枝感觉腰间的驳壳枪散发着怒火，她一把掏出来比住他，"走开！我好不容易遇见他！"

黄一飞跨前一步，使胸脯彻底抵在枪口上，"要说恨，我比你更恨这个魔鬼，但你知道这里面混着多少伪军？你一开枪，遭殃的是百姓！"

杨荣枝眼泪奔涌而出，"我不管，我为百姓做得够多了，男人天天为百姓奔走，养了个儿子还叫山山，说是期待山河安宁的意思，我现在要为自己做一件事！"

黄一飞握住她的枪，她挣扎反抗，但都是徒劳。

黄一飞把她带出人群，按按她的肩，他们小时候一直都是唇枪舌剑，长大以后才将情愫落回心底，有了潮腻腻的兄妹情谊，尤其在战场上，人最容易生发离愁别绪。

"吴海成在哪里？"杨荣枝软绵绵地问。

"你还是跟我走吧！"黄一飞拉她。

杨荣枝此刻的表情像极了她的傻兄弟，似哭非哭，一脸茫然，所有的声音或景象都对她不起作用，她沉浸在自身的痛苦中，与十几分钟前的英勇相比，简直判若两人。

一支三十人的地下游击队和掏心窝小队会合，武师准备后移至五份桥沙窝，给逃跑日军迎头一击。他问黄一飞："掘堤的人手够不？给你一部分。"黄一飞握拳致谢，立刻有一部分游击队员与黄一飞的水军联盟。

他们匆匆分手，各赴战场。

三、山咀桥·吴海成

午后，城内的日军开始溃逃，大佘太方面的日军前来增援。由于日军修建的木桥已被炸毁，再加上河水漫漫，他们只能望水兴叹。十几分钟后，天上呜哇哇飞来几架飞机，同时军车拉来的大炮也固定在有利位置。

炸桥队员说："不好，鬼子要强攻，大家准备战斗！"

话音未落，天上的飞机、地上的大炮一齐开火，战士们顽强阻击。同时，一队日军蹚过水淹的田地，向桥墩靠近。

炸桥队长观察后说："这是要修桥啊！集中火力打那几个狗日的！"一阵猛攻过后，双方伤亡惨重。炸桥队长又命令："神枪手，干掉那几架飞机和那两个炮手！"

"是！"

"水军有没有留人？水不够大呀！"

一名水军队员说："这就去办！"

当一名神枪手击毙日军的一名炮手，准备移位射击飞机时，一股大水把日军淹得七零八落。军车顷刻泡在水中，日军撅起屁股爬到车上。几分钟后，日军居然从车上扔下一些橡皮船，三三两两上了船，船摇摇摆摆从浅处落入乌加河，在飞机的掩护下准备强行渡河。

神枪手瞄准打橡皮船上的人，一经中弹，划船者落入水中，橡皮船便没有方向地四处乱转。这下，战斗局势变成敌机与神枪手争夺划船者啦，一部分战士举枪射向飞机，让它飞高飞远，另一部分战士狠狠还击对岸的敌人。船被打沉几个，又有新的划过来。关键时刻，董部三〇一和三〇三团的援军到了。

董师长对身边的一名军官说："看看地图。"军官立刻撑开地图，指当下的位置让董师长看。这名军官精神抖擞，荷枪实弹，脸上凡是有窟窿眼的地方全部被炮火熏成黑色，军装里面的白衬衣领脏污不堪。他与董师长综合意见后，将地图收起，又对前面的一个外国摄影师说："李察尔先生你看，这就是日军在河套平原犯下的累累罪行，请您如实拍照、报道！"李察尔先生手举相机咔嚓咔嚓连续按下快门，一缕银白色的胡须随风飘动。

攻击再次开始，日军可能感觉炮火比刚才猛烈，无法轻易渡河施援，渐渐向后退去。董师长命令就地消灭这股日军，战士向前挺进了几米，不想，敌人玩了个金蝉脱壳之法，橡皮船绕至下游，用飞机炸开河岸还未消融的冰，强行渡河。

"董师长不好啦，敌人从下游强渡过河，往五原方向去了！"战士报告。

"什么？奶奶的，追！咱再给他编个套子！"董师长说。

为了拦阻后续的日军援兵，董师长多留一些人在此，一方面修筑炸坏的工事，另一方面在水军的指挥下再扒渠口，将此地变成茫茫泽国。芦苇本是水中植物，不惧水，浸入水中晃啊晃。低洼处有一座民居，贴着耀眼的窗花，院内有一排圈舍，羊粪稠密，想必一开战就把羊赶到山里去啦。大水跃过沙梁、田埂，直扑民居，空气中满是羊粪的味道，眼睛里也满是粪蛋蛋。

五原城里，黄一飞向天空发射了一颗水军就位信号，他知道，上游三盛公的水军正在等待他的指示，这边水流量的大小取决于上游。当六颗信号弹从不同方位升上天空，黄一飞明白五大干渠的水军已准备就绪，但他不能盲动，因为河套的地形西南高、东北低，和一般人的认知恰恰相反，当年王同春深谙此理，挖的渠不求平直，该曲就曲，深度不一。在这种特殊的地理环境下，如果保住五原城，就必须实行"敌人逃到哪儿淹到哪儿"的策略。

　　山羊滩方向升起一颗绿色信号弹，绿弹降落时形成几条不规则的绿线，贾春江望着天空说："不好，丰济渠是五原与临河的临时防线，日军会不会发现温团长在那儿？"黄一飞想了想说："不会，日军一定是想从那里逃跑，我们马上回去！"

　　几分钟后，他们赶到丰济渠，看到一队水军正在与日军交火。"报告，日军想从五份桥逃跑，我们是否放水？"战士请令。黄一飞命令："此水是从黄河开口引入黄芥壕，流经临河又入五原境的，水流有缓冲，下游经协城、三岔口，最后到达乌加河，可以掘堤放水，但要控制水量，以杨二秃渠、皂火渠、十八圪兔渠三面为界，不得冲垮三渠堤背！""是！"

　　黄一飞又对贾春江说："你去监督实施，这是王同春、韩铖和崔董事合资开挖的渠，后来被你父亲贾大人收为官办，又开挖了四十三条支渠……很多历史因素我们说不清楚，但那是你父亲走过的路，你自己去感受吧！"

　　"是！"贾春江敬礼的样子很滑稽。

　　沙河渠方向也升起一颗绿色信号弹，黄一飞和杨荣枝骑马赶过去，看见是一小股日军坦克兵，有坦克十五辆，汽车二十三辆，火炮筒七枚，轻重机枪十几支，装备精良。一名伪军正在向守卫的水军喊话："皇军说了，立刻放行，否则坦克可不是吃素的！"水军懒得与之对话，直接用机关枪扫射一圈，打死几个日军，其他的龟缩在坦克后面，一边呜哩哇啦说话，一边装炮弹。

　　黄一飞问小队长："前面是郝进桥吧？"

小队长回答："是。"

黄一飞四下望望，眼前出现了渠系图的影像，"沙河渠上应该有三座桥，郝进桥、火烧桥和郝头桥，我们必须严防死守，一次灌个透，不能放走一个日军！"

杨荣枝听不懂，"具体说说怎么灌？"

黄一飞稍微延宕了一会儿，命令道："沙河渠穿城而过，渠身弯曲，掌握不好会出险情，杨荣枝你让贾春江那边扩展缺口，让水尽量往丰济渠流，再让信号兵给三盛公的水军发弹指示，控制水速，多开挖几个上游的口子，把水往别处引！"

杨荣枝与一名战士策马离去。

这边，日军摆开架势，试图强行打开一条逃生之道，黄一飞立刻和小队长补充弹药，准备强挺二十分钟，等待杨荣枝带来好消息。千钧一发之时，骑七师如天降的神兵般出现在黄一飞身后，枪声立时响起，双方进入激战状态。二十分钟后，黄一飞看到黄河水滞缓下来，就像后面被人拽住了尾巴，欲急而缓。他又让几名水军去挑皂火渠的口子，他自己则带人去挑沙河渠，加上皂火渠和沙河渠通往五原方向的支渠，他又给这股日军设计了一个套子。渠口一开，日军顾不得开火，仓皇爬上坦克、汽车，但坦克、汽车陷在泥污里，根本无法启动。骑七师趁机扑上去，来了个一锅端。

黄昏，浑黄的水面罩着橙黄的霞光，若不是空气中散发着战争的戾气与仇恨，这一定是个美好的黄昏。

暂时休战，世界安静下来。

杨荣枝与黄一飞会合，她远远地说："走开一会儿竟错过一场好戏！"

黄一飞坐在一只麻包上，头靠着另一只，"好戏在后头！"

杨荣枝过来挨他坐下，"我要去找吴海成，你自己保重，战后再见！"

我叔父看荣枝姨一眼，觉得被炮火洗礼的荣枝姨异常美丽，尽管她头发少得可怜,皮肤愈发晦暗,奶过山山的乳房在衣服里撑成一座硕大的连体峰,但丝毫不影响她的英雄形象,这是多年以前五原街上进步青年杨荣枝的成长之路,她如今腰别两支手枪,威风凛凛。

"河河⋯⋯"我叔父突然说。

"你怕自己牺牲,没人照顾河河?放心,你死不了,就算真的死了,我会让他和山山成为好兄弟。"她沉默一会儿又说,"你和吴海英⋯⋯"

我叔父酸涩地说:"我忘不了黛儿。"

杨荣枝站起来,"战争都解决不了,那就交给时间吧!"她说完按按我叔父的肩,上马、甩鞭、冲出,动作潇洒坚定。

一匹枣红色战马穿过断壁残垣和不绝的烟火向这边飞来,是情报兵。他说了两个内容,一是付主席要求各团师队加快战速,一鼓作气歼灭日军,以防日军拖延时间等待增援;二是温团长请贾春江立刻回去破译神秘电文。黄一飞看看表,离预定的清缴时间还有六分钟。

六分钟后,三十一师首先发起攻击,从枪炮的密集程度来看,日军还在垂死挣扎,要从缺口突围出去。突然,四大股上空升起绿色信号弹,黄一飞随即带领水军离开九十五团守护的一渠三桥,奔赴义和渠。果然有一大批日军猛攻马七渡口和包五公路,意图从这两个地方撕开一道缺口逃出去,各师部死死咬住不放。

黄一飞将水军分成三组,一组掘黄河口,一组掘义和渠,一组掘通济渠,他自己去掘二分子渠,形成四面合围态势。同时他与守卫在此处的团师部长官商议,减弱火力,故意留一个缺口放日军进来。日军见缺口就钻,不想被生生推进套子里,成了一锅饺子。四面的大小渠一开,水汹涌而出,日军如没头的苍蝇四处乱撞,但最终都回到轴心。二十几辆军车上爬满日军,上不去的攀在车轮或车帮上,大多数在水里瞎扑腾。水从脚踝慢慢升至小腿肚,眼看就到膝盖啦。战士们呼啦啦现身,端枪怒喝:"缴枪不杀!"日军跪在水里举枪投降。

黄一飞发弹示意水军堵住各渠口,停止放水。等彻底缴了日军的械,他又发弹命令挑开退水渠,使套子里的水迅速退去。尽管如此,他仍然看见山河失色。

"怎么,心里有愧?"黄一飞回头一看,竟是武师。

"小时候老家干旱,我来河套平原最大的心愿是这辈子不缺水,现在好啦,这满眼满眼的水又让我难过。"黄一飞悲凉地说。

武师与他并肩而立,也是一脸的无奈,"没办法,比起老百姓受戕害来,这代价小得多。那个……贾春江怎么样?"

黄一飞微笑说:"他很好,比我预想的要好。"

武师说:"别太沉醉于现在,一天没胜利,就会有离别和牺牲。"

黄一飞突然想起李黛,她的牺牲完全不在预料中,他经常在梦里回到戈壁滩,仿佛看见十三岁时的李黛被一种类似褚红色的光圈包围,身子歪歪斜斜,手提一只绣花大绒鞋,惊恐地从远处走来。

武师突然说:"杨荣枝又追王兴去啦!"

黄一飞脑袋一沉,"哪个方向?"

武师已经上马,"那边,郝进桥方向!"

黄一飞要来一匹马,翻身跃上马背,向郝进桥方向追去。原来刚才在沙河渠,杨荣枝认出王兴混在日军中,她怕黄一飞再次阻拦,佯装淡定,准备伺机报仇。黄一飞赶去的时候,杨荣枝正在痛骂守桥兵:"你们……你们知道他是谁吗?居然敢放行?"

守桥兵还口:"是百姓啊!"

"你从哪儿看出是百姓?"杨荣枝质问。

"从衣着啊、表情啊。"

"一派胡言!你们长官是谁?叫他出来!"杨荣枝怒喝。

"怎么回事?"黄一飞过去按住杨荣枝的肩。

杨荣枝见是他,眼睛婆娑地说:"他们居然把王兴当成百姓放了!"

"干什么？战争一线哭哭啼啼成何体统！我是安华亭，你们是什么人？"一名军官走过来。

"哦，安华亭旅长，请你解释一下。"黄一飞毫不客气。

"解释什么？我们放行的是老百姓，莫非……你们与老百姓有仇？"安华亭旅长狡黠地说。

"我看你是故意放行！"杨荣枝冲动地拔出双枪，比住安华亭旅长的脑袋。

黄一飞想制止已经来不及，所有守桥兵举枪比住他俩。

"住手！"姚学忠突然到来，"安华亭，你曾是王兴的旧部，温团长怀疑你故意放行，缴械！带走！"守桥兵幡然醒悟，纷纷落枪。

杨荣枝骑马跃过山咀桥，准备沿包五公路追赶王兴，但被黄一飞和姚学忠拦下。"请以大局为重，包头方向随时有日军援兵过来，你不能冒险！"姚学忠一脸担心。

黄一飞知道杨荣枝的倔脾气，不由分说下了她的枪，"别忘了山山在等你回家！"

杨荣枝怅然长叹："对不起啊兄弟！"

黄一飞扶杨荣枝从山咀桥上下来，吴海成骑马赶到，他接过杨荣枝的手，向黄一飞使了个眼色。黄一飞知道吴海成有话要说，便站在一边等。吴海成哄好杨荣枝，走过来对黄一飞说："不知道一致对日后是什么情景，虽说付主席一心为老百姓，很多理念趋向共产党，但终究不是自己人。为保护你们几个，上级命令战争结束时迅速撤离。""是！"黄一飞举手敬礼。

吴海成带杨荣枝离去，黄一飞接到新指令，让他尽快退去乌加河北岸的水，放日军援兵进来，同时命令姚学忠撤走安华亭旅部官兵，形成无人驻守的场景。黄一飞和水军快速挑开低洼处的退水渠，水瞬间排出，哗哗作响，不一会儿就露出了地表。

这时，有战士报告说找到一部王兴留下的电台，电台上留有一段最新指令，黄一飞当即抄录，派人送去山羊滩翻译。不一会儿贾春江赶来，"你看！吴海英截获的也是这个电文，由于使用了方言，破译时走了弯路，内容是：五原无援可增，可自由行动。

黄一飞气愤地一拍大腿，"奶奶的，难怪王兴仓皇逃走，原来日本人不管他啦，可惜我们知道的太晚，这样的话……五原战役是不是结束啦？"

贾春江看他，他看水退去后的惨景，两人眼中同时闪过一丝悲凉的喜悦。

四、夹心滩·一秀

枪声一响，所有人都忘记了那两条大鱼。

二十一日，日军总指挥水川伊夫中将和步兵联队长大桥彦四郎就在皮毛店的指挥部，当付部攻克一道道防守来到皮毛店时，他们将所有重兵力调到指挥部，形成两层坚不可摧的火力网，与付部死死纠缠。

水川伊夫当时的部署是上有飞机、前有大炮、后有汽车，每一座桥、每一条路上都有自己的防御，可谓进退自如，他却忽略了河套平原发达的渠系，不，他也许想过，但渠王的儿子王兴并未提醒他黄河三月二十日全面开河。只这一点，他就全盘皆输。当乌拉河桥、五份桥、郝进桥等方面的日军向他报告"到处是水"时，他怅然地从椅子上站起来，揪揪军装，一脸苍白，准备赴死一战。

混乱之际，为了分散付部的注意力，水川伊夫将日军分成若干小股，换上老百姓的衣裳，从几个方向实施撤离，他率领一部分日军和伪军出城向东北方逃窜。一路上，他们走小径、绕村寨，一夜急奔六十多里，天明时到达一个荒凉的村落。村落野草漫漫，黄水茫茫，没有人。

水川伊夫问翻译官："这是哪里？"

翻译官在急行中把帽子丢了，露出一个秃瓢，"长官，再往前走就是乌梁素海，过了海子就是大佘太。"

"嘿！我问你这是哪里？"水川伊夫用生涩的中文质问。

"这个……我去打问一下。"翻译官诌媚地说。

这时小径上走来一男一女，男的头戴破旧的草帽，遮着半张脸，走路一瘸一拐，女的蓬头垢面，嘴里嘟嘟囔囔，像个疯子。

翻译官呵斥："站住！"

"妈呀，妈妈呀，是你娘！"疯女人说。

"娘是女的，这是男的，呵呵，有什么事？"瘸子问。

"老乡，这是什么地方啊？"翻译官问。

"义坑补隆，他娘叫王拉弟。"疯女人插嘴。

瘸子把疯子推开，"这是五原城东的义坑补隆，东面就是乌梁素海。"

翻译官赶紧过去给水川伊夫翻译。水川伊夫又问："为什么到处是水？"

翻译官说："水是从通济渠和乌加河流过来的，可能决口了。"

水川伊夫嘟哝："是他们放的，故意放的！"

翻译官弓着腰等水川伊夫下指示的时候，瘸子和疯子同时投过来一道仇视的目光，他们原来是姚学忠和一秀。

谁也没想到他们会一起追赶水川伊夫，说起来还是一段趣闻。皮毛店失守后，日军分小组撤退，当时一秀正在给再次受伤的姚学忠包扎伤口，姚学忠眼尖，看见炮火中闪烁着一柄皇家剑的寒光，他想报告，但周围的战士都在奋力还击，没人注意他。他盯着那道寒光，发现寒光撤入一条巷道，被无数日兵的腿交错遮挡，这说明日兵在保护皇家剑撤离。他万分焦急，一秀的绷带刚缠了一半，就被他挣脱，"哎……别动！"一秀喊。姚学忠把胳膊从绷带里抽出来，"护士，快快给我处理，我要去追大鱼。""大鱼？什么大鱼？你不打仗要去抓鱼？"一秀嗔怪他，并用稀缺的胶布固定住一截纱布。"你左胳膊子弹擦伤严重，得尽快消毒。"她又说。姚学忠不跟她费话，爬起来就要冲进硝烟里，突然敌方投过来一颗手榴弹，一秀情急之下按倒姚学忠,趴在他身上。手榴弹轰然作响,四周烟雾缭绕,等烟雾散去,姚学忠和一秀不见了。

在巷道,姚学忠好不容易解开缠绕在他和一秀之间的绷带,"听着,我要去追日军长官水川伊夫,你赶快回去报告!"一秀被无故带入战区,心生恐惧,"妈呀,不行!我不敢过去,我要跟你去抓大鱼,事成了,我还能立功呢!"姚学忠问:"你真要去?"一秀执拗地"嗯"了一声。于是他们一路小心盯梢,远远跟踪。为防万一,姚学忠把刚才编的桥段说给一秀,让一秀在脑子里演习。

"没事我们走了噢?"瘸子姚学忠对日军说。

翻译官见水川伊夫没反应,用手做驱赶状,"走吧走吧!"

姚学忠没想到日军这么轻易放他们走,也许城内一役打垮了他们的意志,他们不想在逃生路上多生枝节。

"怎么办?"一秀边急速行走边问。

"别回头,直走,这里有一支游击队,我们去通知他们,无论如何不能让水川伊夫跑出五原。"姚学忠说。

在二驴子湾,姚学忠对二团一连连长张汉三说了事情的经过,张汉三思考后说:"你们俩不能再出现了,下面的事情交给我吧!"他即刻招集一连战士,让他们埋伏在一个芦苇丛生的夹心滩,等候日军出现。他和几个侦察人员则打扮得流里流气,前去与水川伊夫会面。

远远地,侦察人员左扇右摆地走来,看见伪装成老百姓的日军坐在路边休息,上前搭讪:"知不知道城里什么情况?"

日本人集体摇头。

他又说:"这可糟了,我们浅召指挥官以为总指挥阁下会从这里突围,让我们大日本警察队在此等候,可上哪儿去找?"

日本人集体交换眼色。

翻译官问:"你们指挥官是谁?在哪儿?"

"我们队长叫浅召庆次郎,已经安全渡过乌梁素海。"

水川伊夫闻言,傲慢地踱过去,"带我们去见你们队长!"

侦察员故意迟疑，"你们是……"

翻译官又变得耀武扬威，"总指挥水川伊夫中将和大桥彦四郎联队长都在此。"

"啊，不早说，请……请！"

张汉三伪装的日本警察队队长更加嚣张，头发抹得油光水亮，一身福字缎子装抖来摆去。水川伊夫撇着干裂的嘴唇说："你的，良心大大的坏，我们受苦，你享福！"张汉三赶紧收腰鞠躬，"掩人耳目而已，总指挥官阁下请！"

久不出声的大桥联队长说："我们哪儿也不去，现在就过河。"

张汉三忙说："好，立刻过河。"

"前面带路！"

张汉三和侦察员在前面走，日兵远远跟着，只一会儿便来到夹心滩。夹心滩，就是夹在水和芦苇中间的一处浅滩。大桥联队长看到这种地形，拦住水川伊夫，"阁下，小心有诈。"

水川伊夫也觉得不妙，逼视张汉三，"你的，什么意思？这里有古怪！"

张汉三平静如常，"指挥官阁下，不能再耽搁了，必须尽快渡河。"

翻译官问："船呢？"

张汉三说："船工被我们扣了，在村子里关着呢，我这就去押。"

"等等。"大桥联队长一脸疑虑地走来走去，稍后指着张汉三说，"你去押，其他人留下。"

张汉三没想到敌人如此狡猾，扣下侦察员当人质，束缚了他的手脚。他只好说："好，马上就来。"

姚学忠听完张汉三的描述问："你们连有没有狙击手？"

张汉三说有，立刻叫过来几名战士让姚学忠看。姚学忠说："鬼子不多，这几个够了。你们听我说，一会儿每人盯紧一个军官，记住，必须一枪毙命！"

张汉三说："侦察员在他们手上。"

姚学忠说："他们都是有经验的老同志，相信枪声一响，他们会以自己的方式自保。"

"这……"张汉三迟疑。

姚学忠开导他："活捉这个中国人民的公敌是我们的责任！"

于是，张汉三对狙击手说："都多长个心眼，击毙日军长官后，立刻保护侦察员，务必做到无伤亡！"

"是！"狙击手们一副赴死的样。

在夹心滩，一只划子从芦苇丛划出，几名日兵一见船，高兴地手舞足蹈，一不小心就跨上夹心滩。水川伊夫想制止，被大桥联队长拦住。水川伊夫明白联队长的意思，默立不语。日兵见长官默许，全跑上去，喊着让船靠过来。

侦察员似乎知道激战要到来，互相看一眼，心里默数一二三，一起蹲下，芦苇丛中的神枪手适时扣动扳机，水川伊夫和大桥联队长倏忽倒地。夹心滩上的日兵发觉上当，返身射击，已是徒劳，三面水、一面敌的态势将他们牢牢钳制，只几分钟就结束战斗。

姚学忠把水川伊夫的图章和战刀收好，准备回去向温团长报喜。

一秀喜滋滋地说："还有我的功劳。"

姚学忠说："当然，你扮的疯女人真像，以后可以考虑做潜伏工作。"

"可以吗？我的过去不太光彩。"一秀忧心忡忡地说。

姚学忠意气风发地走在前面，回头说："这就是战争的洗礼。"

"洗礼？那就让洗礼来得更猛烈些吧！"一秀张开双臂，一副拥抱美好生活的模样。

枪响了，一秀凝固成一尊雕像，笑容渐渐消失，手臂缓缓落下，鲜血从后背涌出。一个未死的日本兵开枪射杀了她。

姚学忠跑过去，在一秀倒下之前抱住她，"一秀，你是好样的。"

一秀裂开嘴，"战争的洗礼真好，我一点也不后悔，把我埋在乌梁素海边吧，我喜欢这里。"

全体战士为一秀脱帽致敬。乌梁素海的冰化了，鸟不知从什么地方飞来，鸣声百种，一片祥和。

乌加河至五原城的诱敌套子已经编好，只等日本援军到来。山河静谧，城内的烟火按时升起，小脚女人高桂英又在给战士们送饭，返城的百姓揪住康留名要毁坏的财物，从一条巷道揪到另一条巷道。康留名只一味傻笑，百姓说什么他应承什么，战士们端着碗像看戏一样。

黄一飞在断壁残垣中找到贾春江，向他描述他们的"家"：那里是一九二五年的垦务办事处、一九三〇年的巡防队、一九四〇年的屯垦合作社，一排威武的院墙如今被炮火夷为平地，只剩下光秃秃的房子，连接前排办公区与后排生活区的院墙被炸开一道缺口，家已经破败不堪。

"去看看？"黄一飞提议。

贾春江眼神落寞，"那是你的家，没有我的回忆。"

"又忘了我们的约定？"黄一飞提醒他。

贾春江想起在山羊滩两个人发誓的情景，扑哧一笑，"好好好，去看！看看你十四五岁时的生活环境。"

他们从豁口跳进去，一座宽敞的房子矗立眼前，虽然过去十年，又经历战事，但它隐藏在岁月里的气派仍然存在，在空气里，在门楣下罗马柱上失去光泽的小图案里，也许在二十七岁的黄一飞的心里。

走进去，门廊的灯坏了，里面一片黑暗。黄一飞瞥见墙角的鞋架上空空如也，没有硬质塑料拖鞋。当年他第一次跨进这道门，地上趴着的女用吴海英吓了他一跳，现在那个黄毛丫头已经成长为一名出色的情报专家。餐厅没多大改观，一张硕大的长条桌，若干把积满灰尘的椅子。他仿佛看见贾大人坐在主位上，问他要儿子。他下意识地推了贾春江一把，"贾大人常坐上座。"贾春江走过去，凝视那片区域，与父亲的魂魄进行无声的交流。

他们一起步入当年的少爷房间，那块碧色的地毯已经变成焦黄色，这是经年累月的印记。房间里仍是一床一柜一书台，绿色的玻璃罩台灯倒在一边，台灯上方是一幅工笔画。

"这里……就是这里，当年挂着你的画像，穿中山装，戴学生帽，臂间夹一本厚书，特别帅气。"黄一飞指着工笔画对贾春江说，说完觉得哪里不对劲，复又看画，画上是茫茫戈壁，戈壁尽头有一座山，山前若隐若现，好像是一个镇子。如果眼球凝滞不动，画面其他部位虚化的话，可以看出镇子旁侧的山上有一个黑黢黢的洞。

"像……红山。"贾春江说。

"我也觉得像，这是那个麻袋的入口。"黄一飞指着一角说。

"奇怪，不知画的主人是谁？"

"莫非……"两人互看一眼，齐说，"红山镇的人！"

"你们两个臭小子别自作聪明啦，是我！"一个黏滞的声音。

两人回头看，黄一飞惊得差点从窗户弹出去，贾春江则面无血色。说话的人居然是哑巴厨师，他居然会说话！

哑巴厨师用馒头样的胖手一手抓一个，把他们的身体扳正，把肉乎乎的大脸贴过来，"我知道你们两个臭小子想什么，告诉你们吧，我是装哑巴，为了在红山活命。"

"那……那那那，当年你怎么知道我让河河去炸洞，结果你出现在那里，还一通机关枪扫射？"黄一飞满腹疑云。

哑巴厨师放开他们，"是河河告诉我的。不只这些，你俩小时候去厨房找洞，是我用石块给你们做的指引，还有你黄镇长……"他转向黄一飞，"也是我指引你找到水牢的。"

真相大白。

是的，各位也许不知道，我因为经常去厨房给妈妈和同学们打饭，哑巴叔叔见我脑袋大、聪明，便偷偷与我说话，还让我晚上去找他玩。当叔父做出让我炸洞的决定后，我害怕极了，就告诉哑巴叔叔，结果他说："孩子你大胆地去，我会保护你。"我以为他哄我，没想到那天他趁乱爬上壁洞支援我，于是就出现了哑巴叔叔挺着大肚子，腿略微弯曲，举一挺德国造重机枪横扫土匪的情形。

"剿灭顽匪后，一位姓杨的女士让我自行选择，我便来到五原城，在屯垦合作社谋了个做饭的活儿。刚开始我住外面的小屋，后来城里大乱，合作社没人啦，我就搬到这里来啦，见墙上有一个挂过相框的印，就用小时候学的工笔画技巧画了一幅红山轮廓图挂在这里。"哑巴厨师平静地说。

"那是一场噩梦，你还画它？"贾春江说。

哑巴厨师眯起眼睛，"说来奇怪，明明是一场噩梦，但下笔时画的竟是它。"

黄一飞说："虽是噩梦，但那里有我和贾春江的数年时光，您时间更长吧？它已经渗入血液，融进生命里啦，不愿想起，却难忘记。"

天色暗下来，年久失修的屋子黑夜来得更早，外面人声鼎沸，群众正在收拾凌乱的家或铺子，一名战士高声喊："黄一飞同志、贾春江同志，请速回山羊滩！"

"您有什么打算？怎么称呼您？"黄一飞继续问。

哑巴厨师神往地说："我要在五原开个丸子氽面馆，以后来找我吧！至于名字嘛，多年不说话我也忘啦，你们就叫我哑巴哥吧！"

"哑巴哥。"两人一齐喊。

告别哑巴哥，回到山羊滩，吴海英拿出一封翻译出来的密报让他们看，上面写着：不惜一切代价找到水川伊夫！

"看来日军总部不知道水川伊夫已被我们击毙。"温团长说。

"怎么办？"黄一飞问。

姚学忠说："我们已经撑好套子等日军来钻，他们来多少我们装多少！"

"好，各就各位，迎接战斗！"温团长挥手说。

战后的夜并不安宁，各条掘开的渠口虽然已经打住，水也从退水渠退去，但空气中仍散发着鱼尸的味道，现在是排卵季，但战争不仅使人受到戕害，也让鱼儿失去数以万计的子孙。于是，很多人家的晚饭是炖鱼、红烧鱼、干炸鱼，有人最喜欢吃鱼肚子里抱成团的黄澄澄的鱼籽，一团白色的是卵子。人们吃完鱼和鱼的孩子，吧唧着嘴,满足地睡去。

能跑开小汽车和骡子车的主街处在泥污中,绥远话、包头话和蒙古语在黑暗中轻轻交流,小孩子们不睡觉,在结成薄冰的泥污里不停行走。惨景从一条街扩散到两条街,在十字路口交融、过渡,又从斜街里插下去,形成更加不忍目睹的惨景。

高掌柜又在扩建铺子,在二十里寿材铺和纸火铺旁边挂出一块"风水 相术"的牌子。吴海成带领一队人马走过这里,故意放慢脚步,与腾出一只手捻山羊胡子的高掌柜相视而立,互换眼色。

临时医护所建在屯垦合作社侧面的大院里,伤员很多,姚学礼和护士们忙得不可开交,好几次把中饭当晚饭吃,又把晚饭当早饭吃。当吃到满腹鱼籽的红烧鱼时,五秀呸呸吐吐地,"人尸体和鱼尸体混在一起怎么吃?"

姚学礼端碗从大院出来,看见姚学忠经过,说:"哥,人尸体和鱼尸体混在一起不能吃,会传染的。"

姚学忠拍拍兄弟的肩膀,"是群众做的饭,你知道,咱们部队的伙食不好。"

姚学礼执拗地说:"我是医生,我说了这饭不能吃,你不听我就去找温团长。"

姚学忠只好说:"好好,我去告诉城里做饭的百姓,再不做鱼。"

姚学礼放他离开,不放心,又转着问了一些战士吃没吃鱼,战士有的说吃了,有的说没敢吃。

姚学忠办完事,遇见动委会的干事,让他向老百姓宣传普及一下战后的生活小常识,首先是不能吃被水冲上来的死鱼。动委会发挥职能,不到一小时就普及下去,但反馈回来的内容居然是闹鱼瘟的流言。这下,黄河里活蹦乱跳的红拐子鲤鱼成了受害者,没人打没人吃,反倒保护了鱼苗。

黄一飞趁机向贾春江、姚学礼、吴海英传达吴海成的意思,他们集体沉默,一方面感到战火无情,另一方面对国共合作产生了疑问。

"武师呢？他那儿还有一支队伍，得先让他们离开。"黄一飞四处张望。

"他去找长臂猿了。"贾春江回应。

"我回来啦！带来的人只剩我一个，可以净身离开！"武师从暗影里走出来。

"五秀怎么办？她是在这里加入的护理班。"姚学礼请示。

黄一飞不假思索地说："看她的意愿，不过我想，她一定会跟姚医生走！"

姚学礼回敬："得了吧，她可还把你当镇长崇拜呢。"

"你呢，跟我走，还是……"黄一飞侧脸问贾春江。

贾春江晃晃头："我自己走，找吴老师去。"

黄一飞捣他一拳，"你这小子，逗我玩是吧。"突然想起少一个人，"老姚呢？"

姚学礼回说："你和贾春江回来不久，他也跑去屯垦合作社了。"

黄一飞看贾春江一眼，只有他俩知道老姚的情感，贾大人对老姚有知遇之恩，贾大人昔日的家也是他的家，他在那里度过了人生最有尊严的岁月，现在要离开了，他是去和过去道别。

五、黄河至北·李黛

二十四日天刚亮，十几架飞机盘旋在五原城上空，它们低空飞行，沉重呜咽，一遍遍从南飞到北，从东飞到西。无数双眼睛透过机翼向下睃巡，找寻他们的大日本皇家军官水川伊夫。他们在水川伊夫可能突围的乌拉山两岸飞了几十个来回，最终无果而去。

二十五日，两辆日军汽车从乌拉山口进来，它们慢吞吞、懒洋洋，试探性地在二驴子湾转悠。十几名日兵在一处沙丘上安营扎寨，就地安锅。他们沿乌拉壕转，见到百姓就问："见到日本太君没？说出来黄金大大的有。"但没人告诉他们。

日军问不出水川伊夫的下落，飞机、汽车、大炮齐发动，再次大举入侵五原，肆意劫掠，奸淫烧杀，无恶不做。渠口再次掘开，战士重新上阵，英雄前赴后继，在夜战和水战的双重压力下，日军心生恐惧，匆匆撤离。

黄一飞指挥水军打牢各渠缺口，安排好退水线路，集合一干人离开五原。在绕行山羊滩的时候，一匹枣红马疾驰而来，他让大家隐藏在红柳地，自己吁一声拉住马迎上去。

"还没辞行就离开？"原来是温团长。

"请原谅我们不辞而别，实属无奈呀！"黄一飞的表情有些尴尬。

"好了，客套话别说，付主席让我挽留你们。"温团长提高嗓门。

"对不起，我们的使命已经完成。"

"通过前段时间的合作，你也看得出来，付主席虚怀若谷、一心为民，和你们共产党人秉承的理念是一样的，同样是报效国家，你们何必舍近求远。"温团长诚恳地说。

黄一飞看着远处的山水，"温团长，感谢你跑这一趟，不必挽留，等到我们能彻底相融的时候，我一定会请您喝河套的五谷酒，告辞！"他吹了一声口哨，几匹战马跑出来，跟在他后面，像闪电一样向远处奔去。

一九四〇年秋天，由于五原战役中的引水阻援策略对水利工程破坏严重，再加上对日作战期间渠道全面失修，导致泥沙淤积，灌溉面积锐减，收成降至谷底，昔日的产粮区变成缺粮区。大地一片龟裂，人的心干渴成虾米，战争带来的灾难让老百姓苦不堪言。这天，黄一飞意外地收到一封信，只看了个开头就一头栽倒在地。

等他醒来，信已经到了贾春江手里。信是李黛寄来的，她在信中说，当年被救，受上级指派前往重庆学习，现已回到红山，准备结婚。

"该重新上路了。"贾春江轻轻说，然后端来一碗粥，轻轻吹凉，喂黄一飞喝。黄一飞不喝，他感觉眼皮沉重，复又闭上眼睛，不去看贾春江的眼。

　　人，一会儿来，一会儿走，不出声，用气息交流。黄一飞昏昏沉沉地睡了三天，第四天感到有一股炒黄豆的香味窜进鼻子，他爬起来，但由于三天来水米未进又晕厥而倒。贾春江和吴海英把炒熟的黄豆捣碎，掰开他的嘴，将黄豆面吹入他咽喉处。他慢慢醒来，对两位淡然一笑，"没关系，我就快好啦。"

　　吴海成走进来，站在他床前，凝视他的眼睛，似乎要把他看穿，他一动不动，他们你看我、我看你，心里暗暗较着劲儿。过了一会儿，他爬起来，但浑身无力，只能忽闪着眼睛对吴海成说："给我分配任务吧！"

　　吴海成哈哈大笑，"你还真有预感，我就是来传达任务的，黄一飞同志！"

　　"请指示！"黄一飞坐着敬礼。

　　吴海成来到窗前，手扶窗框，一脸严肃，"黄一飞同志，从现在起你恢复本名梁潮生，因为梁潮生这个名字比较陌生，兹派梁潮生同志去重庆特别干部训练班学习，三日后启程！"

　　黄一飞一听来了精神，光脚下地，郑重地行了一个军礼。

　　吴海成从窗前转过来，眼神在他和吴海英脸上游移，"别急，我们中间要安排一些你投敌叛变、被击毙的细节，为你下一步潜入敌后做充分准备，需要有人配合，我认为吴海英是最好的人选，但你们需要……假扮夫妻。"

　　吴海成话音刚落，姚学礼在外面的窗根底下说："假扮什么，来真的得了。"

　　"我没意见！"黄一飞突然说。

　　他的话一石激起千层浪，姚学礼从窗户底下站起来，吴海成瞪大眼睛，贾春江半张开嘴忘记合上。

　　"你病糊涂了吧？"吴海英摸摸他的头。

　　他趁机握住她的手，"我和海英从小一起长大，她数次救我于危难中，这份情意不是一般人能做到的，况且我们孤男寡女在一起工作不方便，既然她有情我有意，何不干脆结为夫妻，以便更好地开展工作。"

"我不同意，我不做李黛的替代品！"吴海英抽出手，悲怆地转过头。

吴海成见缝插针，"我宣布，梁潮生、吴海英择日成婚，先去重庆潜伏下来，然后会有人指导你们下一步工作。"

"是！"

婚礼在即，梁潮生在杨荣枝的帮助下，搞来一块红绸布，亲自动手扎了两朵大红花。吴海英从那天起就消失了，五秀陪着她，从她们出出进进的劲头看，也在精心准备即将到来的婚礼。

姚学礼嘴上说不介意，让吴海英自己选择，事到关头还是不能把控自己的情绪。老姚把他带到红柳地，唰唰割倒一些柳条，编成柳笆，倒栽在地，里面铺些哈茂草，让姚学礼先躲几天。姚学礼睡不着，听说五谷酒能治愈失眠，磨着让老姚去买，老姚神通广大，居然弄来一坛。姚学礼完全忘记医生的禁忌，喝得昏天黑地，喝完更加痛苦，整夜哭泣。男人的哭声很恐怖，粗声瓮气，惹得蝙蝠也不倒挂着睡觉啦，一律站在树上，瞪大圆眼睛，也发出类似哭泣的哀鸣。

婚礼朴素而简洁，一块大红毯子，上面贴一个大大的"喜"字，新娘新郎站在"喜"字前，众人站在新娘新郎后面，人与人之间的缝隙都塞满欢乐。没有酒席，只有少量红枣花生和糖块，维护秩序的五秀已经在心里把糖块做好分配，两块留给新娘新郎，剩余的两个孩子分着吃。困难时期，红枣花生是百姓过年时散落在柜角的，有些霉腐味，只能当摆设应应景，一会儿再撤下去喂狗。

吴海成亲自做证婚人，他为妹妹找到好归宿而欣慰。杨荣枝抱着山山来参加婚礼，山山五岁，已经认了四个干娘，都是杨荣枝出去工作把他放在百姓家认下的，山山有时嘴一秃噜就叫杨荣枝干娘，把杨荣枝气得直翻白眼，不过她知道现状，也不真的生气。山山流口水的毛病一如继往，像黄河水一样汹涌，似乎他产生口水的能量比别人大，怎么流也不枯竭，把脸蛋流得水汪汪，两颊皴出一层皮。

　　我和山山的名字合起来是"山河"二字，里面有父辈无尽的期望，不过此时我们还小，谁也不知道谁的存在。

　　山山在众人手里倒来倒去，口水流湿好几块围脖，最后来到我叔父手里。他看着山山纯净的眼睛，想起河河撅着屁股去炸壁洞的情景，若不是哑巴厨师相助，河河也许已经不在人世。

　　"我叫你什么？"山山流着口水问。

　　"河河叫我叔父，你叫我叔叔吧！"

　　"河河是谁？他为什么叫你叔父？"山山问起问题来十头牛也拉不回来。

　　"河河是你哥哥，因为我即将成为他的父亲，所以他叫我叔父。"我叔父艰难地解释。

　　"我不懂。"山山嘟嘴，结果又流出一摊口水。

　　"长大就懂了。"我叔父说。

　　在两条红绸带交叉装扮的简易洞房内，杨荣枝为吴海英解下胸前的大红花，歪头问："嘿，你终于嫁给当年的板凳狗了，高兴不？"

　　吴海英摇头，"他和李黛是前世的缘分，只可惜……"

　　杨荣枝点了一下她的脑门，"三七年的时候，我就对你说过缘分只有天知道，看看，应验了吧？"

　　吴海英忧虑地说："这种沉重的幸福我承受不起，只求圆满完成任务。"

　　杨荣枝安抚好吴海英，从洞房走出来，看见贾春江在外面孤寂地站着，"听说你也要走啦？"

　　贾春江忙把手放在唇边示意，"嘘……这是秘密，不能让梁潮生知道，他会担心我。"稍顿又说，"我觉得李黛结婚的事有蹊跷，你觉得呢？"

　　杨荣枝耸耸肩，不置可否的样。

夜凉如水。

梁潮生在进洞房之前找到贾春江，与他肩并肩站着，"你有什么打算？"

"怎么所有人都问我这个问题？你走你的，我跟着队伍没问题！"贾春江故作轻松。

两个人沉默不语，各怀心事。

这个秋天没有麦香，蛐蛐和青蛙也不多，空气中弥漫着骡马的粪便香。

"很晚了，你该入洞房啦。"贾春江站起来，拍拍屁股上的土。

"我知道，你去睡吧！"梁潮生坐着没动。

第二天一大早，梁潮生和吴海英向大家辞行，他们按照预定计划，先去绥远，再转重庆。话已经在前一夜说尽，此时说什么都显多余。吴海成抱着山山站在远处的沙丘上，看似若无其事，其实内心惆怅。

杨荣枝塞给吴海英一本《理想国》，里面夹着钱。吴海英推辞不要，杨荣枝强行塞给她。"拿着吧，穷家富路，再说这钱是当年姚学忠给少爷攒的，不管谁是少爷，我们都是革命战友，你们要出远门，带着吧！"

姚学忠站在一旁，一会儿呵呵笑，一会儿咧嘴哭，尽管他早就知道贾春江才是真正的少爷，但他们的感情已经根深蒂固。

武师解下从不离身的腰刀，双手递给黄一飞，"兄弟，带上，别忘我教你的刀术，关键时能自救。"

黄一飞搂住他的肩，"抽空一定把长臂猿的骨灰送回红山。"

武师鹰眼一晃，"你放心吧，我一定会实现他的临终嘱托！"

出了临河，梁潮生和吴海英两人翻身上马，沿黄河一路东行。秋天水涨，十几条直接从黄河上开口子的大渠泥沙淤积，使得本就黏滞的浑水变得更加缓慢，水在堤岸浅的地方打起一个个旋涡，一个消失又起一个，仿佛水下面有一只纵水的魔手。有经验的人都知道，堤岸也会骗人，看起来结实的土堤，也许它下面已经被水淘空,危险重重。这情景像十五年前,梁潮生和贾春江在此相遇,命运和水一样,流出来就不知道归宿。

站在五原丰济渠上,黄一飞拉住马缰举目远眺,看见战争中掘堤放水的缺口被牢牢打住,黄河水荡啊荡流不过去,保证了下游的安全。远处的城像从地里长出来似的,高出地表好几米,一些依据本地物产造出来的青砖腰线、土圪垃红泥墙房子林立在太阳下,有些迷幻的味道。他真想进去吃一碗当年贾春江给他买的油茶泡煎饼果子,他认为那是世界上最美味的食物。

再往前走,来到人称五十里宽的黑界地,他当年就是在这里养成拿盐土充饥的毛病,如今细细一想,不知从什么时候起,他的奇怪嗜好竟不治而愈。

土默川的秋天也不安宁,雨水多,怪风一阵接一阵。他十三岁时无法做出正确的判断,从这里一头扑向广阔的河套平原,居然把十五年的青春岁月留在那里。

过了包头,繁华嘈杂的绥远到了。

贾春江没有为黄一飞送行,他按照吴海成的指示,去执行秘密任务。

多年以后,杨家圪旦改成杜家圪旦,因为濒临坍塌的杨家大院经过重新换梁抹墙,住进去一位姓杜的财主,此人从吕梁山区来,家大人多,置办了不少土地。杜财主家仍旧使用梁潮生当年在西墙下挖的那口井,那里的枳机依旧茂盛,水清澈闪亮,绝没有干枯的意思。

人们后来知道,山羊滩翻译成蒙古语是亚麻来的意思,那次光复五原前的会议被称作亚麻来会议。那条介于五原与临河之间的丰济渠,当年是敌我双方的一道临时防线,后来仍然是一座城与另一座城的界线。那条水淹日军的义和渠经过几代人的治理,让它流它就流,让它停它就停,变得比黄一飞实施水战时还乖巧听话。它在五原城内蜿蜒环绕,人一动,它便一会儿在左边,一会儿在右边,令生人辨不清方向。

五原城历经数年休生养息,再度繁华起来,铺子和人增加了几倍,斜街里又立起来,依势而建的铺子和民居还是歪歪斜斜,直入到下面去,铺子里和民居里的男人和女人,老的像荣枝伯和荣枝姑,中年人是杨荣枝的翻版,颐指气使,抛头露面,一双大脚板子四处招摇,吼喊说要革谁的命。

历经数年,高掌柜将铺子发展成两层土木建筑,侧门依旧开在斜街里。他关了二十里寿材铺,用大的开了一间叫黄河至北的客栈,小的租给哑巴哥,开了一间肉丸子汆面馆。哑巴哥每天和一盆面,炸一盆肉丸子,卖光就关门,一副不恋财的架势。

有一天,街上来了一支风尘仆仆的马队,一女三男。女的脸虽白,但脸颊有浓深的皱印,嘴唇显现缺乏水分的干裂。男的初时还用布蒙着脸,后来被五原的新鲜玩意儿吸引,顾不了那么多,索性以红脸示人。一女三男有点唐僧师徒四人途经宝象国的意思,女的目不斜视,男的眼睛闪烁,被繁华勾动了心神。他们入住在黄河至北客栈,就近在门前的肉丸子汆面馆解决一日两餐。他们不采买、不办货,只在周围一带活动,好像在等着什么。

两天后,吴海成出现在那里,他压低帽檐儿,落座于肉丸子汆面馆一号位,要了一碗面、一碗肉丸子、一碟花生米,安静地吃。

过了一会儿,一位西装革履的年轻人走进来,他步履轻盈,表情冷静,先没急着落座,而是站在烟雾笼罩中的厨房边,点了一碗面,然后才在一号位坐下。

吴海成没抬头,他吃完一碟花生米,又把肉丸子放进面里,两个压在碗底,一个在面汤上滚来滚去,直到肉丸子吸足水分,才送入口中。

"听说梁潮生要来绥远公干,我能见见他吗?"年轻人假意摆弄茶壶。

吴海成正在吃第二个肉丸子,"不行,你不能和任何人联系,我会把你的情况告诉他。"

年轻人略有不满，重重盖住茶壶，将脸转向窗外。

窗外，五原城的烟火正浓，所有商铺开门纳客，清脆的迎来声与送往声重叠在一起，使人恍惚觉得人生就是来来去去的组合，没有一成不变。就拿这街来说，五原战役后，又经历几次日机轰炸，已是山河失色、满目疮痍，很多人以为它从此颓败，很难复活，不承想现在又活络起来。繁华的标志首先体现在色彩上，因为人心由色彩组成，什么心境造就什么色彩，眼下的五原城总能在晦暗中捕捉到一丝喜气的红，不是谁家聘闺女啦，就是哪一位长者过寿啦，或者新铺开张揭红匾、放红鞭炮、挂红灯笼。

哑巴哥端来一碗面，放在年轻人面前，"小……小心……"年轻人猛一抬头，哑巴哥吓得把即将脱口而出的"烫"字咽回肚里。吴海成看似在吃面，但还是觉察到了他们的异常举动，他小声劝告："不管你们以前有什么交情，现在必须切断！"

年轻人点点头，挑起几根面放进嘴里，一边咀嚼一边说："我的身份已经坐实，接下来怎么办？"

吴海成掏出钱放在桌上，"接下来你要完成人生大事，你的爱人李黛已经到五原，你们将在一个偶然的场合会面，然后一见钟情，迅速坠入爱河。"

"李黛？您开玩笑吗？不能换别人吗？"年轻人烦躁地搅动碗里的面。

"对不起，为了你的婚事，我们已经做了半年铺垫，请执行吧！"吴海成说完站起来走出去。

年轻人随后走出面馆，在黄河至北客栈前停留了一会儿，这一幕尤如他当年站在陌生的五原街上，期待父子相认一般，如今时过境迁，他又回到原地，依旧孤独无助。

他就是贾春江。

十几分钟后，在黄河至北客栈的二楼临街房间，吴海成在高掌柜的安排下，与李黛初次会面，会面的内容有关她的婚事。

"感谢你做出的牺牲。"

"他……好吗？"

"他现在叫梁潮生，已经和吴海英结婚。"

"梁潮生……他终于做回了自己。"

"是啊，你也该成家了，我们都准备好了，你准备好了吗？"

"置换嫁妆的仙草都带来了。"

"仙草？"

"嗯，一种自由的植物。"

"自由？好哇！"

后 记

我想说的话，都写在故事里了。

2019 年的夏天有一种错觉，感觉自己总在层峦迭嶂的山和浑黄稠厚的河之间摇摆，但其实就我的身份而言，我既不是牧民，无法体会牧民对山的依恋，也不是农民，无法感受农民对水的垂青。这种感觉源于一部正在书写的小说，里面的地理原型是阴山和黄河。在小说没有完成的情况下，它们会一直与我当下的生活纠缠。

这两年，我同时还在编修浩繁的《临河区志》，26 年的历史，期限为 4 年，前期一直在上稿，中期则无休止地改稿，目前进入区、市、自治区三级评审阶段。在此之前，我不敢触碰历史，认为那是男人的事，而关于五原掘水御敌的事，更是知之甚少，如果不是参与编修临河志书，我可能永远不会与那段历史交集，也不会成就这部叫《山河如初见》(曾暂名《五原 1940》)的长篇小说。

1940 年 3 月 20 日的五原战役，在《巴彦淖尔盟志》记录不多，《五原县志》较为详尽，出彩部分隐藏在志书最后一个章节，共分三部分：一是战争给城市带来的灾难，二是英雄故事，三是一张战略进攻图。我做记者时培养出来的新闻敏感性后来化作对文学素材的敏感性，这些史料开始在我脑中发酵、沉淀，等待另一个未知的东西与它相撞、爆发。有一回在内大文研班，周末和同学从托县采风往回走，路上生活委员朵兰讲了一个梦，大意是一个人冒充另一个人的事，云云，当时灵光一闪，觉得我可以把这样一个人物放在战争中去锤炼。但是构建一个故事并不简单，它需要硬核抓取、事例筛选、逻辑爬梳、明暗对比以及倾向引导等无数个技术性环节来支撑，才能使故事符合正常逻辑。在这个点上，我的思维停滞了两个月。两个月里，我没看书，只看电视剧，一遍又一遍看《暗算》《追风》《悬崖》《与狼共舞》等谍战片，当然也利用工作之便，翻阅大量党史资料。有一天在梦中，脚一蹬，悠然醒来，竟然于无形中突破了这个瓶颈，将人物合理地归置在战争中。

清代李渔在《闲情偶寄·器玩·制度上》中说："腹藁虽多，未经尝试。""腹藁"今作"腹稿"，意思是酝酿成熟以供表达的诗文构想。一部长篇小说的腹稿很难在心里彻底完成，因为它太厚重、庞大，一些看似不经意的细枝末节，也许就是你腹稿时所忽略的连接大历史背景或人物命运的东西，所以记录腹稿的最佳手段是大纲。我习惯写大纲，尽管它在写作过程中一变再变，但它最初来源于腹稿，它是小说步入桃花源的开头。腹稿先行于大纲，大纲紧随其后，写作第三。说起写作，一个人一种文字性格，我的文字性格形成于走上文学创作道路之前，那时写新闻，必须凝练，自己给自己当编辑，拔除一切没用的杂草，让主体开出耀眼的花。我还要求我写的东西必须有意义，不能无病呻吟、口水化、直白化，要感动自己，给读者留有余味。

小说开头写了十一稿，往往是头天晚上写完，次日凌晨毫不留情地删除，现在想来，也是过于严苛，留下来对照、借鉴，也不是不行。最终提炼出来的开头"人有了名字才能更有气质地活下去，我叔父一生有三个名字"，是我心目中的"多年以后"（马尔克斯《百年孤独》的开头）。

小说前面部分写得很顺畅，偶有小难产也能很快解决，难点在高潮部分。之前所做的功课，都是为高潮打基础，人在战争中的作用，水在战争中的作用，人与水如何通过战争实现御敌。在《史记》

中，常有其后多少多少年或某地有某某人之事，再或者百六十有七年、七十余年、四十余年，到荆轲出现之前是二百二十余年。那是古代作家从非虚构到虚构的转变，因为在漫长的时间里，规模宏大的空间，确实有一个"全局"产生，但这个"全局"太辽阔，后人的视野太局限，时间也太局限，只能看到只鳞片爪，把一个浩大的全局从历史推进文本，制造一些目力可及的戏剧，才能推动故事的发展。

为了实现一个目力可及的水战场景，我虚构了一个河套渠系图的物件。其实在陈耳东所著的《河套灌区水利简史》中，真的有清代五原河套渠图，还有一些不同年代的渠系示意图、草图、略图等等。我赋予了河套渠系图布局水战的重任，它流落在民间，由"我叔父"历经生死取回，它指导"我叔父"率领水军一次次给日军下水套，最终配合大部队剿灭日军。布局水战就是布局戏剧，这一时期，我研究了几十种水系图，有沙河渠、黄土拉亥渠、杨家河、丰济渠等及其支渠草图，重点停留在五原义和渠草图上。如果说我的一些句子"义和渠一直跟着他，远一会儿，近一会儿，似乎也流到城里来了""义和渠又跟到野外来了，若隐若现。"是源自写作过程中的灵感，那么出现在我梦里的义和渠草图就算是魔怔的一种。

在没有找到微缩方正版的河套灌区主要渠道系统图时，我自己依据理解勾画出一幅草图，按照上北下南的地理方位，南为黄河，北为乌加河，西为乌拉河，东为乌梁素海。黄河上有直接开挖的十大干渠，在十大干渠直向乌加河或西去乌拉河、东去乌梁素海的途中，干渠生分干渠，分干渠生支渠，支渠再生干沟，等等。渠由宽到细，支沟最细，贯穿于农田之间，科学合理地兼顾到每一片土地。五原战役爆发时也是这样大渠套小渠，小渠套小沟，套套相扣，使我对"河套"的美誉有了更深一层的理解。我想，历来以地域为背景的战役有描写山战、林战、城市战、地道战、铁道战的，河套的水战也应是战役的一种，它独属于渠系丰富的河套，绝无仅有。

在研究水战的时候，灵感的闸门伴着滔滔河水倾泄而出，如果在黄河的支渠上开挖口子，形成的水套必定让日本人身陷泥沼。这是一个简单的思路，但于写作者而言，把这个思路理清至关重要。记得一位知名作家说过，不要把一件事情搞得过于清楚，这样才能扩大想象空间。其实，一部小说需要了解的东西数不胜数，前期的功课并不能囊括全部，在推进故事发展的过程中，会产生大大小小无数个陌生事物，这时就需要停下来进行采访或查阅资料。为生动展现河渠的灵动，我曾三次去看黄河，两次绕道五原在义和渠驻留。为了在脑海中形成一套完整的渠系图景，我与一位基层水利工作者成为好友，一有时间就向对方请教，受益匪浅。

记得创作前两部小说几乎没有什么工具书，一台笔记本电脑足矣，这部则不然，首先义和渠及其支渠草图和五原战役战略进攻图必不可少，我甚至将图拍照，进行反复研究推敲，最终呈现出一幅戏剧性的水战场景。

完稿后我沉默了三个月，我想进入忘我境界，然后重新回过头来审视这部书稿，然而，两年的构想与写作，我已经和思维长在一起，不能分离，在这种情况下，我只好进行前三章的二稿修改工作，把第四章高潮部分暂且放下，等待时机。后来，我觉得有必要请史志方面的专家看一看。6月18日，我把书稿分别交给临河区党史办主任李炯和内蒙古文联为我安排的辅导老师敕勒川。李炯既是党史工作者，又是文学评论家，我想他能全局把握小说的思想；敕勒川是《草原》杂志编辑，他能从另一个角度为我的小说把脉。一个偶然的机会，9月16日，在巴彦淖尔市党史系统业务培训会上，我邂逅了党史专家张少文，他为我解开了五原战役的"虚无主义之谜"，使我的小说更加坚定了历史站位。12月8日，内蒙古文联秘书长赵富荣给我打了一个长达44分钟的电话，她从宏观到微观、从现实到虚构、从人物到节奏，给我指出大大小小21条读后感。这些师友的诚挚阅读与不吝赐教使我倍感温暖，我又一头栽进一次又一次删减人物与合并同类事件的改稿中。

这部小说，从了解水的流向开始，到水成为杀敌的利器，我跟着主人公一边学习一边成长，痛并快乐着。这部小说，从一个秋天接壤到一个冬天，还跨了一个年，我始终沉浸其中。我做的工作是编修地方志，看的电视是谍战片，看的书都与战争有关，现在结束了，我要把自己还给自己。

感谢阅读，请保持正确阅读姿势，不要伤害颈椎！

2020年1月8日第七稿完于金秋小筑
2020年8月21日第八稿完于彤锣湾